Jacqueline Stahl

Sie soll stehen

Roman

Bibliografische Information der Deutschen Nationalbibliothek: Die Deutsche Nationalbibliothek verzeichnet diese Publikation in der Deutschen Nationalbibliografie; detaillierte bibliografische Daten sind im Internet über http://dnb.dnb.de abrufbar.

© 2025 Jacqueline Stahl

Covergestaltung: Jacqueline Stahl und Anna Farrenkopf, unter Verwendung einer Abbildung von © shutterstock (New Africa)

Verlag: BoD · Books on Demand GmbH, Überseering 33, 22297 Hamburg, bod@bod.de

Druck: Libri Plureos GmbH, Friedensallee 273, 22763 Hamburg

ISBN 978-3-8192-7615-6

Für Papa

Prolog
Di., 23. Januar 2024

»Natürlich ist er mir treu!« Mit dem Telefon am Ohr lief sie durch die Küche.

»Ja, ich mache mir Sorgen, aber nicht was du denkst. So ist er nicht.« Unsanft räumte sie die benutzten Gläser in die Spülmaschine.

»Ich habe sie schon kennengelernt.« Auch Messer, Schneidebrett und Schüssel wanderten in die Spülmaschine, ehe sie die Klappe schloss. Einen Tick zu fest.

»Der Umgang tut ihm gut.«

Während sie sich die Einschätzung am anderen Ende der Leitung anhörte, schaltete sie die Herdplatte schwächer und rührte mit einem großen Holzlöffel im Topf.

»Lassen wir das«, sagte sie schließlich. »Die Kinder kommen gleich.« Sie begann, Teller und Besteck aus den Schränken zu nehmen.

»Wann sehen wir uns wieder, Surioară?«, fragte sie. »Am Geburtstag warst du schon nicht hier.« Sie stellte Gläser und Getränke auf den Tisch und schaltete die Herdplatte aus.

»Ich würde auch gerne den Mädchen meine alte Heimat zeigen, aber du weißt, dass das schwierig ist.« Sie hielt inne, um aus dem Fenster Ausschau nach den Kindern zu halten. »Vielleicht nächstes Jahr.«

Sie stellte den Topf auf den Tisch, legte die Schöpfkelle daneben und ging langsam Richtung Haustür.

»Die Kinder sind da. Nächsten Dienstag wieder?«

7

TEIL 1

Kapitel 1

Do., 13. Oktober 2022

Es ist schon erstaunlich, wie gut Menschen im Verdrängen sind. Unangenehmes wird einfach ausgeblendet. Kriege, Hungersnöte, die Affäre des Ehemannes mit der besten Freundin – das alles konnte ignoriert werden, bis das Kartenhaus über einem zusammenbrach.

Jutta war eine Meisterin im Verdrängen. Gewesen. Inzwischen half kein Verdrängen mehr. Jeden Tag schaute sie Günther ins Gesicht und die Krankheit schaute zurück.

Es wurde Zeit, eine Entscheidung zu treffen. Eine Entscheidung, die längst überfällig war. Doch statt zu handeln, saß sie da und starrte auf den Bildschirm. Ihr gegenüber saß Günther. Schweigsam. Wie immer in letzter Zeit. Davor hatte er gesprüht vor Worten, vor Leben. Von ihm übrig geblieben war eine Hülle.

Sie klappte den Laptop zu und stand auf. Günther verfolgte keine ihrer Bewegungen. Er saß da, regungslos, gefangen in einer Welt, zu der sie keinen Zutritt hatte. Mit der Schachtel Zigaretten in der einen und dem Laptop in der anderen Hand ging sie auf die Terrasse. Sie setzte sich auf ihren gewohnten Platz und ließ den Blick schweifen. So hatte sie einen guten Blick auf Günther, aber auch genügend Abstand zu ihm. Jahrzehntelang hatte sie nicht mehr geraucht. Das letzte Mal vor der Geburt der Kinder. Erst kürzlich hatte sie wieder angefangen. Der Geschmack brachte sie an einen anderen Ort. An einen Ort, an dem gelacht und gefeiert wurde. An dem die Zukunft noch vor einem lag, wie ein Buch, das man gerade begonnen hatte zu lesen. Diese unbeschwerte Zeit ohne die Schwere von Verpflichtungen, Krankheit, Tod. Wie sie sich danach sehnte. Die Leichtigkeit der Jugend. Sie hatte sie erst zu schätzen gewusst, als sie vorbei war. Als der Alltag schwer und grau wurde. Sie zündete sich eine Zigarette an und inhalierte tief. Sie verfolgte die von ihr produzierten Rauchschwaden, bis sie sich auflösten. Dann öffnete sie den Laptop. Während dieser sich quälend aus dem Ruhezustand bewegte, nahm sie weitere Züge von ihrer Zigarette. Günther zeigte weiterhin keinerlei Reaktion. Das erkannte sie aus der Ferne. Mit ein paar Klicks öffnete sie die Datei. Wie sie sie hasste. Sie blickte auf den Bildschirm. Auf die Liste, die Günther 2018 begonnen hatte.

Sie erinnerte sich an das erste Gespräch, das sie mit ihm darüber geführt hatte. Es war etwa eine Woche nach der Diagnose gewesen. Alzheimer! Ein furchtbares Wort, eine furchtbare Krankheit. Sie erinnerte sich daran, dass sie versucht hatte mit Günther darüber zu reden.

»Nicht jetzt«, hatte er gesagt.

Er musste sich sortieren, selbst klarkommen. Wie man eben klarkommt damit.

Irgendwann war er bereit gewesen, zu reden. Was er zu sagen hatte, hatte ihr nicht gefallen.

»Ich habe beschlossen, dass ich mein Schicksal nicht einfach hinnehmen werde. Wann ich sterbe, entscheide ich – oder besser gesagt: du, in meinem Namen.«

So hatte es begonnen. Bevor sie etwas sagen konnte, nahm er ihre Hand.

»Lass mich ausreden. Bitte.«

Er schob ihr den Bildschirm näher heran und gab ihr seine Lesebrille, damit sie sehen konnte, woran er gearbeitet hatte.

11

»Ich habe eine Liste erstellt mit allen Tätigkeiten, die ich täglich verrichte.«

Dabei zeigte er auf die einzelnen Zeilen. »Aufstehen«, »Anziehen«, »Gesicht waschen«, »Haare kämmen«, »Zähneputzen«, »Rasieren«. Für jede Tätigkeit gab es eine Zeile. Der ganze Tagesablauf war abgebildet. In Summe umfasste die Liste so viele Zeilen, dass der Bildschirm nicht ausreichte, sie auf einer Seite abzubilden.

Die Spalten enthielten Datumsangaben. Günther hatte bereits die folgenden 14 Tage eingetragen.

Ruhig und pragmatisch wie er war, erklärte er ihr, dass sie ab sofort gemeinsam – später Jutta allein – die Liste täglich ausfüllen würden. In jede Zelle würde sie entweder eine »1« für »Ja« oder eine »0« für »Nein« eintragen, je nachdem, ob Günther diese Tätigkeit noch selbstständig verrichten konnte oder nicht. Er zeigte es ihr beispielhaft anhand des Punktes »Autofahren«.

»Wenn ich nicht mehr Autofahren kann, trägst du hier einfach »0« ein.«

In dem Moment, in dem er »Enter« drückte, färbte sich das Feld rot und alle anderen darauffolgenden ebenfalls. Typisch Günther, dass er noch Spielereien einbauen musste.

»Bei manchen Dingen habe ich eingestellt, dass die anderen Felder sich gleich mit rot färben und automatisch eine »0« eingetragen wird«, erklärte er ihr. »Wenn ich einmal nicht mehr Auto fahren darf, darf ich das nie mehr. Also gibt es keinen Grund für dich, das täglich auszufüllen. Anders sieht es natürlich beim Zähneputzen oder Rasieren aus. Hier wird es Tage geben, an denen ich Hilfe brauche und Tage, an denen ich es allein schaffe. Hier tragen wir jeden Tag eine »1« oder eine »0« ein.«

Beispielhaft trug er nach »Geschirr spülen« eine »1« ein und das Feld färbte sich grün.

»Ganz unten siehst du die prozentuale Auswertung des Tages.«

Unter dem heutigen Datum tippte er wahllos Einsen und Nullen in die Zellen. Am Ende der Tabelle, die Liste umfasste mehr als 70 Positionen, erschienen 57 Prozent in Grün.

»Siehst du: Das Ergebnis ist grün eingefärbt. Alles in Ordnung also. Wenn ich weniger als 50 Prozent pro Tag selbstständig erledigen kann, ändert sich die Farbe auf Rot. Ich habe überlegt, dass wir uns immer einen Monat anschauen und wenn ich einen ganzen Monat unter 50 Prozent falle, wird eine Meldung hier erscheinen, die dir sagt, dass es so weit ist.«

Er sprach es nicht direkt aus. Bevor sie etwas sagen konnte, fuhr er fort.

»Ich werde Thorben nach einer Idee für die Meldung fragen. Er soll sowieso die Liste nach möglichen Fehlern durchgehen. Was hältst du von »Hasta la vista, Baby« oder »Time to say goodbye«?«

Er lächelte sie an und sie konnte nicht glauben, über welches Thema sie gerade sprachen. Wie locker er das zu nehmen schien.

»Das ist nicht dein Ernst, oder?«

»Wir können einen anderen Spruch auswählen, wenn dir das lieber ist.«

»Das meine ich nicht.«

Er wusste genau, worauf sie hinauswollte.

»Du kannst nicht ernsthaft von mir verlangen – «

Sie konnte es nicht aussprechen.

» – deinen Ehemann zu töten? Doch. Das tue ich.«

Seine Lockerheit war verschwunden und einem ernsten Gesichtsausdruck gewichen. Jutta schüttelte immer wieder den Kopf. Er nahm ihre Hand in seine Hände, sagte aber nichts.

»Günther«, begann sie. »Du weißt doch gar nicht, wie du dich in ein paar Jahren fühlst. Eine Liste sagt rein gar nichts über deine Lebensqualität aus«, versuchte sie ihn umzustimmen. »Ob ein Leben lebenswert ist, entscheiden nicht die Gesunden, sondern die Kranken.«

»Ich bin krank«, setzte er entgegen. »Ich treffe die Entscheidung.«

»Du willst eine Entscheidung treffen, obwohl du nicht weißt, wie es sich einmal anfühlen wird.«

»Mir ist es egal, wie ich mich in ein paar Jahren fühle.«

Sie kannte diesen Tonfall.

»Ich weiß, wie ich mich jetzt fühle. Ich kann alles tun und alles wie es mir passt, bin auf keinerlei Hilfe angewiesen und mein Geist ist weitestgehend klar. Noch. Ich will diese Welt verlassen, wenn sich das ändert. Lebensqualität ist für mich, dass meine Persönlichkeit so ist wie jetzt und das wird sie irgendwann nicht mehr sein. Du kennst den Verlauf. Ich werde mich verändern. Ich werde Stimmungsschwankungen bekommen, schlecht gelaunt sein, depressiv, vielleicht aggressiv. Von den körperlichen Einschränkungen fange ich gar nicht erst an. Ich will in meinen lichten Momenten nicht damit klarkommen müssen, zu welchem Menschen ich geworden bin.«

»Bitte«, sagte er mit Nachdruck und drückte erneut ihre Hand. »Hilf mir zu gehen, wenn es für mich der richtige Zeitpunkt ist.«

Sie spürte die Tränen in ihren Augen aufsteigen. Sie wollte diskutieren. Ihn umstimmen. Sie sah das Flehen in seinen Augen. Er brauchte die Sicherheit, dass sie einen Schlussstrich ziehen würde, wenn er es nicht mehr konnte.

»Ich hatte bislang ein erfülltes Leben, eine tolle Frau, zwei tolle Kinder.«

Er küsste sanft ihre Hand.

»Wir machen uns jeden Tag noch schön und genießen die Zeit. Wenn es so weit ist, gehe ich schon mal vor und warte auf dich.«

Nun hatte auch er Tränen in den Augen. Sie war nicht diejenige, die Trost brauchte, er brauchte ihn. Sie nahm ihn in den Arm und drückte ihn fest an sich. Günther hatte recht. Es war sein Leben. Noch konnte er Entscheidungen treffen.

Dennoch. Sie konnte es nicht. Nicht dieses Gespräch, nicht diese Liste, nicht darüber nachdenken, wie die Krankheit ihr beider Leben zerstören würde. Gleichzeitig wusste sie, dass Günther jetzt ihre Zustimmung brauchte.

Also log sie.

»Einverstanden.«

Er streichelte sanft über ihre Wange, wischte eine Träne weg und schaute ihr in die Augen.

»Danke.«

Sie holte sich ein Taschentuch und ihre eigene Lesebrille, gewann ihre Fassung zurück und rückte ihren Stuhl näher an Günther heran. Sie würde stark sein. Sie würde mit ihm die Liste machen, damit er zufrieden war. Keiner wusste, wie es weiterging. Wie schnell die Krankheit voranschreiten würde. Ihnen blieben sicherlich noch viele gute Jahre, sagte sie sich. Vielleicht starb sie sogar vor Günther. Oder die Ärzte hatten sich bei ihm geirrt. Jeder hatte mal einen schlechten Tag, war vergesslich. Das musste nicht gleich Alzheimer sein.

Jutta scrollte durch die Liste und war gedanklich weiterhin im Jahr 2018. Als Verdrängen noch eine Option war. Als alles noch theoretisch war und beide nur eine vage Vorstellung davon hatten, was kommen würde. Sie erinnerte sich, dass sie einige Tage an der Liste gearbeitet hatten, bis Günther zufrieden war. Sie gab ihm das Gefühl, die Kontrolle über seine Krankheit zu haben. Er traf die Entscheidungen, nicht die Krankheit.

Wie falsch er lag.

Zuerst hatten sie die vielen kleinen Punkte, die Günther in seiner ersten Version aufgelistet hatte, durch weitere ergänzt. Anschließend hatten sie diese in acht Gruppen eingeteilt, unter anderem Mobilität, Körperpflege und Selbstversorgung. Jutta hatte darauf bestanden, eine weitere Aufteilung einzufügen: »selbstständig«, »nach Aufforderung« und »mit Hilfe«.

»Vielleicht kannst du dich noch selbstständig anziehen oder essen und trinken, musst aber dazu aufgefordert werden«, argumentierte sie.

Darauf ließ sich Günther nach größerer Diskussion widerwillig ein. Wo immer es passte, wurden diese Punkte ergänzt. Auch setzte Jutta durch, dass manche Punkte wie Kochen oder Gespräche führen in leicht, mittel und anspruchsvoll unterteilt wurden, um nicht gleich eine »1« zu verlieren, sobald Günther kein ausgefallenes Gericht mehr kochen konnte.

Sie feilschten um jeden Punkt, jeder mit anderen Beweggründen. Jutta kämpfte um Günther und Günther kämpfte für seine Eigenständigkeit. Im Nachhinein betrachtet war es Günthers Verzweiflung gewesen, die ihn dazu gebracht hatte, diese Liste zu erstellen. Die scheinbare Kontrolle über eine Krankheit, die sich nicht kontrollieren ließ. Günthers Verfall hatte bereits vor 2018 begonnen. Die Uhr tickte und jedes Vorrücken des Zeigers würde sich in der Liste widerspiegeln.

Am Ende enthielt die Liste über 100 Zeilen und deckte Günthers kompletten Alltag ab.

Unser ganzes Leben in einer Excel-Tabelle, dachte Jutta. Im Anschluss gab es eine große Diskussion hinsichtlich des Prozentsatzes. Jutta empfand 50 Prozent verbleibende Selbstständigkeit als zu streng betrachtet und wollte einen deutlich niedrigeren Wert über einen längeren Zeitraum als einen Monat.

»Es kann sein, dass du nur eine schlechte Phase hast«, argumentierte sie. »Oder, dass ein neues Medikament erst greifen muss. Lass uns 6 Monate sagen.«

Auch hier wieder, endlose Diskussionen. Günther wusste, dass er Juttas Zustimmung brauchte, sonst würde sie ihm im entscheidenden Moment nicht helfen. Ein niedrigerer Prozentsatz bedeutete mehr Pflegeaufwand für Jutta und weniger Lebensqualität für ihn. 50 Prozent hieß, dass nur noch die Hälfte von ihm da war und wie diese Hälfte aussah, war nicht abzusehen.

Am Ende einigten sie sich auf einen niedrigeren Wert. 25 Prozent Restselbstständigkeit, dafür nur ein Monat als entscheidender Zeitraum. Sie würden die Liste nicht täglich, sondern wöchentlich führen.

»Aber nicht schummeln«, sagte er mit aufgesetzter Lässigkeit.

Was hätte sie darauf antworten sollen? Dem eigenen Mann das Leben zu nehmen war keine Entscheidung, die Jutta bereit war zu treffen. Die Liste beruhigte Günther. Es gab einen Plan und wenn es einen Plan gab, dann gab es Struktur und Struktur gab ihm Sicherheit.

»Wie geht es jetzt weiter?«, fragte sie ihn.

Er lehnte sich zurück, nahm seine Lesebrille ab und blickte an ihr vorbei.

»Wir müssen es den Jungs sagen. Ich möchte, dass Thorben die Liste noch etwas optimiert und seine Meinung dazu abgibt. Julian soll nur erfahren, dass ich krank bin.«

Das Wort Alzheimer nahm er bewusst nicht in den Mund. Es war schon grausam zu wissen, dass diese Krankheit ab sofort sein ständiger Begleiter sein würde, es auszusprechen war nahezu unmöglich.

»Er würde es nicht verstehen und ich will nicht mit ihm diskutieren.«

Thorben war wie Günther, pragmatisch. Für ihn galt der Spruch: Lieber ein Ende mit Schrecken als ein Schrecken ohne Ende. Privat und beruflich war er dafür bekannt, Entscheidungen zu treffen. Auch wenn sie unbequem waren und wehtaten.

Julian hingegen war sanfter. Er grübelte viel und tat sich schwer mit schwierigen Themen. Das Abbild seiner Mutter. Die Diagnose allein würde ihn aus der Bahn werfen, von der Liste und der damit verbundenen Entscheidung ganz zu schweigen. Jutta war es nicht recht, Julian auszuschließen. Doch sie widersprach Günther nicht.

Sie rauchte mittlerweile die dritte Zigarette. 25 Prozent. Seit dem 12. September zeigte die Liste eine Restselbstständigkeit von 25 Prozent an. Einen Monat und 25 Prozent, darauf hatten sie sich geeinigt. Sie hatte es ihm versprechen müssen.

Wusste er eigentlich, was er von ihr verlangte? Ihrem eigenen Mann das Leben nehmen. Wie weit war das 2018 entfernt gewesen.

Günther saß nach wie vor in seinem Stuhl und bewegte sich nicht. Die Ruhe war trügerisch und ihr Vertrauen darauf, dass er auch weiterhin ruhig sitzen würde, wurde bereits einige Male bestraft. Es konnte passieren, dass er von einem auf den anderen Moment unruhig wurde, Angst bekam und nach ihr suchte. Stand er dann auf, schaffte er es meist nur einige Meter auf wackeligen Beinen, ehe er zu stürzen drohte. Sie hatte daraus gelernt und ließ ihn kaum aus den Augen. Schnell nach dem Essen schauen, schnell zur Toilette, schnell ein Paket an der Haustür entgegennehmen, schnell duschen. »Schnell« schien zu ihrem Lebensmotto geworden zu sein, wenn es darum ging, etwas zu tun, das nicht Günther betraf. Sie fühlte sich nicht wohl, wenn sie ihn nicht im Blick hatte. Ihr Haus war zu ihrem Gefängnis geworden, das sie zu ersticken drohte. Einzig die Terrasse war ihr Zufluchtsort. Sie konnte bei ihm sein, aber weit genug weg, um zu atmen. Als würde sie einen Film anschauen, der zwar traurig war, aber nicht ihr Leben widerspiegelte.

Sie ließ ihren Blick über den Garten schweifen. Das Haus, der Garten. Die unzähligen schönen Erinnerungen. Manchmal fragte Jutta sich, was das wert war, wenn die Gegenwart nur Traurigkeit zu bieten hatte – und Stille. Nicht nur Günther war still geworden. Das Haus war es auch. Nur Jutta redete. Hauptsächlich mit Günther, manchmal mit sich selbst.

Eine Bewegung schreckte sie aus ihren Gedanken auf. Günther verzog das Gesicht und wurde unruhig. Das war das Zeichen, dass er auf die Toilette musste. Sie nahm einen letzten Zug von ihrer halb gerauchten Zigarette, drückte sie im Aschenbecher aus und ging ins Haus. Sie half Günther aufzustehen, hakte seinen Arm unter ihren und führte ihn ins Bad. Sie hatte mit der Zeit gelernt, den Alltag zu optimieren. Wie sie ihm am besten aus dem Stuhl oder Bett half, welches Gehtempo das richtige war, wo sie ihn stützen musste und wo es reichte, ihn nur leicht festzuhalten, wie sie ihn zur Toilette führen musste, damit er sich im Idealfall gleich setzte. Manchmal hatte sie das Gefühl, dass sie nicht so schnell optimieren konnte, wie sich sein Zustand verschlechterte.

Dieses Mal lief der Toilettengang reibungslos und sie brachte Günther zurück auf seinen Platz.

»Magst du etwas trinken? Einen Saft vielleicht?«

Schweigen.

»Du hast heute nur sehr wenig getrunken. Trink doch etwas.«

Schweigen.

Sie rückte sein Glas näher an ihn heran, schenkte ihm etwas Saft ein und wartete auf eine Reaktion seinerseits. Nichts. Also nahm sie das Glas und gab es ihm behutsam in die Hand.

»Trink etwas, Günther.«

Dieses Mal schaute er sie an, als wäre er gerade aus einem Traum erwacht und würde sich fragen, was seine Frau hier machte. Ein lichter Moment.

»Hier, dein Glas.«

Sie hielt seine Hand fest und langsam wanderte sein Blick zum Glas. Er wusste nicht, was er mit dem Gegenstand in seiner Hand anfangen sollte. Also half sie ihm und bewegte seine Hand langsam Richtung Mund.

So lief es jeden Tag. Manchmal dauerte es wenige Sekunden, manchmal Minuten, bis sie zu ihm durchdrang. Wenn »schnell« zu ihrem Motto für Tätigkeiten ohne Günther geworden war, so schien »langsam« ihren Alltag bei allem anderen zu bestimmen. Jede Alltäglichkeit dauerte mit Günther eine Ewigkeit. Aufstehen, ins Bad gehen, waschen, Zähne putzen, anziehen, essen, trinken. Ihr kompletter Tagesablauf war auf ihn ausgerichtet. Sie hatte kein eigenes Leben mehr, sie lebte für Günther. Was sie tun würde, wenn er nicht mehr da wäre? Das konnte sie sich nicht vorstellen. Sie hatte vergessen, was ihr Freude bereitete, worauf sie Lust hatte, was sie zum Lachen brachte.

Günther trank ein paar Schlucke und signalisierte ihr mit der Hand, dass er genug hatte. Nachdem sie das Glas abgestellt hatte, blickte sie in seine Augen. Seine schönen Augen, die so viel ausdrücken konnten. Liebe, Schmerz, Trauer, Freude. Auch ohne zu sprechen konnte er so viel mit seinen Augen sagen. Die meiste Zeit tat er es nur nicht mehr. Konnte es nicht mehr. Doch gerade erkannte sie in seinen Augen den alten Günther wieder. Den warmherzigen, lebensfrohen Günther. Sie nahm seine Hand und umschloss sie fest mit ihren Händen. Er erwiderte ihren Blick und zeigte den Ansatz eines Lächelns.

Das war alles was sie brauchte, um zu wissen, dass heute nicht der Tag war. Dass sie heute nicht handeln würde, ihn nicht gehen lassen konnte.

Tagebucheintrag
Do., 13. Oktober 2022

»When I'm drunk in the morning …« muss ich Tagebuch schreiben. Leo liegt neben mir und schläft. Zu viel Alkohol. Ich bin auch nicht nüchtern und von wach kann keine Rede sein, aber schlafen kann ich nicht mehr. Zum Schreiben reicht es.

Welch eine Party! Sie ist jeden Kater wert! Mia hat nicht zu viel versprochen.

Nächste Woche geht die Uni wieder los… ohne mich. Ich werde das Studium schmeißen. Scheiße! Gerade war ich noch gut gelaunt. Selbst schuld, Meli.

Die großen Fragen schwirren mir durch den Kopf.

Was will ich? Wie soll mein Leben aussehen? Was möchte ich einmal werden, wenn ich groß bin? Hah! Die typische Frage von Erwachsenen an Kinder. Ich dachte, ich bin jetzt groß. Anscheinend nicht.

Ganz sicher weiß ich 2 Dinge:

1. Jura ist es nicht. War auch echt eine bescheuerte Idee. Wie bin ich nur darauf gekommen, Jura studieren zu wollen??? Vermutlich war ich da gerade in meiner »Mehr-Frauen-in-den-Gerichtssaal«- oder meiner »Meli-die-Ritterin-des-Rechts«-Phase. Egal.

2. Lehramt ist es auch nicht. Das haben mir die vergangenen zwei Semester gezeigt. Schlau, dass mir kurz vor Semesterstart einfällt, dass ich doch nicht weitermachen will. Hast du mal wieder super hingekriegt, Meli. Ich verstehe mich selbst nicht. Eigentlich müsste mir das Studium Spaß machen. Warum tut es das nicht?

Leo ist anders. Hallo? Erzähl mir was Neues! So war es schon immer. Seitdem wir uns kennen. Leo wusste schon IMMER, dass Informatik das Richtige war. Keine Zweifel. Keine Bedenken. Kein Hin und Her. Dazu noch die passende Portion Ehrgeiz und schon ist das

Studium durchgezogen. Dann noch ganz easy den Master angehängt und sich in die Arbeitswelt gestürzt. Kinderleicht! Wenigstens haben wir dazwischen die 6-monatige Reise durch Europa gemacht. Meine Idee! Klar, nach dem ganzen Abi-Stress musste ich erstmal raus. Mann, was hatten wir da Glück! Die dunklen Coronawolken sahen wir schon gegen Ende unserer Reise auf uns zukommen. Glücklicherweise brach der Sturm erst los, als wir wieder zurück in Deutschland waren. Das nenn ich Timing.

So eine Reise könnte ich glatt wieder machen. Einfach raus. Nicht über die Zukunft nachdenken. Sich treiben lassen....

Doch im Moment ist das nicht drin. Meinen Eltern beizubringen, dass ich auch dieses Studium nicht beenden werde, wird schon schwer genug. Vielleicht kann ich das Unvermeidliche noch etwas hinauszögern und es ihnen erst nächstes Jahr erzählen. Oder nie. Es lebe die Prokrastination!

Leo hat schon seit 6 Monaten einen typischen 9-to-5-Job, oder eher 8-to-6, wie es sich für Spießer gehört. Ich finde den Spitznamen lustig. Leo nicht. Keine Partys mehr unter der Woche – heute ist eine Ausnahme. Kein sinnloses Rumhängen mehr, der »Ernst des Lebens« hat begonnen. Geld verdienen, Haus kaufen, heiraten, Kinder kriegen, blabla. Ok. So spießig dann doch nicht. Allerdings kam gestern das Thema gemeinsame Wohnung auf.

»Wir haben eine gemeinsame Wohnung. Die hier«, habe ich gesagt.

»Das ist DEINE Wohnung, Meli. Ich hänge hier nur rum, weil meine Eltern uns nur auf den Sack gehen würden, wenn wir bei mir wären. Ich möchte etwas für uns beide. Etwas Größeres.«

Ich habe natürlich die Augen verdreht und irgendeine Ausrede geliefert. So etwas wie: keine Kohle, muss erst noch meinen Weg finden, gib mir ein wenig Zeit.

»Bin doch gestern erst geboren.«

»Zu jedem Thema ein passendes Lied parat.«

Genau!

Ich mag meine Wohnung. Sie ist mein Zuhause. Seit zwei Jahren schon. Ich will sie nicht hergeben. Es ist meine Studentenbude. Ich will keine größere Wohnung, kein Auto und den ganzen Scheiß.

Ich muss herausfinden, was ich will. Nur wie? Vielleicht sollte es ein Fach in der Schule geben, das heißt: »Was ich später einmal werden möchte«. Im Moment bekäme ich darin eine 6. Leo eine 1 mit Stern – und das absolut verdient.

Ich weiß schon mal was ich nicht will. Das ist ein Anfang. Auch ein drittes Studium werde ich nicht beginnen. Erstmal brauche ich Kohle. Lange werden meine Eltern das nicht mehr mitmachen und mir über kurz oder lang den Geldhahn zudrehen. Also heißt es erstmal: Jobsuche.

Leo ist gerade kurz aufgewacht, hat mich an sich gezogen und so etwas wie »Mach das Licht aus und schlaf« gemurmelt. Nun liege ich in Schräglage an Leo gepresst und versuche, die letzten Zeilen dieser Seite zu füllen.

So langsam überkommt mich doch nochmal die Müdigkeit. Ich werde über die Zukunft später nachdenken und jetzt erstmal schlafen.

Wer weiß, vielleicht habe ich im Schlaf einen Geistesblitz und weiß, was ich den Rest meines Lebens tun möchte. Den Rest meines Lebens… - gruselige Vorstellung.

Apropos Geistesblitz: Nächste Woche ist unser Jahrestag! Drei Jahre! Ich erinnere mich noch an unser erstes Treffen, die ersten Wochen.

»I took an arrow through the heart«
Eine Ewigkeit!
Leo hat bestimmt etwas geplant. Nur mir fehlen wieder die Ideen…. Kommt Zeit, kommt Rat.

»Wenn ich dir nur in die Augen seh'. Ohooooohoooooooo«

Ok, ich bin definitiv betrunken. Da hilft nur: Schlaf – und Leo!

Brief
Do., 13. Oktober 2022

Lieber Fritz,

mein letzter Brief ist eine Weile her, ich weiß. Du wirst dich sicherlich wundern, warum ich dir ausgerechnet jetzt schreibe. Ich komme gleich zum Punkt. Ich habe eine Entscheidung getroffen. Ich werde Arthur verlassen. Fast 50 Ehejahre. Eindeutig zu lange, dafür, dass wir nicht zusammengepasst haben. Wir sind schon eine Weile kein Paar mehr. Doch du kennst mich. Den letzten Schritt zu gehen, fällt mir schwer. Der wievielte Anlauf ist es, wirst du fragen. Ich kann es dir nicht beantworten. Doch eines ist sicher: Es wird keine Feier zur goldenen Hochzeit geben. Im neuen Jahr werde ich es ihm sagen.

Ich habe angefangen, einen Teil meines Schmuckes schätzen zu lassen. Natürlich nicht den Anhänger von dir. Der bleibt. Ich möchte umziehen. Ich weiß: »Einen alten Baum verpflanzt man nicht.« Eine kleine Wohnung in ländlicher Gegend, das könnte ich mir vorstellen. Die Stadt ist mir mittlerweile zu laut und zu hektisch. Vielleicht bin ich empfindlich geworden. Und das als Stadtkind. Dinge ändern sich.

Warum ich dir das schreibe? Ob ich Hintergedanken habe? Vielleicht.

Wie geht es dir in Oslo? Ist das Wetter immer noch so schrecklich, wie ich es in Erinnerung habe oder hat die Erderwärmung Abhilfe geschaffen? Was machen Anita und die Kinder? Kinder. Was sage ich. Wahrscheinlich bist du schon lange Großvater.

Wie lange ist unser letztes Treffen her? Sind es 15 Jahre? Mit dem Alter verschwimmen die Erinnerungen.

Fritz, ich bin bereit für einen neuen Lebensabschnitt.

Ich würde mich freuen, von dir zu hören,

Hilde

Ich 08:56
Willst du wirklich fliegen?

Maus 08:57
100 %

Ich 08:57
Wollen wir es nicht noch einmal verschieben?

Maus 08:58
Keine Chance. Ich fliege. Mit dir oder ohne dich.

Ich 08:58
Es ist gerade echt unpassend bei mir.

Maus 09:02
Jeder trifft seine Entscheidungen. Ich habe meine getroffen. Was ist mit dir?

Ich 09:03
Lass uns das in Ruhe nochmal besprechen. Ok? Morgen Abend bei deinen Eltern?

Maus 09:37
Ok, aber erwarte nicht, dass ich meine Meinung ändere.

Günther war gerade dabei, sein Frühstücksbrötchen zu essen, während Jutta ihm Kaffee nachschenkte. Er hatte nur noch wenige Bissen vom Brötchen übrig. Jutta war zufrieden mit dem Ablauf des Morgens. Selbst ein kurzes Gespräch war möglich gewesen. Ein guter Tag.

Wenige Sekunden nachdem sie den Gedanken zu Ende gedacht hatte, war die gute Phase vorbei. Günther drehte seinen Kopf weg und seine Hand wurde schlaff. Der letzte Bissen des Brötchens lag auf dem Teller und Jutta wusste, dass sich daran nichts mehr ändern würde. Er hatte diese Welt mal wieder verlassen.

Das Telefon klingelte und holte Jutta weg von Günther, weg von ihren Gedanken. Bevor sie aufstand, um den Anruf entgegenzunehmen, vergewisserte sie sich, dass Günther ruhig in seinem Stuhl saß.

»Riedel«

»Guten Tag, Frau Riedel. Hier spricht die Arztpraxis Huber. Das Rezept für Herrn Riedel kann abgeholt werden.«

Ein neues Medikament sollte in den Medikamentenplan aufgenommen werden. Zusätzlich zum vorhandenen Epilepsiemedikament kam ein weiteres hinzu.

»Alles klar. Danke. Ich hole es später ab.«

Nun begann es in Juttas Kopf zu arbeiten. Sie musste klären, welche Apotheke das Medikament vorrätig hatte. Sie brauchte jemanden für Günther. Für Windeln müsste sie ins Sanitätshaus und ein paar Lebensmittel könnte sie ebenfalls besorgen, wenn sie sowieso schon unterwegs war.

In ihre Planung versunken, ging sie zurück ins Esszimmer. Günther saß noch genauso auf seinem Platz, wie sie ihn zurückgelassen hatte. Die nächsten Minuten organisierte sie die Nachbarin als Betreuung für Günther, fand eine Apotheke, die das Medikament für sie reservierte und bereitete Kaffee, ein paar Kekse und Obst für Günther und Rita vor.

Als Rita klingelte, wandte sie sich Günther zu:

»Schatz, Rita leistet dir die nächste Stunde ein wenig Gesellschaft, während ich ein paar Einkäufe erledige. Ok?«

Er wandte zwar seinen Kopf nicht in Juttas Richtung, um sie anzuschauen, nickte aber kurz und gab ein undeutliches »Ja« zur Antwort.

»Ich bin bald wieder da.«

Sie gab ihm einen sanften Kuss auf die Wange und ging zur Haustür.

Rita hatte sich schon einige Male um Günther gekümmert. Bis auf ein mehrfaches »Danke« von Juttas Seite, Abwinken, »das mache ich doch gerne« und »ist doch selbstverständlich« von Ritas Seite gab es nichts zu besprechen und schon saß Jutta im Auto.

Während sie die altbekannte Strecke wie auf Autopilot fuhr, dachte sie an den Tag zurück, an dem sie ihre Söhne über Günthers Krankheit informiert hatten.

Zwei Wochen nach der Diagnose waren Julian und Thorben, mittlerweile schon erwachsene Männer von 28 und 31 Jahren, mit ihren Freundinnen Ina und Miriam zum Mittagessen vorbeigekommen. Sie hatten sich gerade an den Tisch gesetzt, da nutzte Günther eine kurze Redepause und sagte:

»Ich habe Alzheimer.«

Schweigen.

»Anfangsstadium.«

Schweigen und ungläubige Blicke.

»Jetzt macht nicht so ein Gesicht. Noch bin ich nicht dement.«

Auf Schweigen folgte Reden. Bei Julian waren es Fragen wie: »Bist du sicher? Sollten nicht noch weitere Tests gemacht werden? Hast du schon darüber nachgedacht, eine Zweit- oder Drittmeinung einzuholen? Wie kompetent ist dein Neurologe überhaupt?«

Thorben hingegen klopfte gleich die Punkte Patientenverfügung, Vorsorgevollmacht und Testament ab.

Daraufhin entbrannte eine Diskussion zwischen den Brüdern, da sie die Beweggründe des anderen nicht nachvollziehen konnten. Die Freundinnen hielten sich gänzlich raus und Günther und Jutta mussten als Streitschlichter tätig werden.

Das mittlerweile kalte Mittagessen nahmen sie schweigend ein. Beim Verabschieden drückten beide Söhne ihren Vater besonders lange. Jutta sah die Betroffenheit der beiden. Wie konnte es auch anders sein? Der Held ihrer Kindheit würde sich langsam auflösen und schließlich verschwinden. Das war für kein Kind leicht zu ertragen.

Julian ging als Erster. Als er außer Hörweite war, nahm Günther Thorben beiseite und bat ihn, in den nächsten Tagen vorbeizuschauen. Allein.

Julian sollte nichts von der Liste erfahren. Günthers Tod würde ihn schlimm genug treffen, warum noch die Bürde, dass die Familie daran beteiligt war.

Thorben nahm die Liste und Günthers Pläne hingegen positiv auf. Er begrüßte die aktive Auseinandersetzung mit der Krankheit und die bewusste Entscheidung für ein selbstbestimmtes Sterben.

Wie Günther vermutet hatte, optimierte Thorben die Liste in kürzester Zeit und fügte die gewünschte Meldung ein. Sie einigten sich auf:»Wenn der Tod kommt, ist Sense«.

»Alzheimer ist schon scheiße genug. Da darf man erst recht seinen Humor nicht verlieren«, sagte Thorben.

Jutta hatte einen straffen Zeitplan. Besorgungen mussten erledigt werden. In dieser Zeit dachte sie nicht an Günther, an die Krankheit, an die Zukunft. Sie arbeitete Punkt für Punkt ab. Eine Stunde später saß sie wieder im Auto Richtung Heimat. Mit jedem Kilometer kamen die Gedanken zurück. Die Sorgen. Wie sollte es weitergehen? Wie schnell würde er abbauen?

Sie wollte nicht darüber nachdenken. Doch ihr Kopf kannte keine Pause. Also drehte sie das Radio laut und versuchte, sich auf das Fahren und die Musik zu konzentrieren.

Daheim angekommen lief der übliche Prozess ab. Jutta bedankte sich mehrmals bei Rita und gab ihr eine Packung Pralinen, die sie in der Stadt besorgt hatte. Rita wiederum erwiderte das Ganze mit einem»Das hättest du doch nicht gebraucht« und einem längeren Zögern, ehe sie schließlich die Packung annahm und verschwand.

Günther saß nach wie vor auf seinem Platz. Ein wenig hatte er gegessen und getrunken. Jutta räumte die Einkäufe in die Schränke und animierte Günther mit den Worten»So, jetzt gehen wir erstmal auf die Toilette« aufzustehen und mit ihr zu gehen. Wenn ihr vorher jemand gesagt hätte, dass ein erwachsener Mann plötzlich Angst bekommt, sich auf eine Toilette zu setzen, sie hätte es nicht geglaubt. Vieles hätte sie vorher nicht geglaubt.

Dieses Mal dauerte es einige Minuten, bis er sich schließlich setzte. Wenigstens war die Windel noch trocken. Immer die positiven Sachen sehen, sagte sie sich. Es war ein sonniger Tag. Eine gute Gelegenheit für einen Spaziergang. »Er muss sich mehr bewegen«, hatte der Physiotherapeut gesagt. »Sonst baut die Muskulatur zu schnell ab.« Also half sie Günther in seine Jacke, zog ihm die Schuhe an und nahm seinen Arm, um ihn beim Gehen zu unterstützen. Hatten sie erstmal die Treppe an der Haustür überwunden, ging es gut voran. Während sie die Straße entlangliefen, erzählte Jutta ein wenig vom Tag. Viel gab es nicht zu berichten.

Vor ein paar Wochen hatte sie den Fehler begangen und war mit Günther zu weit gelaufen. Plötzlich verließen ihn seine Kräfte und er drohte einzuknicken. Sie befürchtete, dass sie es nicht mehr nach Hause schaffen würden. Mit seinem Gewicht auf Jutta gestützt, schleppten sie sich zurück. Daheim angekommen, brach sie verschwitzt auf der Couch zusammen.

Dieser Fehler würde ihr kein zweites Mal passieren. So liefen sie lediglich bis zur Kreuzung und zurück. Daheim angekommen setzte sie Günther mit Decke, Schal und Mütze auf die Terrasse. Noch ein Punkt, den die Krankheit mit sich brachte. Gestörtes Temperaturempfinden. Sie achtete darauf, ihn wärmer anzuziehen, da ihm schnell kalt wurde.

Sie holte sich Laptop, Notizblock und Telefon und begann, ihre Liste abzuarbeiten. Zuerst in der Werkstatt anrufen und einen Termin für Reifenwechsel und TÜV ausmachen. Das hatte Günther immer gemacht. Nun war es ihre Aufgabe.

Als Nächstes bezahlte sie die Rechnungen für den Kaminkehrer und die Reparatur der Waschmaschine. Auch das hatte Günther übernommen. Sowohl die Finanzen als auch die vielen kleinen Tätigkeiten. Nun brauchte sie dafür jedes Mal einen Fachmann. Wenigstens hatte Thorben ihr vor ein paar Monaten erklärt, wie Online-Banking funktionierte. Anfangs hatte sie sich schwergetan. Mittlerweile rief sie Thorben nur noch selten an.

Zum Schluss hatte sie ein längeres Telefongespräch mit der Pflegekasse. Ihr Bad war nicht ausgelegt auf Günthers Situation. Sie hatten lediglich eine Badewanne und es wurde immer schwieriger für Jutta, Günther beim Duschen zu helfen. Aus diesem Grund sollte die Badewanne einer barrierefreien Dusche mit Haltegriffen und rutschfesten Bodenbelägen weichen. Sie hatte zuvor ein wenig recherchiert, war sich aber unsicher, welche Anträge auszufüllen waren und wie der genaue Prozess war. Während des Telefonats machte sie sich Notizen und beschloss, in den nächsten Tagen die entsprechenden Anträge auszufüllen.

Da es langsam zu dämmern begann, brachte Jutta Günther ins Haus und half ihm aus seiner Kleidung und auf die Couch. Die nächsten 15 Minuten machte sie verschiedene Übungen mit ihm, die der Physiotherapeut empfohlen hatte, ehe sie in der Küche verschwand, um das Abendessen vorzubereiten.

Während sie Zwiebeln und Knoblauch in Würfel schnitt, schaute sie immer wieder von ihrem Schneidebrett auf und vergewisserte sich, dass Günther weiterhin auf der Couch saß.

Ob er gewusst hatte, dass sie ihn angelogen hatte? Oder hatte er fest damit gerechnet, dass sie ihm die Tabletten geben würde?

Sie versuchte, es sich vorzustellen. Wie es wohl ablaufen würde. Günthers Tod.

»Du musst jetzt stark sein«, würde sie zu ihm sagen, doch sich meinen. Tief durchatmen, aufstehen, Tabletten holen, sie ihm in die eine Hand geben und das Glas mit Wasser in die andere.

»Du musst jetzt deine Medikamente nehmen«, würde sie sagen.

Dieses Mal würde er sie gleich anschauen, dann auf die Hand mit den Tabletten. Sie hätte einen Kloß im Hals, würde seine Hand nehmen und sie langsam zum Mund führen. Noch könnte sie ihn aufhalten, noch hätte er die Tabletten nicht genommen. Doch das würde sie nicht tun. Er würde sie nehmen. Sie würde ihm beim Trinken helfen.

Sie würde ihn ins Bett bringen und sich an ihn schmiegen. Es gab Zeiten, da konnte er keine körperliche Nähe ertragen. Nicht er, die Krankheit war es. Das musste sie sich immer wieder sagen. Auch wenn es sie verletzte und sie weinend im Bad saß, weil er sie von sich gestoßen hatte. Doch dieses Mal würde er die Nähe zulassen. Sie würde sich an ihn kuscheln, seinen ruhigen Atem spüren, seinen Geruch wahrnehmen – eine Mischung aus Waschmittel, Deo und Günther. Sie würde die Augen schließen und versuchen, nur in diesem Moment zu sein, nicht an später zu denken. Sie würde spüren, wie sein Herz aufhörte zu schlagen. Doch bewegen würde sie sich nicht. Sie würde einfach bei ihm liegen, bis er nicht mehr da war.

Dann würde sie den Notruf wählen.

Zwiebeln und Knoblauch waren mittlerweile angebraten, ebenso das Fleisch und das Gemüse. Sie nahm den Topf mit den Nudeln vom Herd und schüttete sie ab.

Sie konnte es nicht. Solange Günther sie noch anschauen konnte, konnte sie ihn nicht gehen lassen. War sie nun die Egoistin? Mit Sicherheit. Auch wenn er nicht mehr der Mann war, in den sie sich verliebt hatte, war er noch da. Bei ihr. Sie konnte den Gedanken nicht ertragen, ganz ohne ihn zu sein. Lieber ein kranker Günther als kein Günther, sagte sie sich.

Sie mischte die Nudeln unter, fügte Kräuter hinzu und verteilte das Essen anschließend auf Teller. Günthers Portion schnitt sie in kleine Stücke, sodass er sie problemlos mit der Gabel essen konnte.

Wenn er wirklich sterben wollte, würde er aufhören zu essen. Oder nicht? Wenn er wirklich sterben wollte, würde sie das bemerken. Oder nicht? Er würde es in einem seiner lichten Momente kommunizieren. Oder nicht? Sie schüttelte ihren Kopf, als ob sie diese Gedanken einfach aus dem Kopf bekäme, und brachte die Teller nach draußen.

Es war wieder eine dieser Nächte, in denen Günther keine Ruhe fand. Sie hatte schon geahnt, dass es keine gute Nacht werden würde. Das Zähneputzen, Waschen und Umziehen hatte besonders lange gedauert. Er war unruhig und ängstlich, wollte sich ungern anfassen lassen. Wenn Jutta entspannt war, versuchte sie, ihm die Zeit zu geben, die er brauchte. Wollte, dass er noch so viel wie möglich selbstständig machte. Doch an diesem Abend war ihre Geduld zu Ende. Als er zum wiederholten Mal versuchte, sich den Ärmel des Schlafanzugoberteils über den Kopf zu ziehen, nahm sie es ihm ab und zog es ihm grob über den Kopf. Auch beim Zähneputzen wollte er dieses Mal den Mund nicht öffnen, geschweige denn die Zähne selbst putzen.

»Du musst schon mithelfen, Günther«, sagte sie entnervt, während sie zum wiederholten Mal die Zahnbürste an seinen Mund führte. Wie gerne wäre sie immer die Ruhe selbst, geduldig, liebevoll, würde niemals Günther beschimpfen oder ihn harsch angehen. Natürlich konnte er nichts für seine Situation und im Nachhinein tat es ihr immer leid. Doch irgendwann war bei ihr der Punkt erreicht, an dem sie einfach nur schreien wollte. Dieser Punkt kam in letzter Zeit immer häufiger.

Günther lag neben ihr im Bett und nestelte an der Bettdecke, als sie über die abendliche Routine nachdachte. Zuvor hatte er mehrmals versucht aufzustehen. Noch ein Punkt, den die Krankheit mit sich brachte – ein gestörter Tag-Nacht-Rhythmus – wie es die Ärzte formulierten. Günther konnte teilweise stundenlang tagsüber schlafen und war dafür nachts wach.

Sie machte sich eine geistige Notiz: dringend ein Trenngitter für das Bett besorgen und den Hausarzt nach den Tabletten fragen, die für mehr Ruhe nachts sorgen sollten. Eigentlich wollte sie es nicht. Noch mehr Tabletten geben. Günther nahm schon so viele. Mehrere Alzheimermedikamente, Saft gegen die Epilepsie, Wassertabletten, weil er sich nicht mehr ausreichend bewegte und sich Wasser in seinen Beinen staute. Ein neues Epilepsiemedikament war heute hinzugekommen. Früher hatte er nie Medikamente gebraucht, war selten zum Arzt gegangen. Nun war er ein Pflegefall.

Sie versuchte sich daran zu erinnern, wie alles begonnen hatte. Was waren die ersten Anzeichen der Krankheit gewesen? Günther hatte es geschafft, seine Defizite lange zu verbergen. Irgendwann war ihr aufgefallen, dass er seine Uhr nicht mehr trug.

»Ach, weißt du, ich habe doch mein Handy, da brauche ich die Uhr gar nicht. Außerdem drückt sie ein wenig und sie sieht auch nicht mehr so schön aus.«

Zuerst dachte sie sich nichts dabei.

Durch Zufall entdeckte sie beim Wäschewaschen verschiedene Zettel in seinen Hosen- und Hemdtaschen. Hier hatte er sich wichtige Daten notiert – Namen, Geburtstage, Telefonnummern, Tagesabläufe. Eine weitere Taktik von ihm.

Kreuzworträtsel hatte er irgendwann nicht mehr gelöst (»Zu anstrengend für die Augen«), die Spülmaschine nicht mehr ausgeräumt (»Kannst du das bitte machen, mein Rücken tut mir beim Bücken weh«), zum Einkaufen wollte er sie plötzlich nicht mehr begleiten (»Ich möchte lieber daheimbleiben und ein wenig lesen«). Auch Fahrradfahren wollte er auf einmal nicht mehr (»Lass uns lieber spazieren gehen«).

Im Nachhinein betrachtet offensichtlich, aber da sich das Ganze über Jahre hinzog, war es ihr nicht aufgefallen. Vielleicht hatte sie es nicht sehen wollen. Günther wollte es vermutlich ebenfalls nicht wahrhaben. Hatte er direkt nach der Diagnose die Liste erstellt und die ersten Monate wöchentlich zusammen mit ihr ausgefüllt, so fing er nach etwa eineinhalb Jahren an, die Liste allein zu befüllen.

»Habe ich für diese Woche schon erledigt«, hatte er geantwortet, als sie ihn danach fragte. Jutta war es recht gewesen. Sie hasste die Liste, da sie sie jede Woche daran erinnerte, was unweigerlich kommen würde.

Als sich die Vorkommnisse häuften, fing sie an, Bücher über Alzheimer und Demenz zu lesen und erkannte die Muster. Angesprochen auf die Liste und ob es sinnvoll wäre, diese zu überarbeiten, erwiderte Günther: »Nein, nein. Sie bleibt so wie sie ist.«

Sie wusste, in welchem Dateiordner Günther die Liste abgelegt hatte und musste feststellen, dass er sie monatelang nicht mehr ausgefüllt hatte. So stark und selbstbestimmt er sich am Anfang der Krankheit gefühlt haben musste, so sehr verängstigte sie ihn als er seine Defizite bemerkte, mutmaßte Jutta. Schwarz auf weiß den Verfall zu beobachten. In einer nüchternen Excel-Tabelle Woche für Woche zu sehen, wie sich der eigene Körper, der eigene Geist gegen einen wendete, war vermutlich zu viel. Selbst für Günther. Jutta konnte nur erahnen, wie er sich in dieser Zeit gefühlt haben musste. Er sprach wenig über seine Gefühle, seine Ängste. Er war der Starke in der

Beziehung. Der Fels in der Brandung. Ihr Fels. Mit jedem Monat, der verstrich, wurde der Fels kleiner. Er begann, sich aufzulösen.

Auch wenn Jutta die Liste hasste, so war sie doch ein guter Indikator wie schnell die Krankheit voranschritt. Sie hatte die Hoffnung nicht aufgegeben, dass nicht doch ein Medikament das Unvermeidliche hinauszögern konnte. Vielleicht konnte die Neurologin anhand der Liste genauer bestimmen, welches Medikament zu Günther passte, sagte sie sich.

Aus den Büchern lernte sie, dass an Alzheimer Erkrankte sich schwertaten, die Uhr zu lesen. Um nicht in Verlegenheit zu geraten, nach der Uhrzeit gefragt zu werden, hörten sie einfach auf eine Uhr zu tragen.

Generell hörten viele mit Tätigkeiten auf, die sie nicht mehr hundertprozentig meistern oder die das tatsächliche Fortschreiten ihrer Krankheit preisgeben konnten. Jutta lernte, dass es beim Radfahren dazu kommen konnte, dass der Mensch vergaß, in die Pedale zu treten, immer langsamer wurde und plötzlich umkippte. Sie vermutete, dass Günther das passiert sein musste und er deshalb von einem Tag auf den anderen nicht mehr Radfahren wollte.

So viele kleine Hinweise hatte es gegeben. Doch der Alltag lief weiter. Hinzu kamen die Momente, in denen sie Günther nicht mehr erkannte. Momente, in denen er plötzlich wütend wurde, schrie und Sachen zerschlug. Die Phase hatte ihr Angst gemacht. Günther hatte nie die Hand gegen sie erhoben, aber in diesen Situationen war sie sich nicht sicher, ob es nicht doch passieren würde. Auch hier hatte sie gelesen, dass Stimmungsschwankungen und Wutausbrüche normal seien. Normal. Normal war vor der Krankheit. Für sie gab es kein Normal mehr. Dennoch beruhigte es sie, dass das, was sie erlebte in einem Buch beschrieben wurde.

»Papa ist stiller geworden«, merkte Julian irgendwann an.

»Findest du?«, hatte Jutta ihn halb verwundert, halb wissend gefragt, während sie auf der Terrasse saßen und Eis löffelten.

»Du nicht? Normalerweise hat er immer mit den größten Redeanteil und heute war er sehr still.«

»Vielleicht hat er einfach einen schlechten Tag.«

Nachdenklich löffelte sie ihr Eis. Er war tatsächlich stiller geworden die letzte Zeit. Nur wie lange schon?

»Mir ist auch aufgefallen, dass er kaum noch Hemden trägt. Die letzten Male habe ich ihn nur im T-Shirt oder Pullover gesehen. Das ist so untypisch für ihn.«

Da war es. Ein kleines Teil im großen Alzheimer-Puzzle. Wieder eins mehr. Die Feinmotorik ließ nach. Statt es seiner Frau zu sagen, zog Günther kaum mehr etwas an, das zugeknöpft werden musste.

»Er ist ja jetzt in Rente und möchte nun einfach bequemere Sachen tragen.«

Ausreden.

Günther hatte Ausreden für Jutta. Jutta hatte Ausreden für Söhne, Freunde, Verwandte. Ausreden, warum sie nicht zu einer Geburtstagsfeier kamen (»Da haben wir schon Karten fürs Theater«). Ausreden für die Absage beim Nachbarschaftsgrillen (»Ich fühle mich nicht so gut.«). Ausreden, um Thorben nicht in Hamburg zu besuchen (»Du weißt doch, die lange Autofahrt…«).

Dann kam Corona und die Ausreden hatten ein Ende. Sie blieben unter sich, schotteten sich ab. Wie der Rest der Welt. Jutta hatte diese Zeit positiv in Erinnerung. Sie waren spazieren gegangen, hatten gemeinsame Abende auf der Terrasse oder auf der Couch mit Wein und gutem Essen verbracht. Die Corona-Zeit hatte sie stärker zusammenwachsen lassen.

Als die Welt sich langsam wieder öffnete und Kontakte wieder möglich waren, war die Krankheit bei Günther nicht mehr zu übersehen und nicht mehr zu verbergen. Günthers Mimik hatte sich verändert. Sie hatte an Ausdrucksstärke eingebüßt. Er war schweigsamer geworden. Je stiller er wurde, desto mehr redete Jutta. Sie kompensierte sein Schweigen mit Reden. Manchen fiel es auf. Andere sagten hinter vorgehaltener Hand: »Günther ist komisch geworden.«

Dann ging alles plötzlich sehr schnell. Ein epileptischer Anfall im März 2022 – nicht unüblich, wenn das Gehirn anfängt zu schrumpfen – katapultierte sie von einem Tag auf den anderen in die bittere Realität der Pflegestufe drei.

Mittlerweile hatte Günther aufgehört zu nesteln. Ein Blick auf die Uhr brachte die Gewissheit: 4:20 Uhr. In etwas mehr als zwei Stunden würde der Wecker klingeln. Günther hatte um 10 Uhr einen Termin beim Physiotherapeuten und für aufstehen, umziehen, waschen, frühstücken und die Autofahrt brauchte sie zweieinhalb Stunden – an einem normalen Tag. Doch wenn Günther einen schlechten Tag hatte, hieß es betteln, damit er Kooperation bei all diesen Tätigkeiten zeigte.

Sie drehte sich in Seitenlage und versuchte, ihre Gedanken zur Ruhe zu bringen. Schlaf war wichtig und kostbar. Sie versuchte an Dinge zu denken, die sie beruhigten. Sie wusste nicht, wie lange es dauerte, aber endlich kam ihr Geist zur Ruhe und sie sank in den Schlaf.

Tagebucheintrag
Mo., 21. November 2022

»*It's just another manic Monday.*«

So schaut's aus!
    Was macht das Stimmungsbarometer? Ich würde sagen: Orange.
Es ist Montag! Da ist kein Grün drin. Warum bin ich eigentlich schon
wach? Selbst Leo schläft noch neben mir. Unglaublich!
    Lassen wir das und konzentrieren uns auf das Positive.
    Ich habe einen Job. Hört! Hört! Heute beginnt die 4. Woche und
ich habe noch nicht aufgegeben. Das lässt sich durchaus als Erfolg
verbuchen. Klar, Regale einräumen und an der Kasse sitzen, ist jetzt
nicht mein Traumjob, aber es ist gar nicht so übel wie gedacht. Es ist
nur Teilzeit, aber ich verdiene genug Geld, um meine Miete zu bezah-
len und meine Fixkosten zu decken. Durch die Verkäufe auf Etsy kann
ich meine restlichen Ausgaben decken. Leo steuert auch öfter mal et-
was bei, was mir überhaupt nicht gefällt. Allerdings besser, als meine
Eltern anzupumpen.
    Letzte Woche habe ich mitbekommen, dass das Holz der alten Park-
bänke in der Stadt nach und nach ersetzt wird. Hier habe ich mir
gleich die erste Ladung gesichert. Viel zu schade zum Wegschmeißen.
Ich habe schon super viele Ideen! Zuerst muss es aber in einen ansehn-
lichen Zustand gebracht werden. Opa hat mir die Basics erklärt. Mor-
gen lege ich los.

»*Stop the clocks, it's amazing*« *Ich schaue Leo beim Schlafen zu….*

Heute Abend geht's zu unserer ersten Wohnungsbesichtigung. Leo
hat mich überredet. Lust habe ich keine. Eigentlich hatten wir uns

darauf geeinigt, zuerst Geld zu sparen und nächstes Jahr zusammen-
zuziehen.

»Es schadet ja nichts, sich schon mal umzuschauen.«
Jaja.
»Außerdem hat die Wohnung einen Hammer-Ausblick und einen
riesigen Balkon.«
Ok, überredet.
Ich bin einfach viel zu leicht rumzukriegen. Vor allem, was Leo be-
trifft. Da kann ich nicht »Nein« sagen.
»Weil ich das Beste bin, das dir passiert ist, nicht wahr?«
Dieser Gesichtsausdruck und dazu das schelmische Grinsen. Wie
kann ich da widerstehen?

Auf geht's in eine neue Woche!
LEO!!!! AUFSTEH'N!!!!

Brief

Lieber Fritz,

mein zweiter Brief in nicht einmal 6 Wochen. Das hat es noch nie gegeben. Ich bin nicht verwundert darüber, dass du mir nicht geant-wortet hast. Ich gebe zu, ich habe mir Hoffnungen gemacht. Ich habe sie immer noch. Was sind schon 6 Wochen? Ein kleiner Streik bei der Post und schon verzögert sich mein Brief. Vielleicht bist du auch umgezogen. Wer weiß das schon?

Es könnte auch sein, dass du keinen Kontakt mehr möchtest. Ich würde deine Entscheidung respektieren. Doch einverstanden wäre ich nicht damit. Du weißt, wie ungern ich ein »Nein« akzeptiere. Arbei-test du noch? Seitdem du nur noch Artikel auf Norwegisch veröffent-lichst, habe ich aufgehört sie zu verfolgen. Vermutlich hätte ich so oder so damit aufgehört. Ich habe dich bewundert für deine Art zu schrei-ben. Doch deine Themenwahl war immer fürchterlich.

Ich veröffentliche schon eine Weile nicht mehr. Doch das Schreiben habe ich nie aufgegeben. Arthur hat sich nicht großartig dafür inte-ressiert, wie du weißt. Das hat sich bis heute nicht geändert. Ich habe schon vor langer Zeit damit aufgehört, ihn nach seiner Meinung zu fragen. Wie sagt man so schön: Akzeptiere, was du nicht ändern kannst und ändere, was du nicht akzeptieren kannst.

Die Vorweihnachtszeit steht vor der Tür. Ich glaube, Arthur hat eine Vorahnung. Er ist aufmerksamer als sonst. Interessierter. Ob er bemerkt hat, dass sich mein Schmuck dezimiert hat? Dass ich im In-ternet nach einer passenden Gegend für mich gesucht habe?

Ich habe in ein paar Tagen einen Termin mit einem Makler. Du siehst, ich bin entschlossen. Es ist Zeit,

Hilde

Ich, 08:13
Wie ist Patagonien?

Maus, 14:14
GEIL!!!

Ich, 14:54
Mehr hast du nicht zu sagen?

Maus, 14:58
Später. Bin unterwegs.

Ich, 15:02
Du übernimmst dich nicht, oder?

Maus, 15:10
Nein, Mama ;-)

Ich, 15:12
Wann geht's aufs Schiff?

Maus, 15:13
Samstag.

Ich, 15:15
Telefonieren wir vorher?

Maus, 15:15
Sicher.

Kapitel 3
So., 1. Januar 2023

»Schatz, erinnerst du dich noch an die Liste?«

Jutta kniete vor Günther, während er auf der Couch saß und zu ihr runterblickte. Ein wacher Moment. Jutta zeigte auf den geöffneten Laptop, der auf dem Couchtisch stand. Günther blickte von ihr zur Liste und zu ihr zurück. Ein gutes Zeichen.

»Die Liste hast du erstellt. Erinnerst du dich?«

Ein kurzes Nicken.

»25 Prozent und einen Monat. Erinnerst du dich?«

Wieder ein Nicken. Jutta hatte im Laufe der Zeit gelernt, dass sie die Fragen kurz halten musste. Am besten waren Fragen mit zwei Antwortmöglichkeiten – »Ja oder nein?«, »Magst du Nudeln oder Kartoffeln?«, »Brokkoli oder Karotten?«, »Sterben oder Leben?«.

»Kennst du diese Tabletten?«, fuhr sie fort und hielt ihm die Packung mit den Tabletten in sein Gesichtsfeld. Dieses Mal gab er ein kurzes »Ja« von sich.

»Weißt du, wofür die Tabletten sind?«

»Ja.«

Jutta wurde nervös. Seit die Liste nur noch 20 Prozent anzeigte, hatte sie hin und wieder versucht, Günther in seinen wachen Momenten darauf anzusprechen. Die letzten Versuche waren gescheitert, da sie entweder nur bis zur zweiten Frage kam, bevor er wieder in seine Welt abdriftete oder gleich bei der ersten Frage den Kopf schüttelte. Dieses Mal lief es anders und das bereitete Jutta ein flaues Gefühl in der Magengegend. Sie wollte nicht, dass er die Tabletten nahm. Sie war noch nicht bereit dazu. Tief einatmen, Jutta, sagte sie sich, und die entscheidende Frage stellen.

»Willst du sie nehmen?«

Günther blickte ihr mehrere Sekunden tief in die Augen und ihr Herz blieb beinahe stehen, als er ihr seine Hand entgegenstreckte. »Bist du dir sicher?«, wollte sie ihn fragen, blieb aber stumm. Mit zittrigen Fingern öffnete sie die Packung und holte das Döschen mit den Tabletten hervor. Günther verfolgte jede ihrer Bewegungen.

»Das ganze Döschen«, hatte er damals gesagt. Sie war entsetzt über die Menge an Tabletten, die sie ihm geben sollte. Doch er beruhigte sie mit den Worten: »Schau, sie sind ganz klein. Die Menge passt in meine Hand und lässt sich mit einem Mal nehmen.«

Phenobarbital. Ursprünglich ein Schlafmittel. Mittlerweile ein Epilepsiemedikament. Als hätte Günther damals schon geahnt, dass er einmal Epileptiker werden würde. Günther hatte eine Weile dazu recherchiert und erklärte ihr in aller Ausführlichkeit die Wirkweise und Zusammensetzung des Mittels. Wie ruhig und sachlich er die Thematik mit ihr besprochen hatte.

Zuerst wollte er ein Medikament, das sich nicht nachweisen ließ, damit kein Verdacht auf Jutta fiel. Diesen Gedanken verwarf er allerdings wieder.

»Du sagst einfach, dass ich den Medikamentenschrank aufgemacht habe und die Tabletten genommen habe, während du den Müll rausgebracht hast. Du hast die leere Dose erst gefunden, als es schon zu spät war.«

»Aber mit welcher Begründung haben wir ein Epilepsiemedikament im Haus?«

»Ich habe nachgelesen. Es ist ein typisches Medikament für Hunde. Falls du gefragt werden solltest: Der Hund deiner

Eltern hat Epilepsie. Die Packung war für den Fall, dass sie zu Besuch kämen.«

»Luna ist doch schon seit zwei Jahren tot.«

»Macht ja nichts. Wer räumt schon regelmäßig seinen Medikamentenschrank auf?«

»Ich« wollte Jutta sagen, doch sie schwieg.

Stattdessen nickte sie und ließ sich alles Weitere von Günther erklären.

»Die Tabletten sind bis 2022 haltbar. Mach dir aber keine Sorgen, der Wirkstoff hält sich mehrere Jahre, wenn nicht sogar Jahrzehnte. Außerdem ist es gar nicht schlecht, wenn sie abgelaufen sind. Das stützt die Begründung mit den Tabletten für den Hund.«

Günther hatte an alles gedacht. Wie er überhaupt an die Tabletten rangekommen sei, fragte sie ihn.

»Je weniger du darüber weißt, desto besser. Die offizielle Begründung ist, dass du die Tabletten von deinen Eltern als Reserve bekommen hast.«

Auf alles hatte er eine Antwort. Da ihr Vater letztes Jahr verstorben und ihre Mutter bereits 89 Jahre alt war, würde sie – sollte der Fall eintreten – sich daran nicht mehr erinnern können.

Günther hatte vorgeschlagen, dass sie ihm die Tabletten auch fein gemahlen in einen Saft einrühren könnte. Hier hatte sie sich strikt geweigert.

»Auf keinen Fall! Ich jubel dir das Medikament garantiert nicht unter. Entweder du nimmst es freiwillig oder du lässt es.«

»Dann warte aber nicht zu lange damit, es mir zu geben. Sonst kann ich es nicht mehr freiwillig nehmen«, hatte er mit ernstem Gesichtsausdruck gesagt. Es war keine Bitte, es war eine Anweisung.

Über Jahre hatte sie das Gespräch verdrängt. Nun war es wieder da. Sie fragte sich, ob heute der Tag gekommen war, vor dem sie sich seit über vier Jahren fürchtete.

Sie hatten damals auch über das Thema Sterbehilfe gesprochen. Ein schwieriges Thema. Günther hatte zwar in seiner Patientenverfügung festgelegt, dass er jegliche lebensverlängernden Behandlungen ablehnte und auf künstliche Nahrungs- und Flüssigkeitszufuhr verzichten wollte. Doch aktive Sterbehilfe, in Form einer Spritze gegeben durch einen Arzt, war nicht möglich. Ebenso wenig wie ein Rezept für ein tödliches Medikament zu erhalten, welches Günther anschließend selbst einnahm. Jutta hatte zwar mitbekommen, dass sich die Gesetzeslage rund um die Sterbehilfe langsam änderte. Doch für Günther kam dies zu spät. Er konnte mittlerweile nur noch stark begrenzt seinen freien Willen äußern und kein Arzt in Deutschland würde dies bescheinigen.

»Deshalb musst du es für mich tun«, hatte er damals gesagt.

Sie öffnete das Döschen und schüttete den kompletten Inhalt mit zitternden Fingern in Günthers Hand. Anschließend nahm sie das Wasserglas vom Couchtisch und reichte es ihm. So saß er eine Weile da, Wasserglas in der einen, Tabletten in der anderen Hand, während Jutta immer noch vor ihm kniete. Sie merkte, wie sich ein Kloß in ihrem Hals bildete. Sie konnte nicht schlucken, nicht sprechen, kaum atmen. Am liebsten hätte sie Günther die Tabletten aus der Hand geschlagen.

Die Sekunden vergingen, während beide wie Statuen in ihren Positionen verharrten.

Irgendwann kam Bewegung in Günthers Körper. Langsam führte er sein Glas zum Mund und trank. Die Hand mit den Tabletten ruhte geöffnet auf seinem Knie.

Wie in Zeitlupe bewegte er das Glas vom Mund weg, ließ sich in die Couch sinken und schloss die Augen. Glas und Tabletten noch in den Händen.

Ob er vergessen hatte, was er mit den vielen weißen Pastillen in seiner Hand anfangen sollte. Als sie ihm vorsichtig Glas und Tabletten abnahm, öffnete er kurz die Augen und schloss sie im nächsten Moment wieder. Sie stellte Glas und Tabletten auf dem Couchtisch ab und atmete tief aus. Sie konnte wieder atmen.

Nachdem sie die Tabletten zurück an ihren Platz im Medikamentenschrank gestellt und Günther zugedeckt hatte, ging sie ins Schlafzimmer. Sie schloss die Tür hinter sich und setzte sich aufs Bett. Das Gesicht in ihren Händen vergraben, begann sie zu weinen. So nah war Günther dem Tod gewesen. So nah, ihn zu verlieren. Sie weinte über den Beinahe-Verlust des kranken Günther, aber auch um den Verlust ihres gesunden Ehemannes. Ihn hatte sie bereits verloren. Sie war nicht bereit, den kranken Günther ebenfalls herzugeben.

Sie zwang sich aufzustehen, putzte sich die Nase, wischte sich die Tränen von den Wangen und ging zurück ins Wohnzimmer. Als wäre nichts gewesen.

Günther war auf der Couch eingenickt. Sie schob ihm sanft ein Kissen unter den Kopf, strich ihm über die Haare und zog ihm anschließend die Hausschuhe aus, um seine Füße auf den Hocker zu legen. Die Tränen liefen ihr noch über die Wangen, während sie leise Musik einschaltete und anfing, das Haus aufzuräumen.

Julian und seine neue Freundin würden heute zu Besuch kommen. Sie hatte ihren Namen vergessen. War es Freya oder Frida gewesen? Sie würde einfach abwarten, bis Julian sie vorstellte. Jutta wollte einen guten Eindruck hinterlassen. Günther war zwar krank, aber der Rest war intakt. Ein schönes Haus, eine nette Familie. Alles harmonisch.

Während sie durch das Haus putzte, konnte sie nach wie vor nicht glauben, dass Günther beinahe die Tabletten genommen hatte. Hätte sie es zugelassen? Vermutlich hätte sie ihn im letzten Moment daran gehindert. Sie musste sich eingestehen, dass sie es nur tat, um sich später keine Vorwürfe zu machen. Sie hatte sich seinem Wunsch gebeugt und ihm die Tabletten angeboten, konnte sie dann sagen.

Was wohl Julian dazu sagen würde, wenn er wüsste, was sie gerade vorgehabt hatte? Zuerst versucht, seinen Vater zu vergiften. Anschließend die neue Freundin in Empfang nehmen. Wirklich eine nette Familie.

Thorben hingegen hätte ihr zugestimmt. In den letzten Telefonaten hatte er immer wieder nach der Liste und Günthers Zustand gefragt. Sie hatte Ausreden gefunden und das Thema geschickt umgelenkt, sodass sie ihm keine klare Antwort geben musste.

Einen Stich versetzte es ihr, wenn sie an Thorben dachte. Sie hatte ihn seit dem vergangenen Sommer nicht mehr gesehen. Selbst an Weihnachten war er nicht gekommen. Das war bislang nie vorgekommen und hatte Jutta sehr verletzt. Vor allem, weil nicht sicher war, wie viele Weihnachten Günther noch erleben würde. Das Tempo, in dem sich sein Zustand verschlechterte, war rasant. Mittlerweile hatte er Pflegegrad vier, die vorletzte Stufe.

An Heiligabend hatte sie Julian auf Thorben angesprochen in der Hoffnung, dass er ihr mehr sagen konnte. Thorbens Abwesenheit in den letzten Monaten hatte er immer mit fadenscheinigen Ausreden begründet. Ausreden zu erfinden, schien das Motto dieser Familie zu sein, dachte sie bitter.

»Mama«, hatte Julian begonnen, als sie allein in der Küche standen und den Nachtisch auf Tellern verteilten.

»Thorben war immer ein Papakind. Für ihn war er sein Held. Papa konnte alles, wusste alles und hatte für jedes Problem eine Lösung. Papa nun schwach und hilflos zu sehen kann Thorben nicht ertragen.«

»War dein Vater denn kein Held für dich?«

Jutta bereute die Frage sofort, nachdem sie sie gestellt hatte. Statt über Thorben zu sprechen hatte sie sofort aus Julians Worten geschlossen, dass Julian Günther weniger bewunderte. Dieser kommentierte die Frage mit einem genervten Blick, ohne darauf einzugehen.

Dennoch war die Frage nicht unberechtigt. Günther hatte in den Jahren nach Julians Geburt viel gearbeitet und seinen Erstgeborenen kaum zu Gesicht bekommen. Jutta war die Hauptbezugsperson für Julian gewesen. Erst als Günthers Bruder unerwartet starb und Jutta ein paar Monate später mit Thorben schwanger war, brachte das Günther dazu im Job kürzerzutreten und sich mehr um seine Familie zu kümmern. Thorben bekam Günthers volle Aufmerksamkeit. Julian hingegen war bereits im Kindergartenalter und sah seinen Vater kaum mehr als zuvor. Sie fragte sich, ob es hier einen Zusammenhang gab oder ob Thorben und Günther sich schon immer ähnlicher gewesen waren.

Jutta war mittlerweile mit Spülen und Aufräumen beschäftigt, behielt Günther aber immer im Blick.

»Es ist nicht nur schwer für Thorben. Mich kostet es auch jedes Mal Überwindung, heimzukommen«, hatte Julian ihr gestanden. »Papa geht es schlecht und dir auch. Du machst dich kaputt für ihn.«

»Ich kann deinen Vater nicht einfach ins Heim geben«, sagte sie entsetzt.

»Das sagt auch keiner. Wir sollten aber darüber reden, wie du mehr Unterstützung bekommen könntest.«

Das Klingeln an der Tür holte Jutta aus der Vergangenheit zurück in die Gegenwart. Julian und seine Freundin waren gekommen. Freya oder Frida? Sie würde es in Kürze wissen. Schnell trocknete sie sich die Hände ab und eilte zur Tür.

»Erzählt mal, wie habt ihr euch kennengelernt?«, fragte Jutta, während sie zu viert am Esstisch bei Kaffee und Kuchen saßen. Jutta hatte am Morgen zwei Kuchen gebacken. Julians Lieblingskuchen – Bienenstich – und einen einfachen Sandkuchen. Während Julian schon das zweite Stück Bienenstich aß, nippte Freya lediglich an ihrem Kaffee und erzählte, dass sie sich bei der Arbeit kennengelernt hatten. Sie war kurzzeitig Julians Vorgesetzte bei einem Projekt gewesen. Hierbei waren sie sich nähergekommen.

»Julian ist für einen kranken Kollegen eingesprungen und hat das Projekt in der letzten Phase begleitet«, erklärte Freya. »Nach der Rückkehr des Kollegen wechselte er wieder in seine alte Abteilung und wir wurden ein Paar.«

Hierbei drückte sie Julians Hand und lächelte ihn an. Jutta hörte mit einem Ohr zu, wie Freya über die Details des Projekts sprach, während sie Günther bei seinem Kuchen half. Der Bienenstich lag zerfetzt auf seinem Teller, er hatte Creme an seinen Fingern und um den Mund. Doch es schien ihm zu schmecken. Genauso wie Julian war er schon beim zweiten Stück. Jutta hatte sich an den Anblick gewöhnt. Doch es war ihr unangenehm, wenn fremde Menschen Günther so sahen. Bei einem Dreijährigen wäre das Verhalten tolerierbar gewesen, bei einem erwachsenen Mann war es peinlich. Es machte es nicht leichter, dass Freya immer wieder mit leicht angeekeltem Gesichtsausdruck Günther beobachtete.

Jutta konnte sie nicht leiden. Die Art, wie sie Günther anschaute oder betonte, dass sie Julian überstellt war, gefiel Jutta nicht. Auch, dass sie vehement ablehnte, ein Stück Kuchen zu essen, war Jutta suspekt. Ina, Julians Ex-Freundin, war ganz anders gewesen. Die beiden hatten so gut zusammengepasst. Sie hatte Ina schon als ihre zukünftige Schwiegertochter gesehen. Bis heute konnte sie nicht verstehen, warum sich Julian von ihr getrennt hatte.

Sie quälte sich durch den Nachmittag, hörte halbherzig zu, wie sie über Silvester, einen geplanten Kurzurlaub und ihre gemeinsame Zukunft sprachen. Sie hoffte, dass ihr aufgesetztes Lächeln nicht als solches erkannt wurde.

»Und? Wie findest du sie?«, fragte Julian an der Haustür, während Freya im Auto wartete.

Ein schickes Cabrio. Sie saß am Steuer. Natürlich.

»Sie scheint nett zu sein.«

Julian nahm seine Mutter in den Arm und sagte:

»Mama. Gib ihr eine Chance. Ich weiß, sie ist nicht Ina, aber wir passen viel besser zusammen. Glaub mir.«

»Wenn du das sagst.«

»Freya war sehr nervös heute hierherzukommen und du hast es ihr nicht leichtgemacht.«

»Ich? Was habe ich denn gemacht?«

»Deine Blicke waren ziemlich eindeutig. Außerdem hast du Fragen gestellt, die du nicht hättest stellen müssen, wenn du richtig zugehört hättest.«

»Ich habe mich um deinen Vater gekümmert. Da ist es klar, dass ich nicht alles mitbekomme«, verteidigte sie sich.

»Ist schon gut, Mama«, sagte Julian. »Beim zweiten Treffen wird es besser. Ganz bestimmt.«

Jutta hatte ihre Zweifel, nickte aber und schwieg.

»Denk dran, was du mir erzählt hast, als du Papa das erste Mal Oma und Opa vorgestellt hast.«

Ihre Eltern waren damals so gar nicht von Günther angetan gewesen. Mit seinen langen Haaren, der Schlaghose und dem bunten Hemd war er ein Dorn im Auge ihrer Eltern gewesen. Dazu kamen noch unangebrachte Witze während des Abendessens, die mit peinlich berührtem Schweigen quittiert wurden. Zu allem Überfluss brachte er Jutta im Anschluss nicht nach Hause, sondern setzte sie erst am nächsten Morgen mit zerzausten Haaren und seine Kleidung tragend ab. Jutta musste schmunzeln, wenn sie an den entsetzten Blick ihrer Mutter und den missbilligenden Gesichtsausdruck ihres Vaters dachte, als Günther mehrmals hupend und mit breitem Grinsen davonfuhr.

»Warten wir das zweite Treffen ab.«

Sie drückte ihn fest und blieb an der Haustür stehen, bis das Cabrio nicht mehr zu sehen war.

Jutta war sich sicher, dass das nächste Treffen nicht besser laufen würde. Doch was sollte sie dagegen tun? Julian war erwachsen und in dem Moment, in dem sie sich gegen seine Freundin stellte, würde sie den Kürzeren ziehen. Dessen war sie sich bewusst. Mit Günther und ihren Eltern wäre es damals nicht anders gewesen.

Als sie wieder ins Esszimmer kam, erwischte sie Günther dabei, wie er mit den Händen im restlichen Bienenstich wühlte und sich immer wieder ein Stückchen in den Mund schob.

»Günther!«

Zuerst wollte sie mit ihm schimpfen, doch im letzten Moment überlegte sie es sich anders und musste laut lachen.

»Dir schmeckt es wohl!«

»Hm«, gab Günther mit vollem Mund zurück.

Also schnappte sie sich ihre Gabel und machte sich zusammen mit Günther über den zerstörten Bienenstich her.

Wenn er heute Morgen die Tabletten genommen hätte, sagte sich Jutta, während sich Günther ein großes Stück Kuchen in den Mund schob, dann hätte er diesen Moment verpasst.

»Lohnt es sich nicht, für diese Momente zu leben, Günther?«, fragte sie ihn.

Er würdigte sie keines Blickes, leckte sich die Finger und gab ein »hmps« von sich, was Jutta als »ja« deutete.

Tagebucheintrag
So., 1. Januar 2023

»*I've got a hangover, whoa-oh-oh ....*«

Willkommen 2023!
   Dieses Jahr starte ich durch. Heute? Nein. Heute nicht. Dafür fühlt sich mein Kopf zu matschig an. Ich bin fest entschlossen, heute nicht mehr von der Couch aufzustehen und meine Aktivitäten auf Schreiben, Lesen, Netflix schauen zu beschränken. Vielleicht auch mal etwas essen. Vorausgesetzt, mein Körper ist irgendwann wieder in der Lage, feste Nahrung zu sich zu nehmen.
   Der Januar ist perfekt für einen Neustart. Ich habe Ideen, nach wie vor einen Job und einen Plan.
   Mit dem heutigen Tag schwöre ich hoch und heilig, dass ich meine Eltern nicht mehr um Geld bitten werde. Nie mehr! Das gehört der Vergangenheit an. Ich darf mir sowieso laufend anhören, was die zwei in meinem Alter schon alles geleistet haben. Hah! Was haben sie davon? Hocken in ihrem Reihenhäuschen, zahlen schön brav jeden Monat die Raten für Haus, Auto und Co.
   Statt das Leben zu genießen, klammern sie sich ans Materielle. Sollen sie nur machen. Immer schön die Wenn-wir-mal-in-Rente-sind-dann-Devise. Nein, danke. Ich lebe lieber jetzt. Wer weiß, wann die Welt untergeht?! Dann bringt mir das Geld auf dem Konto sowieso nichts mehr.
   Zurück zum Thema:
   Wie sieht mein Plan aus? Ich verkaufe erstmal weiter meine Hoops und Holzartikel auf Etsy. Das hat die letzten Jahre gut funktioniert. Zusätzlich werde ich eine Homepage samt Online-Shop erstellen. Workshops will ich auch anbieten. Hierfür muss ich mein Sortiment

erweitern. Die Schlüsselbretter aus dem alten Holz kommen richtig gut an. Vielleicht sollte ich hier ansetzen und nach ähnlichen Produkten suchen. Wenn das Material schon nichts kostet, ist das natürlich ein Bonus. Ich halte Ausschau nach neuen Quellen. Opa habe ich damit auch angefixt. Er schleppt ständig Zeug an und wir überlegen gemeinsam, was man daraus machen könnte. Der kleine Messie!

Die nächsten Monate werde ich erstmal Geld verdienen, sparen und mir mein Hoop/Holz-Imperium aufbauen. In gut bewährter Spießer-Manier!

Apropos Spießer: Leo startet gerade richtig durch. Bald steht die erste Geschäftsreise an. Nach nicht einmal einem Jahr in der Firma. Respekt. Pech nur, dass die Reise mit Emmas Party kollidiert. So ist das, wenn man für etwas brennt. Dann bleibt etwas anderes auf der Strecke.

Da Leo in letzter Zeit so viel gearbeitet hat, haben wir uns auch keine neuen Wohnungen mehr angeschaut. Vielleicht sollte ich das Thema ab sofort in die Hand nehmen. Jaja, ich weiß. Ich war dagegen, und bin es immer noch. Nur nicht mehr so sehr wie anfangs. Es stimmt schon. Eine richtige gemeinsame Wohnung würde uns guttun. Vor allem, weil Leos Eltern wirklich nerven und keine Gelegenheit auslassen, über mich herzuziehen. Je mehr Distanz zwischen uns ist, desto besser.

»Ich misch' mein Bier nicht mit Sprite«

Ohrwurm-Alarm! Ich höre Leo schon sagen: »Du weißt schon, dass der Typ sexistischen Scheiß singt.«

Ja, aber der Beat ist geil.

»Dann kannst du ja gleich »Layla« singen.«

Ich weiß gar nicht, was alle haben. Darauf lässt sich super Party machen. »La-La-La-La-La-La-La-Layla«

Spätestens jetzt hätte ich eine Riesen-Diskussion am Hals. Gut, dass Leo bei Emma und Luca ist. Xbox zocken. Das kann dauern. Zu Diskussionen bin ich gerade auch nicht fähig.

Zeit für einen Mittagsschlaf – mit Leo-konformem Ohrwurm: »Ich habe einen Schatz gefunden.«

Brief
So., 1. Januar 2023

Lieber Fritz,

ich wünsche dir (natürlich auch deiner Familie) ein frohes und vor allem gesundes neues Jahr!

Du fragst dich sicherlich, ob ich es Arthur schon gesagt habe. Die Antwort ist nein. Bislang nicht. Aufgeschoben ist nicht aufgehoben. Die Feiertage sind noch so frisch. Christina war mit ihrer Familie zu Besuch. Wir sehen sie selten. Du weißt sicherlich, wie es ist. Wenn einen Hunderte (Tausend) Kilometer trennen, wird es schwer Kontakt zu halten.

Ich höre dich sagen: »Wenn es dir wichtig ist, dann kann man auch bei großer Distanz Kontakt halten.« Du hast womöglich recht.

Es scheint, dass es dir nicht (mehr) wichtig ist, Kontakt zu halten. Vielleicht ist einfach zu viel Zeit vergangen. Warum ich dir damals nicht mehr geantwortet habe? Ich weiß es nicht. Vermutlich ist das Leben dazwischengekommen. Wie so oft.

Du kennst mich. Aufgeben ist nicht meine Stärke. Daher werde ich mich hin und wieder an den alten Schreibtisch setzen, das besondere Papier hervorholen und dir einen Brief schreiben. Es fühlt sich nach alten Zeiten an.

Irgendwann, wer weiß, wirst du vielleicht auch den Drang verspüren, mir zu antworten.

Darauf setze ich.

Bis dahin,

Hilde

WhatsApp
So., 1. Januar 2023

Ich, 00:04
HAPPY NEW YEAR!
Neujahr in der Antarktis! Unglaublich!

Ich, 00:12
Ich weiß, du wirst das erst lesen,
wenn du wieder zurück bist.

Ich, 01:07
Ich bin stolz auf dich,
dass du es durchgezogen hast.

Ich, 01:23
Es tut mir leid, dass ich nicht die Eier
in der Hose hatte, mitzukommen.

Ich, 01:54
Falls es dich tröstet: Ich bereue es.
Vor allem, weil du es mir auf ewig
vorhalten wirst.

Ich, 02:36
Melde dich, sobald du wieder festen
Boden unter den Füßen hast.
Bis dahin:
eine geile Zeit!

Ich, 02:39
und mach nichts,
was ich nicht auch tun würde.

Kapitel 4
Mo., 13. März 2023

Jutta saß im Wartezimmer der Ergotherapiepraxis und blätterte gedankenverloren in einer Zeitschrift. Mal wieder war sie in der Vergangenheit unterwegs.

Vor fast fünf Jahren hatte Günther die Diagnose erhalten. Und das Leben ging weiter. Eine Einschränkung hier, eine Verschlechterung da. Sie lebten in ihrer Blase und ignorierten die Anzeichen. Natürlich gab es Kleinigkeiten, die darauf hindeuteten, dass es kein Irrtum war und die Krankheit sich in Günthers Gehirn eingenistet hatte. Doch Günther war ein Meister darin, seine Defizite zu verbergen – und Jutta, eine Meisterin, sie bewusst nicht wahrzunehmen. Das Leben lief in scheinbar normalen Bahnen. Thorben heiratete 2019 Miriam und zog mit ihr nach Hamburg. 2020, zum Höhepunkt der Corona-Pandemie, trennte sich Julian von Ina und wechselte den Job, blieb aber in der Nähe. Günther und Jutta verbrachten die Pandemie wie siamesische Zwillinge und gaben sich der Illusion hin, dass die gemeinsame Zeit noch lange nicht vorbei sein würde.

Günther wollte nicht, dass jemand außerhalb des engsten Familienkreises davon erfuhr. Er wollte keine bemitleidenden Blicke und erst recht keine Sonderbehandlung. Auch wollte er nicht, dass jedes Stocken im Redefluss, jedes kurze Nachdenken, jedes Zurücklaufen zum Haus, um das vergessene Portemonnaie zu holen, als Zeichen für die fortschreitende Krankheit interpretiert wurde.

Jutta tat sich schwer mit dieser Entscheidung. Sie hätte jemanden zum Reden gebraucht. Außerhalb der Familie. Doch sie respektierte es und schwieg darüber, wenn sie sich mit Freundinnen traf.

Sie hofften, dass es noch Jahre so weitergehen würde. Urlaub hatten sie geplant. Raus aus dem Haus, an einen See fahren, spazieren gehen, wieder Restaurants besuchen. Beide verspürten den Drang, nochmal zu verreisen. Wer weiß, wie lange es noch möglich war, ertappte sich Jutta bei diesem Gedanken. Sie sprach es nicht aus. Einmal in der Woche schauten sie sich die Liste an. So langsam schlich sich die ein oder andere »0« in ihr Leben. An Weihnachten 2021 hatte Günther beschlossen, dass Autofahren keine gute Idee mehr sei und dass er es von nun an Jutta überlassen würde.

»Aber du kannst ja noch Auto fahren«, protestierte sie, als er in die Liste eine »0« statt einer »1« eintrug und sich diese wie von Zauberhand auf alle zukünftigen Zeilen verteilte.

»Es ist nur eine »0«, Schatz«, beruhigte er sie.

Zu diesem Zeitpunkt hatte Günther schon deutlich mehr Defizite als die Liste anzeigte. Warum er die »0« ausgerechnet beim Autofahren eingetragen hatte und die anderen Punkte weiterhin fälschlicherweise eine »1« zeigten, konnte sich Jutta bis heute nicht erklären. Kurz darauf hatte er aufgehört die Liste zu führen.

Im Frühjahr 2022 fragte Julian seine Mutter, ob es nun nicht an der Zeit wäre, eine Pflegestufe für Günther zu beantragen.

»Was? Nur, weil er kein Auto mehr fährt und hin und wieder Sachen verlegt?«

Doch Jutta sah nicht, was die anderen sahen. Sie ignorierte, dass ihr Mann immer weniger sprach, dass sie mit ihm keine komplexen Gespräche mehr führen konnte, dass sie ihn erinnern musste zu essen, zu trinken, sich zu duschen, sich umzuziehen.

»Mama«, versuchte es Julian erneut. »Wenn du nicht wärst, würde Papa den ganzen Tag im Schlafanzug durch die Wohnung laufen. Er würde sich nicht waschen, nicht einkaufen, nicht kochen, vielleicht auch nicht essen. Du machst ihm die Wäsche, kümmerst dich um seine Termine, kochst, putzt und fährst ihn von A nach B. Ich finde, dass eine Pflegestufe hier angebracht ist.«

Jutta wollte nichts davon hören. Pflegestufe. Das war ein weiterer Schritt Richtung Abgrund. Sie hatte ihm auch früher die Wäsche gemacht, für ihn gekocht und geputzt. Ja, es stimmte. Er hatte mehr mitgeholfen, was er nun nur noch selten tat. Das könnte ebenso am Alter liegen. Bei anderen Paaren in ihrem Alter hatte sie schon gehört, dass die Männer träger wurden, lieber auf der Couch saßen und weniger aktiv waren. Das musste nicht zwangsläufig etwas mit der Krankheit zu tun haben.

Alles änderte sich am 13. März 2022. Günther saß zusammen mit Jutta bei Kaffee und Kuchen. Das machten sie in letzter Zeit öfter. Ein neues Café hatte im Nachbardorf eröffnet und bot Kuchen zum Mitnehmen an. Die Auswahl war nicht groß, traf aber ihren Geschmack. Fruchtige Torten für Jutta, Bienenstich für Günther. Ein Spaziergang bei schönem Wetter oder mit dem Auto bei schlechtem. So auch an diesem Tag. Jutta erzählte Günther gerade vom Urlaub ihrer Freundin Margot, die zusammen mit ihrer Tochter in der Schweiz wandern gewesen war, als sich plötzlich Günthers Gesichtsausdruck veränderte. Ehe sie ihn fragen konnte, ob alles ok sei, fiel Günther vom Stuhl, schlug mit dem Kopf auf dem Fliesenboden auf und fing an, am ganzen Körper zu zittern.

»Günther!!!«, war das Einzige, das sie hervorbrachte, ehe sie sich zu ihm auf den Boden kauerte. Ihre Gedanken rasten. An

Günthers Kopf hatte sich schon eine Lache mit Blut gebildet. Sie stürmte zum Telefon und wählte den Notruf.

Alles, was danach folgte, war ihr nur noch verschwommen in Erinnerung. Rettungswagen. Nachbarn. Hubschrauber. Intensivstation.

Günther hatte überlebt, doch der epileptische Anfall und der Sturz auf den Kopf hatten die Krankheit rasant voranschreiten lassen.

Was folgte war eine Odyssee. Ein Alptraum, aus dem Jutta jeden Morgen hoffte, zu erwachen. Zuerst Krankenhaus, dann Kurzzeitpflege. Täglich Günther besuchen und nebenbei eine Tagespflege für ihn organisieren. Eines war klar: Sie würde es allein nicht mehr schaffen. Sie brauchte Hilfe. Zusätzlich sollte er zweimal pro Woche in eine Sozialstation gehen, damit Jutta Zeit hatte für Erledigungen. Außerdem lautete die Empfehlung: Physiotherapie, Ergotherapie und Logopädie. Jutta war den ganzen Tag beschäftigt, Termine zu vereinbaren, Maßnahmen und Hilfsmittel mit der Krankenkasse abzustimmen, mit den Ärzten zu sprechen, sich mit den Söhnen abzustimmen, die Fragen von Verwandtschaft, Freunden und Nachbarn zu beantworten und dabei nicht den Verstand zu verlieren.

Als Günther sechs Wochen später nach Hause kam, war nichts mehr wie vorher. Das Haus nicht und Günther nicht. Vieles ging nur noch schwer. Das Sprechen, die Motorik, die alltäglichen Dinge des Lebens – Zähne putzen, Hände waschen, zur Toilette gehen, essen, trinken. Alles dauerte länger und er stand unter Juttas ständiger Beobachtung. Zu groß war ihre Angst vor einem weiteren Anfall.

Mit jeder Woche, die verstrich, reduzierte sich Günther. Es schien, als würde sich sein Zustand schneller verschlechtern, als Jutta in der Lage war, Lösungen dafür zu finden und Genehmigungen von der Krankenkasse zu bekommen.

Hatte sich Günther noch allein duschen können, musste sie das nun übernehmen. Konnte er anfangs noch allein die Treppe gehen, brauchte er jetzt einen Arm, der ihn stützte.

Hinzu kamen weitere Hürden, mit denen Jutta nicht gerechnet hatte. Günther war ihr größenmäßig deutlich überlegen. Sie hatte das immer attraktiv an ihm gefunden, doch mittlerweile war es zu einer Last geworden. Einen Mann führen, der sich auf eine 1,65 m große Frau stützte? Kein leichtes Unterfangen. Ihn anziehen, ihm auf die Toilette helfen, ihn beim Aufstehen aus dem Bett unterstützen, ihn aufhalten, wenn er in eine andere Richtung laufen wollte… das alles war eine Belastung für ihren Körper. Jeden Tag. Für ihre 65 Jahre war sie zwar fit, hatte in regelmäßigen Abständen Sport gemacht und bis auf einige Eskapaden in ihren 20ern und 30ern gut auf sich geachtet. Dennoch ging die Zeit nicht spurlos an ihr vorbei. An manchen Tagen gab es keine Stelle an ihrem Körper, die nicht schmerzte.

Wer bereitet einen darauf vor, wenn man mitten in der Nacht aufwacht, um festzustellen, dass der Ehemann nicht mehr im Bett liegt, sondern im Schlafanzug die Straße entlangläuft? Wenn das Empfinden für Schamgefühl nicht mehr vorhanden ist und man seinen Mann dabei erwischt, wie er in den Blumenkübel neben der Apotheke pinkelt – unter den entsetzten Blicken der Passanten? Kurz gesagt, wenn der eigene Mann sich zu einem Kleinkind zurückentwickelt?

Ein Jahr war seit dem ersten epileptischen Anfall vergangen. Sie saß immer noch im Wartezimmer, starrte auf die Zeitschrift in ihren Händen, deren Seiten sie schon seit einer Ewigkeit nicht mehr umgeblättert hatte. Sie legte sie zurück auf den Stapel und kramte ihr Handy aus der Tasche. Thorben hatte in ein paar Tagen einen Geschäftstermin in Frankfurt und wollte vorbeischauen. Er kam nur noch selten zu Besuch. Nicht verwunderlich. Sie hatte nur noch ein Gesprächsthema: Günther.

Sie hatte kein eigenes Leben mehr, alles drehte sich um ihren Ehemann. Ihre Freunde hatten sich schon eine Weile nicht mehr gemeldet. Wieso sollten sie auch, dachte sie bitter. Ich habe mich schließlich auch nicht gemeldet. Hin und wieder traf sie jemanden beim Einkaufen oder wenn sie Besorgungen erledigte. Doch über ein »Lass uns telefonieren und einen Termin vereinbaren« ging es meist nicht hinaus. Was sollte sie auch bei einem Treffen sagen? Sie hatte keine Hobbys, ging kaum Aktivitäten nach. Ihre einzige Beschäftigung war die Pflege ihres Ehemannes. Es wäre unfair, Günther die alleinige Schuld an ihrer Lage zu geben. Sie hatte sich selbst dahin manövriert. Günther besuchte zweimal die Woche die Tagesstätte. Er wurde morgens abgeholt und gegen Abend gebracht. Diese zwei Tage nutzte sie für Einkäufe, Besorgungen, eigene Arzttermine, für den Hausputz und die Gartenarbeit. Dennoch hatte Julian nicht ganz unrecht, wenn er ihr vorwarf, dass sie sich mittlerweile vor allen Aktivitäten drückte, die ihr Freude bereiten könnten. »Wie kann ich Spaß haben, wenn Günther in einem Stuhl sitzt und nichts tut?«, fragte sie sich.

Sie wusste, dass Günthers Uhr immer lauter tickte und dass es nicht mehr lange dauern würde, bis sie sich von ihm verabschieden müsste. Bis dieser Tag gekommen war, wollte sie jeden Moment mit ihm verbringen, den sie zur Verfügung hatte. Oft saß sie nur neben ihm und hielt seine Hand.

Der Termin hatte länger gedauert als gedacht. Hätte sie das gewusst, wäre sie in der Zwischenzeit einkaufen gegangen. Nun erledigte sie es danach. Günther wartete im Auto. Zur

Sicherheit schloss sie es ab und hoffte, dass er es nicht schaffte, die Tür selbstständig zu öffnen. Sie beeilte sich mit den Einkäufen und war erleichtert, als sie Günther ruhig im Auto sitzend vorfand.

Daheim angekommen, bugsierte sie ihn zuerst aus dem Auto, um ihn anschließend die Treppenstufen bis zur Haustür zu stützen. Es dauerte eine Weile, bis beide im Haus angekommen waren, sie Günther entkleidet und auf die Couch befördert hatte. Erst die Einkäufe reinholen, dann Toilettengang mit Günther, sagte sie sich, während sie wieder zum Auto lief.

Wann war sie eigentlich von seiner Ehefrau zu seiner Pflegerin geworden?

»Hallo Jutta. Wie geht es Günther?«, hinderte eine Stimme Jutta, weiter über diese Frage zu sinnieren.

Frau Schulte stand mit ihrem Fahrrad direkt vor dem Kofferraum und versperrte ihr den Weg.

Die Menschen im Ort hatten schon vor einiger Zeit mitbekommen, dass mit Günther etwas nicht stimmte. Seitdem der Krankenwagen vor einem Jahr vor ihrem Haus gestanden hatte, wurde Jutta ständig darauf angesprochen. Beim Spaziergang, beim Metzger, beim Physiotherapeuten, im Supermarkt. Nicht, dass es sie störte. Doch die Art, wie manche Leute fragten, gefiel ihr nicht.

So auch heute bei Frau Schulte, die am Ende der Straße zusammen mit ihrer erwachsenen Tochter lebte. Jutta hatte im Laufe der Zeit eine Strategie entwickelt, möglichst schnell die Unterhaltung zu beenden. Sie hielt sich kurz, bedankte sich für die Nachfrage und sagte knapp, dass Günther mal gute und mal schlechte Tage hatte.

Frau Schulte ignorierte den Wink mit dem Zaunpfahl und fragte weiter:

»Mh. Mh. Kann man da gar nichts machen?«

Nein, kann man nicht.

»Ich habe in der Apothekenumschau gelesen, dass es mittlerweile sehr gute Medikamente gegen Alzheimer geben soll. Die könntet ihr doch mal ausprobieren.«

Danke, darauf wären wir nicht gekommen.

Frau Schulte hatte sich nun in Fahrt geredet. Der Schwager der Freundin hätte ebenfalls Alzheimer und der Neurologe hatte folgende Behandlung vorgeschlagen… Jutta schaltete ab und nickte hin und wieder. Anscheinend schien jeder besser zu wissen, was Günther guttat. Indirekt spürte sie die Vorwürfe. Er müsste zu einem anderen Arzt, bräuchte andere Medikamente, sollte doch einfach mehr an die frische Luft und sich bewegen, mehr in den Wald gehen, mehr oder weniger essen, dies oder das zu sich nehmen, Kreuzworträtsel machen, zum Logopäden, Physiotherapeuten, Osteopathen gehen.

Jedes Mal vor Augen geführt zu bekommen, was sie alles nicht getan hatte, ließ sie an sich zweifeln, machte sie traurig und wütend zugleich. Das Leben war anstrengend geworden.

Während Frau Schulte mittlerweile das Thema gewechselt hatte und von der schrecklichen Erzieherin ihres Enkels erzählte, dachte Jutta weiter über die Menschen und den Umgang mit Alzheimer nach.

Die Krankheit war für viele schwer zu verstehen. Dass es keine Heilung gab, schien nicht mehr in die heutige Welt zu passen. Wo ein Wille war, war ein Weg. Zu oft hatte man irgendwo gelesen, gesehen oder gehört, dass Menschen sich trotz auswegloser Situation erholt hatten. Das waren Ausnahmen – und bei Alzheimer hatte Jutta noch von keiner Ausnahme gehört. Doch an diese Ausnahmen klammerten sich die Menschen. Vermutlich war es zu schwer sich einzugestehen, wie wenig Einfluss man doch auf sein Leben hatte. Jutta hatte das

Gefühl, dass Menschen mit anderen Krankheiten besser umgehen konnten. Bei Krebs konnte man hoffen. Etwas tun. Bestrahlung, Chemotherapie, Operation. Doch bei Alzheimer? Was sollte man einem Menschen wünschen, der Alzheimer hatte? Gute Besserung?

Jutta hörte oft den Satz: »Aber er sieht doch noch so gut aus!« Was sollte sie darauf erwidern? Dass es keine Rolle spielte, wie jemand aussah, wenn das Gehirn nicht mehr richtig funktionierte? Manchmal sagte sie nichts, manchmal wurde sie wütend und oft resignierte sie, bedankte sich für die (absolut unangebrachten) Genesungswünsche und suchte das Weite. Vielleicht war sie früher auch eine von denen gewesen. Hatte aus Unwissenheit unangebrachte Dinge gesagt und es nicht einmal gemerkt. Hatte sich über die patzige Antwort ihres Gegenübers gewundert.

»Er war doch immer so fit.«

Diese Aussage hörte Jutta auch regelmäßig. Stimmt. Günther war immer fit gewesen. Bis er es nicht mehr war. Als hätte die Krankheit kein Recht, jemanden heimzusuchen, der auf seinen Körper achtete.

Seit dem epileptischen Anfall hatten sich ihre Freunde zurückgezogen. Vielleicht waren es auch die Nachwirkungen der Pandemie und das Ganze hatte rein gar nichts mit Günthers Erkrankung zu tun. Das versuchte sie sich zumindest einzureden. Doch der Umgang mit Günther war für Außenstehende schwierig. Sie sprachen ihn an und es kam keine Reaktion. Zumindest keine offensichtliche. Günthers Augen verrieten Jutta, ob er den Menschen erkannte oder nicht, ob er gerade anwesend war oder sich wieder in eine andere Welt zurückgezogen hatte. Die anderen hingegen sahen nur einen Mann, regungslos, ohne Mimik, ohne Worte. In dem Moment, in dem die

Menschen merkten, dass Günther nicht reagierte, wandten sie sich Jutta zu und versuchten, mit ihr eine Unterhaltung zu führen. Schweigen war etwas, das sich schwer ertragen ließ. Sie wollten über Günthers Zustand reden – in seinem Beisein. Für sie war das ein rotes Tuch. Auch wenn ihr Mann nicht immer geistig anwesend war, so war er doch da. Zu hören wie andere sagten: »Jutta, du hast es schon nicht leicht. Die ganze Pflege. Hast du schon mal über einen Heimplatz nachgedacht?« brach ihr das Herz und sie hoffte, dass Günther in diesem Moment in seiner Welt war.

»Jutta, was hältst du eigentlich von der Familie, die in das alte Weimers-Haus gezogen ist?«, holte Frau Schulte sie zurück aus ihren Gedanken.

Ohne eine Antwort abzuwarten, plapperte sie weiter.

»Also ich habe ja gehört, dass er ein Nichtsnutz ist und sie das ganze Geld für die Familie verdient.«

Frau Schulte schüttelte missbilligend den Kopf.

»Angeblich hat er Burn-out und war beim Psychologen.«

Sie sagte es, als wäre es ein Kapitalverbrechen, einen Psychologen aufzusuchen.

»Jetzt ist er krankgeschrieben und sitzt den ganzen Tag daheim. Als ob es davon besser wird«, schnaubte sie.

»Ich habe noch nichts dergleichen gehört«, sagte Jutta höflich und verabschiedete sich mit einem »Tut mir leid, aber ich muss jetzt nach Günther schauen« aus der Unterhaltung.

Ehe Frau Schulte noch ein »Was ich noch sagen wollte…« nachsetzen konnte, verschwand Jutta Richtung Haustür. Die Einkäufe würde sie später ausladen.

Sie eilte ins Haus und war beruhigt, als sie Günther schlafend auf der Couch vorfand. Wecken wollte sie Günther nicht. Der Toilettengang würde warten müssen. Die Decke war von seinen Beinen gerutscht und sein Kopf war zur Seite gefallen. In diesem Moment sah man ihm die Krankheit nicht an. Er sah friedlich aus. Jutta wünschte sich, dass sie beide aus diesem Alptraum erwachen würden. Dass er die Augen öffnete, sich streckte und so wäre wie früher. Leise ging sie zu ihm, deckte ihn wieder zu, schob ein Kissen unter seinen Kopf und streichelte sanft seine Wange. »Ich liebe dich«, flüsterte sie.

Es war mal wieder mitten in der Nacht. Jutta saß allein im Wohnzimmer. Sie konnte nicht schlafen. Dieses Mal lag es nicht an Günther. Viele Dinge gingen ihr durch den Kopf. Zu viele Sorgen und Gedanken ließen sie nicht schlafen. Zuerst hatte sie sich wahllos durch die Fernsehsender gezappt. Doch um 4:30 Uhr gab es kein passendes Programm für sie. Also hatte sie den Laptop eingeschaltet und die Liste geöffnet. 13 Prozent. Nur noch 13 Prozent von ihrem Günther waren übriggeblieben. In den letzten Wochen erkannte er keine Freunde mehr, sondern nur noch die engsten Familienmitglieder. Nicht, dass sie sonderlich viele Personen trafen. Außerdem waren alle Punkte, die sie in »selbstständig«, »erst nach Aufforderung« und »mit Hilfe« unterteilt hatten, in der Zeile »selbstständig« auf Rot gesprungen. Essen und Trinken waren auch bei »erst nach Aufforderung« noch grün, das Anziehen schon nicht mehr. Hier ging es nur noch mit Hilfe. »Leichte Dinge tragen« war mittlerweile auch auf Rot.

Jutta scrollte durch die Liste und konnte nicht begreifen, wie schnell es nun doch gegangen war. Günthers Verfall. Sie hatte noch ein paar Mal versucht, Günther die Tabletten anzubieten. Doch sie war dabei halbherzig vorgegangen und bemühte sich kaum. Zu groß war die Angst, dass er sie tatsächlich nehmen würde.

Sie klappte den Laptop zu und ging in die Küche, um sich einen Tee zu machen. Während der Wasserkocher lief, trocknete sie das Geschirr ab und räumte es in die Schränke. »Ordnung ist das halbe Leben« hatte ihre Mutter immer gesagt. Selbst um 5 Uhr morgens hielt sich Jutta an das, was sie seit ihrer Kindheit eingebläut bekommen hatte.

»*Ich bin morgens immer müde.*«

Montag, 9 Uhr morgens. Ich sitze auf der Couch und schlürfe nebenbei meinen Kaffee.

Leo ist schon seit 1,5 Stunden aus dem Haus. Bei mir geht's erst um 13 Uhr los. Ich habe so gar keine Lust, aber hey, es gibt Schlimmeres. Die letzten Tage habe ich zwei (!) Workshops gehalten. Ich würde sagen: läuft. Ok. Bei dem einen Workshop waren es nur zwei Teilnehmer, aber immerhin.

Ein Wochenende wäre jetzt schön. Was kriege ich stattdessen? Einen Montag. Danke für nichts.

Seit ich meine Homepage habe und mich ein paar Leute auf Google bewertet haben, bekomme ich ab und zu auch Bestellungen außerhalb von Etsy. Durch die neue Wohnung habe ich mehr Platz für mein Holz und den anderen Kram. Ja, Leo hatte natürlich recht. Wie so oft. Natürlich würde ich das niemals direkt zugeben. Das hält Leos Ego nicht aus. Oder besser gesagt, könnte ich mir danach das »Ich hab's dir doch gleich gesagt!« und das »Hör einfach mal auf mich« in Dauerschleife anhören.

Die neue Wohnung ist wirklich schön. Ein bisschen vermisse ich meine Bude. Sind ja auch erst zwei Wochen. Uns fehlen noch einige Möbel. Das macht aber nichts. Ich genieße den Platz. Außerdem ist es schön, Leo die ganze Zeit um mich zu haben. Vorher war es tatsächlich eher ein Zu-Besuch-Sein in meiner Wohnung. Jetzt haben wir etwas Eigenes. Für uns beide. Das ist ein schönes Gefühl. Die Miete ist mehr als fair. Uuuunnnnd… wir haben sogar einen Holzofen im Wohnzimmer. Wow! Kindheitserinnerungen. Der offene Kamin von Oma und Opa und der Holzofen bei meinen Eltern. Ich liebe den Anblick von

Feuer. Stundenlang könnte ich es betrachten. Wie sich die Flammen bewegen. Wie gerne würde ich es berühren. Ich weiß, ich weiß. Zu heiß. Trotzdem. Bislang haben wir den Ofen nicht ausprobiert. Es gab Wichtigeres in den letzten Wochen zu tun. Kisten schleppen, Möbel ab- und aufbauen ... Wie gut, dass die Clique geholfen hat und Eric den Transporter seiner Eltern beigesteuert hat.

Bevor der Winter vorbei ist, wird wenigstens einmal Feuer gemacht. Ich klatsche gedanklich schon aufgeregt in die Hände und freue mich wie ein Kind. Leo hält mich für verrückt. »Ist doch nur ein Ofen.« Jaja. Leos Eltern haben eine supermoderne Was-weiß-ich-Heizung. Klar, dass da kein Ofen dazu passt. »Außerdem« Achtung, erhobener Zeigefinger. »Öfen haben keine gute Ökobilanz.« Ich wusste, dass das kommt. Schlimmer noch, Leo hat recht. Aber ich habe natürlich gleich meinen Totschlagspruch gebracht: »Entweder man lebt oder ist konsequent.«

Leo ist immer so 100 %. Das kann ich nicht, möchte es aber. Ich fühle mich manchmal wie ein Fähnchen im Wind. Einmal will ich die Welt retten und ganz viele ökologische Dinge tun, Leo auf Demos begleiten, Kleidung nur noch secondhand kaufen und was weiß ich. Gleichzeitig will ich um die Welt jetten, Avocados essen, Cocktails aus Plastikstrohhalmen trinken (ok, die aus Glas sind auch richtig cool) und unseren Holzofen endlich in Gang bringen. Grrrr....!

»Ich will haben, haben, haben«

Zurück zum eigentlichen Thema. Unsere Wohnung! Negativpunkt: Wir wohnen außerhalb der Stadt und müssen mit den Rädern immer ein Stückchen fahren. Dafür spart uns das das Gym.

So, wenn ich meinen Kaffee getrunken habe, werde ich einige Bestellungen bearbeiten und die Päckchen ausliefern. Bei Mia will ich noch auf ein schnelles Mittagessen vorbeischauen dann geht's auch schon zur Arbeit. Die Sonne scheint und für März ist es erstaunlich warm.

Die Festival-Saison geht bald los und wir sind fleißig am Planen. Dieses Jahr wird es schwieriger. Leo und ich müssen uns mit unseren Kollegen abstimmen. Bei Leo ist alles halb so wild. Sowohl Chefin als auch Kollegen sind super entspannt. Bei mir sieht es schon anders aus. Vor allem die Freitage sind beliebt, um ein paar Überstunden abzubauen. Wie praktisch, dass dann die Halbtagskraft (ICH) die Kasse und das Einräumen der Regale übernimmt. Außerdem kriege ich oft die Samstagsschichten ab. Keine Kinder und so. Ist klar.

Hach, was waren das »früher« noch für Zeiten – spontan die Uni geschwänzt und irgendwo hingefahren. Das ist nicht mehr drin. Noch vor ein paar Monaten dachte ich, das wäre ein absoluter Weltuntergang. Hey, ich lebe noch und sooo schlimm finde ich es gar nicht. Wie schnell man sich an alles gewöhnt… Vorerst kann es so weitergehen.

Ich bin aber nach wie vor auf Sinnsuche.

Vor zwei Wochen habe ich mit dem Drechseln begonnen. Opa hat mich an seiner Drechselmaschine eingewiesen. Das Erste, das ich gedrechselt habe, war ein Dildo. Hah! Zu Opa habe ich gesagt, dass es ein Kerzenständer wird. »Komischer Kerzenständer«, hat er nur gesagt und vermutlich an meinem Verstand gezweifelt. Ins Dildogeschäft möchte ich auf jeden Fall nicht einsteigen, eher verschiedene Deko-Artikel drechseln. Dafür muss ich allerdings noch etwas üben.

Mein Handy piept gerade unentwegt und macht mich wahnsinnig. Sinas älteste Schwester heiratet im Mai und ich soll die Blumenkränze für Braut und Blumenmädchen beisteuern. Dafür haben sie mich in diese bescheuerte Gruppe aufgenommen. Laufend muss jemand irgendeinen Scheiß mitteilen. Wenn ich nicht zu faul wäre aufzustehen, würde ich die Gruppe jetzt stumm schalten.

Der Alltag ruft.

»Zum Frühstück Canapés und ein Wildberry-Lillet«

Lieber Fritz,

was soll ich sagen?

Erstens kommt es anders und zweitens als man denkt. Ich hatte mir alles zurechtgelegt. Die Argumente, den genauen Ablauf. Doch das Schicksal hat etwas anderes vor mit mir.

Kurz nach Neujahr begann Arthur über Schmerzen im Bauch und Rücken zu klagen. Die Diagnose: Bauchspeicheldrüsenkrebs. Keine Heilungschancen. Arthur hat nur noch wenige Monate.

Würde ich ihn hassen, hätte ich ihn direkt nach der Diagnose verlassen. Ich liebe ihn zwar nicht mehr, aber in seinen schwärzesten Stunden kann ich ihn nicht allein lassen. Ich bin ihm für vieles dankbar und vielleicht ist das der Preis, den ich zahlen muss.

Ist es falsch, dass ich mir wünsche, es möge schnell gehen? Er ist seit zwei Monaten unausstehlich. Er hadert mit sich und seinem Schicksal. Die Schmerzen treiben ihn in den Wahnsinn. Er will so nicht leben, doch sterben will er auch nicht. Die Einzige, die ihm ein Lächeln abgewinnen kann, ist Christina. So wenig wir sie in den letzten Jahren gesehen haben, so häufig ist sie nun hier. Meist kommt sie allein. Unsere Enkelkinder, wirst du nun fragen. Laura ist 17 und Sophie 14. Muss ich noch mehr sagen? In dem Alter sind Opa und Oma nicht die erste Priorität. Wir haben sie viel zu selten gesehen, als dass wir eine Beziehung zu ihnen hätten aufbauen können. Doch bereuen bringt uns nicht weiter.

Ich bleibe bei Arthur bis zum Schluss und hoffe, dass meine Energie dafür ausreicht.

Liebe Grüße nach Norwegen
Hilde

Kapitel 5
Sa., 24. Juni 2023

Jutta konnte die Tage in zwei Kategorien einteilen. In schlechte und schlechtere Tage. Gute Tage gab es eine Weile schon nicht mehr. Gute Momente, ja, die gab es – und an diesen klammerte sie sich fest wie ein Ertrinkender an einer Boje. Ein kurzer Blickkontakt, eine Berührung, ein Lächeln, ein kurzes Aufflackern in den Augen, dass er sich an etwas erinnerte, das waren die Momente, die sie weitermachen ließen. Bis jetzt. Nun war sie an einen Punkt gekommen, an dem es nur zwei Möglichkeiten gab. Das Heim oder der Tod. Sie würde Günther bald nicht mehr daheim pflegen können. Sie war körperlich und geistig erschöpft. Trotz aller Hilfe blieb der Großteil der Arbeit an ihr hängen und sie war keine 25 mehr.

Es war nur noch eine Frage der Zeit, bis er nicht mehr laufen konnte und auf den Rollstuhl angewiesen wäre. Danach würde das Unvermeidliche kommen. Vollständige Bettlägerigkeit. Danach würde er das Essen einstellen und müsste künstlich ernährt werden, was er in seiner Patientenverfügung strikt abgelehnt hatte. Er würde jeden Tag gedreht werden müssen, um sich nicht wundzuliegen. Doch sein Herz würde weiterschlagen, unermüdlich. Sein Geist wäre zu diesem Zeitpunkt schon längst nicht mehr da. Wie schnell alles gehen würde war ungewiss. Doch die Liste zeigte den Abwärtstrend. Immer schneller, immer schlechter.

Das Heim war ihr Ausweg. Im Heim würde sie ihn jeden Tag besuchen, würde bei ihm sein. Sie hätte eine Aufgabe, nach wie vor. Doch war es egoistisch von ihr, ihn ins Heim zu geben? Sie ahnte, was die Leute hinter ihrem Rücken sagten. So schwer könne das nicht sein, einen Demenzkranken zu pflegen. Er säße doch nur da, mache keine Arbeit. Sie versuchte, diese Gedanken auszublenden – mit mäßigem Erfolg.

Das Heim oder der Tod?

Sie war sich nicht sicher, ob sie überhaupt in der Lage war, den Schritt zu gehen und ihn ins Heim zu geben. Über den Tod wollte sie gar nicht erst nachdenken.

Sie wusste, was Günther gewollt hätte. Sie sollte seinem Leben ein Ende bereiten, wenn es nicht mehr lebenswert war. Doch woher sollte sie wissen, wann sein Leben nicht mehr lebenswert war? Schmerzen schien er keine zu haben. Er aß nach wie vor mit Appetit. Er reagierte auf seine Lieblingslieder mit einem leichten Lächeln. Mindestens einmal am Tag schaute er ihr in die Augen. Reichte das nicht aus, um ein Leben als lebenswert einzustufen?

Für Günther war es nicht genug. Das wusste sie. Er hatte einen wachen Geist gehabt, hatte sich immer so viel merken können, hatte leidenschaftlich gern diskutiert und seine Familie und Freunde damit in den Wahnsinn getrieben. Kultur und Kunst hatte er geliebt. Alles, was seine Persönlichkeit ausgemacht hatte, war verschwunden.

Seit der Diagnose waren fünf Jahre vergangen. Sie erinnerte sich an das Arztgespräch:

»Es tut mir leid, Ihnen mitteilen zu müssen, dass….«

So hatte es angefangen. So fängt es vermutlich immer an. Zuvor waren verschiedene Tests gemacht worden. Die Ergebnisse waren ernüchternd. Jutta hatte das Gefühl, dass ihr der Boden unter den Füßen weggerissen wurde. Günther hingegen nahm die Diagnose gefasst, aber mit ernster Miene entgegen.

»Wie lautet die Prognose?«, hatte er den Arzt gefragt.

So einfach sei das nicht zu beantworten. Die durchschnittliche Lebenserwartung nach der Diagnose läge bei etwa sieben Jahren. Es gäbe Erkrankte, die bereits nach zwei Jahren verstarben und andere, die noch 20 Jahre lebten. Er erläuterte nicht, wie das Leben derer aussah, die eine solche Zeitspanne mit der Krankheit lebten.

Hatte Jutta sich noch einigermaßen im Arztzimmer unter Kontrolle, so brach sie beim Hinausgehen zusammen. Das konnte nicht sein. Es stimmte, Günther war hin und wieder ein wenig vergesslich, aber nicht mehr als sie. Er tat sich immer schwerer damit, Kreuzworträtsel und andere Denkspiele zu lösen. Doch er schaffte es nach wie vor. Sie hatte an Durchblutungsstörungen gedacht oder einen Mineralstoffmangel. Doch Alzheimer? Das war ihr nicht in den Sinn gekommen. Nicht mit 66 Jahren. Er war doch noch so jung, so agil. Die Diagnose konnte nur ein Fehler sein.

Als sie schluchzend auf dem Parkplatz stand, nahm Günther sie in den Arm und tröstete sie. Dabei war er es, der Trost brauchte, dachte sie sich. Nachdem sie sich etwas beruhigt hatte, sagte er:

»Noch ist alles gut. Lass uns heimfahren.«

Sie nickte und ließ sich von ihm zum Auto führen.

Während der Heimfahrt fehlten beiden die Worte. Jeder versuchte für sich zu begreifen, was sie gerade erfahren hatten. Das Leben, das sie bislang geführt hatten, würde sich ändern. Keiner wusste, wann die ersten Beeinträchtigungen sichtbar würden.

Daheim angekommen, wollte Jutta reden. Günther nicht. Auch wenn es ihr schwerfiel, sie musste es respektieren. Doch mit ihren Gedanken konnte sie nicht allein sein. Mit jeder Sekunde, die sie untätig in der Küche stand, kamen weitere Gedanken hoch, die sie nicht ertragen konnte. Günther würde vielleicht die Hochzeiten seiner Söhne nicht mitbekommen, seine Enkelkinder nicht kennenlernen, nur noch wenige Male Weihnachten erleben. So ging es weiter und weiter.

Sie musste etwas tun. Etwas, das ihre volle Aufmerksamkeit erforderte. So, dass kein Platz mehr für andere Gedanken war. Also entschied sie sich, ihr altes Fahrrad aus der Garage zu holen.

Der kühle Wind blies ihr ins Gesicht, als sie das Rad den Hügel in der Nähe ihres Hauses runterrollen ließ. Gleich ging es bergauf. Nun würde es anstrengend. Weniger Zeit für Gedanken, mehr Fokus aufs Durchhalten. Sie trat in die Pedale, als wäre der Teufel höchstpersönlich hinter ihr her. Vielleicht war er es auch. In Gestalt einer heimtückischen Erkrankung, die die Persönlichkeit der Menschen stahl. Ihre Oberschenkel schmerzten und nach wenigen Minuten stand ihr der Schweiß auf der Stirn. Ihren Geist konnte sie nicht so leicht müde machen, ihren Körper schon. Ein paar Kilometer vom Haus entfernt gab es eine kleine Kapelle. Verschwitzt wie sie war, ging sie hinein. Sie war die einzige Besucherin. Es war kühl und roch etwas modrig. Sie setzte sich in die letzte der fünf Reihen und ließ den Blick durch die Kapelle schweifen. Seit einer Ewigkeit war sie nicht mehr hier gewesen. Das letzte Mal als die Kinder klein waren.

Sie saß da, mit vielen Fragen in ihrem Kopf, die ihr keiner beantworten konnte. Immer wieder tauchte das »Warum?« auf.

»Warum Günther?«

»Warum Alzheimer?«

»Warum so früh?«

Viele Fragen. Keine Antworten.

Sollte sie beten? Nein. Das kam ihr komisch vor. Was sollte es auch bringen?

»Lieber Gott, lass die Krankheit Günther nicht alles nehmen, was ihn zu dem Menschen macht, der er ist.«

Sie schüttelte innerlich den Kopf. Nein. Beten war nichts für sie. Sie musste mit Günther reden. Wie es weitergehen sollte. Sie verließ die Kapelle und radelte zurück nach Hause.

Daheim angekommen, saß Günther vor seinem Laptop, als wäre heute nicht ihre Welt aus den Fugen geraten. Doch sie kannte ihn. Nach außen hin wirkte er ruhig, doch innen sah es anders aus.

Sie setzte sich neben ihn und sah ihn an.

»Wie geht es nun weiter?«

»Wie immer. Wir leben. Solange es geht.«

Damit war das Gespräch für ihn beendet. Sie versuchte, ihn noch einige Male zum Reden zu bringen, ohne Erfolg.

Eine Woche später hatte er sie mit der Liste konfrontiert.

Jetzt, fünf Jahre später, war das eingetreten, was Günther nicht gewollt hatte. Er hatte seine Selbstständigkeit verloren und war zu einem Pflegefall geworden. 8 Prozent waren ihm geblieben. Der Rest war tiefrot. Die Dinge, die Günther bis vor ein paar Wochen noch mit Unterstützung erledigen konnte, machte nun Jutta für ihn. Zähne putzen, Gesicht und Hände waschen, rasieren, anziehen. Günther war wie eine Puppe. Er war anwesend, half nicht, aber hinderte sie auch nicht daran.

Jutta hing mal wieder ihren Gedanken nach, während sie die Betten abzog und zum Lüften aus dem Fenster hängte. Der Pflegedienst war heute Morgen schon sehr früh gekommen und hatte Günther geduscht und umgezogen. Seit dem Badumbau war es deutlich leichter geworden. Allerdings brauchte Günther nun mehr Unterstützung als vorher. Daher half Jutta immer mit, wenn der Pflegedienst kam - auch, weil sie Günther nicht mit einer fremden Person alleinlassen wollte.

Während sie durch das Haus saugte und wischte, saß Günther auf der Terrasse und blickte in den Garten. Immer wieder lief Jutta an der Terrassentür vorbei und stellte sicher, dass er noch saß.

Gerade als sie wieder ihren Wischmopp zur Hand genommen hatte, klingelte das Telefon. Thorben. Sie hatte ihn dieses Jahr erst einmal gesehen. Telefoniert hatten sie kaum in letzter Zeit.

»Hallo Mama. Ich wollte mal hören, wie es euch geht.«

Was sollte Jutta auf diese Frage antworten? Gut? Gut ging es schon lange nicht mehr.

»Dein Papa sitzt gerade draußen auf der Terrasse und genießt das schöne Wetter«, wich sie der Frage aus.

»Schön«, kam es knapp zurück.

»Wie geht es dir? Was gibt es Neues?«

»Ach, dies und das«, begann er und berichtete, was in seinem und Miriams Leben los war. Sie hatten sich in den letzten Jahren sehr gut in Hamburg eingelebt und viele neue Freundschaften geschlossen. Neben der Arbeit waren sie stets im »Freizeitstress«, wie Thorben es ausdrückte. Viel unterwegs waren sie. Sie machen es richtig, dachte sie sich. Wer weiß, wie lange die sorgenfreie Zeit anhält. Einen Stich versetzte es ihr dennoch, wenn er von den vielen Wochenendtrips berichtete, die er und Miriam allein oder mit Freunden unternahmen. Nie in die Heimat. Nie zu seinen Eltern. Zu seinem Vater, den er sein ganzes Leben bewundert hatte. Hin und wieder hatte Jutta Thorben darauf angesprochen. Allerdings hatte sich das Gespräch daraufhin immer in eine negative Richtung entwickelt und sie hatte irgendwann aufgehört zu fragen, warum er nicht mehr kam.

»Mama, füllst du eigentlich noch die Liste aus?«, fragte er plötzlich.

»Ja, wieso?«

Jutta war verwundert. Thorben hatte schon seit Monaten nicht mehr nach der Liste gefragt. Vielleicht hatte Julian ihm erzählt, wie stark Günther seit seinem letzten Besuch im März abgebaut hatte. Zumindest die Brüder waren regelmäßig in Kontakt.

»Wie viel Prozent zeigt sie an?«, fragte er.

Jutta wäre auch hier gerne der Frage ausgewichen.

»Mama?«, bohrte Thorben nach, als sie ihm keine Antwort gab.

»8«, sagte sie leise.

»8 Prozent? Das ist ja gar nichts mehr.«

Nach einer kurzen Pause:

»Mama, wir müssen handeln. Es ist längst überfällig. Du musst ihm die Tabletten geben.«

»Das kann ich nicht.«

Es folgte eine Diskussion darüber, dass Günther es so gewollt und sie es ihm versprochen hatte.

»Dann tue ich es«, sagte er schließlich.

»Dafür müsstest du erstmal hierherkommen«, sagte sie nur und er wusste genau, worauf sie anspielte. Es folgte eine lange Pause und Jutta fragte sich, worüber er gerade nachdachte.

»Ich komme in drei Wochen vorbei und dann erlösen wir Papa.«

In Jutta zog sich alles zusammen.

»Thorben, weißt du überhaupt, was du da sagst?«

»Ja. Papa hat es so gewollt.«

»Das war vor fünf Jahren!«

»Es hätte schon viel früher zu Ende sein können, wenn du es nicht so lange hinausgezögert hättest.«

Wie konnte er nur so kaltherzig sein? Jutta fing an zu schluchzen und konnte erstmal nichts sagen.

»Mama«, Thorbens Stimme nahm einen sanfteren Ton an. »Bitte hör auf zu weinen. Wir müssen jetzt an Papa denken.« Als würde sie das nicht den ganzen Tag tun.

»Komm erstmal vorbei und dann sehen wir weiter«, sagte sie schließlich.

»Gut. Ich kläre alles ab und gebe Bescheid. Sag Julian erstmal nicht, dass ich komme.«

Damit war das Gespräch beendet.

Als Jutta das Telefon zurück auf die Station brachte, fragte sie sich, ob Thorben während der Redepause durch seinen Kalender gegangen war und in drei Wochen noch ein freies Wochenende entdeckt hatte. Was er wohl in den Kalender eintragen würde? Samstag: Seinen Vater mit einer Überdosis Phenobarbital töten. Sonntag: Rückreise nach Hamburg.

Sie ertappte sich bei dem Gedanken, Thorben ungute Absichten zu unterstellen. Dass sie auch nur an so etwas dachte. Thorben war ihr Sohn. Er hatte weder Günther noch ihr je einen Grund gegeben, an ihm zu zweifeln. Solche Dinge passierten in anderen Familien, nicht in ihrer. Sie hatten Julian und Thorben eine schöne Kindheit geboten und sie unterstützt. Immer waren sie für ihre Söhne dagewesen. Nun würden sie für Günther da sein. Das jedenfalls sagte sich Jutta. Dennoch beunruhigte sie das Telefonat. Thorben hatte kalt und distanziert gewirkt. Mehr als sonst.

Sie spielte mit dem Gedanken Julian anzurufen und sich zu erkundigen, ob in Thorbens Leben etwas vorgefallen war. Brauchte er Geld? Gab es Probleme mit Miriam? Bei der Arbeit? Warum also dieses plötzliche Interesse an Günther und der Liste und der Besuch in drei Wochen?

Sie entschied sich gegen den Anruf und ging stattdessen zu Günther auf die Terrasse, um ihn zu umarmen und seine Nähe zu spüren.

Es war ein heißer Tag. Das hielt Jutta nicht davon ab, eine Zigarette zu rauchen. Günther saß neben ihr mit einem Langarm-Shirt und einer Jogginghose. Viel zu warm für das Wetter. Genau richtig für Günther. Sie nahm einen weiteren Zug. Günther blickte in den Garten. Zwei Vögel hatten sich an der Tränke niedergelassen und kühlten ihr Gefieder im Wasser. Ob er wohl die Vögel wahrnahm. Seine Mimik gab nichts preis. Ein weiterer Zug an der Zigarette. Was wohl Günthers Meinung zu dem Telefonat mit Thorben war? Würde er so etwas sagen wie: »Der Junge hat recht. Es wird Zeit.«? Oder wäre er entsetzt über die Kaltherzigkeit seines Sohnes?

»Sie leben ihr eigenes Leben. Lass sie«, hatte er einmal zu ihr gesagt, als Julian und Thorben beschlossen hatten über Juttas Geburtstag zu verreisen. Sie hatte das sehr getroffen. Günther hatte es verstanden.

»Wir waren früher doch genauso.«

Jutta drückte ihre Zigarette im Aschenbecher aus und ging ins Haus, um für sich und Günther Getränke zu holen. Auf dem Weg zurück stach ihr das Fotoalbum ins Auge, das Julian und Thorben zu ihrer Silberhochzeit erstellt hatten. Sie nahm es aus dem Regal und mit auf die Terrasse.

»Günther, erinnerst du dich noch daran?«, fragte sie und hielt ihm das Album in sein Sichtfeld.

Sie konnte sehen, wie er seinen Fokus auf das Album lenkte, eine Weile darauf blickte und schließlich nickte. Sie zog ihren Stuhl zu Günther heran und schlug das Album auf.

Julian und Thorben hatten alle Bilder zusammengetragen, die sie finden konnten. Zu sehen waren Jutta und Günther in Faschingskostümen, als sie sich gerade erst kennengelernt hatten, an Familienfesten, auf ihrer Hochzeit. Groß hatten sie gefeiert. Zuerst der Polterabend mit vielen Gästen. Danach die Hochzeit mit der ganzen Familie. Jutta erinnerte sich, wie sie sich zwei Tage zuvor mit Günther gestritten hatte. Den Grund hatte sie vergessen, den Streit nicht. Vermutlich war es eine Kleinigkeit gewesen. Wie gerne würde sie sich jetzt mit Günther über Kleinigkeiten streiten.

Er verfolgte, wie sie die Seiten umblätterte und die Fotos kommentierte.

»Erinnerst du dich noch an diesen Urlaub?«, fragte sie. »Da war ich schon mit Julian schwanger.«

Bei dem Gedanken an den Urlaub musste sie lächeln.

Auf den darauffolgenden Seiten kamen Babyfotos der Söhne hinzu und Bilder vom Hausbau. Dann Fotos von Kindergarten und Schule und weitere Urlaubsfotos. Julian und Thorben, wie sie sich im Italienurlaub Gesicht, Kleidung und Hände mit Schokoladeneis beschmiert hatten. Beide grinsten frech in die Kamera. Günther bewegte seine Hand zu dem Foto und sagte undeutlich: »Eis!«

»Genau. Das war am Gardasee. Es war so heiß an dem Tag. Das Eis schmolz schneller, als sie es aufessen konnten.«

»Ja.«

Günther lächelte.

»Weißt du noch, dass wir ihnen auf der Fahrt zum Hotel verboten hatten, sich im Auto zu bewegen, weil sie von oben bis unten mit Eis verschmiert waren?«

»Ja!«

Jutta blätterte die Seite um.

»Und hier.«

Das Bild zeigte die Familie im Freizeitpark.

»Julian wollte Thorben beweisen, dass er keine Angst hatte und ist zusammen mit seinem Bruder die Geisterbahn gefahren.«

Jutta schüttelte bei dem Gedanken daran den Kopf.

»Beide kamen weinend zu uns gerannt und wollten sofort nach Hause.«

»Ja.«

Nach ein paar tröstenden Worten und einer festen Umarmung war die gruselige Geisterbahnfahrt so gut wie vergessen und es konnte zur nächsten Attraktion weitergehen.

»Die Jungs«, sagte sie gedankenverloren und blätterte weiter durch das Buch.

Das Zeugnis ihres gemeinsamen Lebens. Die Feier zu ihrer Silberhochzeit hatten Julian und Thorben nachträglich eingefügt. Das Album endete mit einem Foto der vier 25 Jahre nach ihrer Hochzeit.

»Wie die Zeit vergeht«, sagte Jutta.

Völlig unerwartet griff Günther nach ihrer Hand und drückte sie. Erstaunt über diese Reaktion wandte sie sich ihm zu. Da war er. Einer dieser seltenen Momente, auf den sie jeden Tag wartete. Günther zeigte den Ansatz seines früheren Lächelns und nickte ihr zu.

»Viele schöne Jahre, nicht wahr?«, fragte sie ihn.

Er nickte.

Juttas Augen füllten sich mit Tränen.

Schließlich sagte Günther: »Eis?«

Das brachte sie zum Lachen.

»Gute Idee. Ich schaue, was ich in der Gefriertruhe finde.«

Sie löste sich von Günther, brachte das Buch an seinen Platz zurück und ging in den Keller. Nach kurzem Suchen förderte sie zwei angefangene Behälter Eis zu Tage. Das muss noch vom letzten Weihnachten sein, sagte sie sich. Vanille und Mango. Jutta füllte die Schalen bis zum Rand und ging zurück auf die Terrasse.

Günthers Augen begannen zu leuchten, als sie ihm die Schale hinstellte, seinen Stuhl näher heranschob und ihm den Löffel gab. Während sie ihm den Latz umhängte, hatte Günther bereits damit begonnen, sein Eis zu vertilgen. Schweigend saßen sie da. Jutta genoss die Süße des Eises auf der Zunge und die Kühle, die sich in ihrem Magen ausbreitete.

Tagebucheintrag
Sa., 24. Juni 2023

Ich drehe gerade durch! Leos Geburtstag ist morgen, heute Abend startet die Party und vor zwei Stunden bekomme ich den Anruf von Mark, dass sie heute nicht auftreten können, weil sich zwei von der Band Corona eingefangen haben. Häh? Gibt's das überhaupt noch? Ausgerechnet heute. Und jetzt? Ich habe Plan B, C und D ausgepackt und hoffe, dass einer davon funktioniert.

Plan B = Matteo angeschrieben und gebeten, seinen Bruder zu fragen, ob er mit seiner Band spontan auftreten kann.

Plan C = Meine Eltern angerufen und mir die Nummer von der Hab-den-Namen-vergessen-Band geben lassen, die auf Papas 50. Geburtstag gespielt hat. Die waren gar nicht übel und Leo hat sich lange mit Toni, dem Drummer der Band unterhalten. Diesem Toni habe ich jetzt auf die Mailbox gesprochen und hoffe, dass er sich meldet. ASAP.

Plan D = Aus meinem Abi-Jahrgang hatten zwei Mädels eine Band. Ich hab sie bei Insta gefunden und angeschrieben. Die Videos auf YouTube sahen ganz ok aus.

Über das Geldthema mache ich mir später Gedanken. Im Moment kann ich nichts weiter tun als, auf Rückmeldung warten. Ich schaue ständig auf mein Handy, aber es tut sich NICHTS! Wofür gibt es Handys, wenn sie keiner benutzt???

Die Party ist soweit vorbereitet, Stehtische und Beleuchtung sind in Position, die Getränke sind gekühlt, jeder bringt etwas zu essen mit. Fehlt nur noch die Musik. Irgendwie wird es schon klappen. Wenn nicht, müssen Sina oder Eric einspringen. Das habe ich ihnen schon angedroht.

Das Wetter ist perfekt und Leo läuft die ganze Zeit schon grinsend durch die Wohnung und freut sich wie ein Schnitzel auf die Party –

und das, obwohl »Mark and the Midnight Elephants« eine Überraschung werden sollte. Tja, die Überraschung ist im Eimer, aber vielleicht funktioniert einer meiner Ersatzpläne. Ein paar Freunde aus Abi-Zeiten haben sich angemeldet und natürlich ist auch die ganze Clique am Start. Mega! Leos und meine Eltern kommen auch sowie noch einzelne Verwandte.

Seit wir umgezogen sind, hatten wir nicht mehr so viel Zeit für unsere Freunde. Umzugsstress, Arbeiten und noch dazu wohnen wir jetzt nicht mehr so nah dran wie früher. Egal. Die Wohnung ist super und der Garten ist perfekt für die heutige Feier. Unsere Vermieter aka Nachbarn sind zum Glück super cool. Sie sind auch dabei. Vermutlich wegen der Kinder nicht sehr lange, aber immerhin.

Vorfreude!!!

So, Schluss mit dem Schreiben. Leo springt durch die Wohnung und stiftet Chaos. Dabei hatte ich die letzten Tage alles so schön aufgeräumt. In meinem Kopf mag vielleicht das Chaos herrschen, aber ohne mich wäre die Wohnung schon eine Müllhalde.

»Get the party started!«

Brief
Sa., 24. Juni 2023

Lieber Fritz,

eine Woche vor unserem 50. Hochzeitstag ist Arthur gestorben. Erinnerst du dich, dass ich dir geschrieben hatte, dass es keine Feier zur goldenen Hochzeit geben wird? Ich hatte das damals anders gemeint.

Ich bin ehrlich. Ich bin erleichtert. Arthurs letzte Wochen waren geprägt von Schmerzen, Beschimpfungen und Anschuldigungen. Dein Name ist auch gefallen. Wäre er gesund gewesen, ich hätte ihm das nicht durchgehen lassen. Doch was soll ich mit einem Sterbenden diskutieren?

Er ist allein gegangen. Seine letzte Woche hat er auf der Palliativstation verbracht. Ich war gerade am Eingang angekommen, da fingen mich schon die Mitarbeiter ab. Vielleicht hat Arthur gespürt, dass ich auf dem Weg bin und hat sich beeilt. Vielleicht war es Zufall. Wer weiß das schon.

Seit über einem Monat bin ich damit beschäftigt, mich durch Deutschlands Bürokratie zu quälen. Ist es in Norwegen auch so schlimm? Für alles muss ein Antrag gestellt, ein Formular ausgefüllt werden. Schrecklich!

Im Oktober ziehe ich um. Ein neuer Lebensabschnitt. Ich hatte es anders geplant. Doch das Ergebnis ist dasselbe. Zumindest für mich. Wie einfach ich 50 gemeinsame Jahre abstreifen konnte.

Ich blicke nicht mit Groll oder Reue zurück. Es waren gute Jahre dabei. Arthur war ein guter Ehemann. Er hätte nur niemals mein Ehemann werden sollen. Vermutlich hat er das in seinen letzten Monaten erst begriffen. Traurig, nicht wahr?

Liebe Grüße

Hilde

Kapitel 6
Sa., 15. Juli 2023

Seit Tagen konnte Jutta nicht ruhig schlafen. Dieses Mal nicht wegen Günther, sondern weil sie sich vor Thorbens Besuch fürchtete. Am Telefon war er so kalt gewesen, emotionslos. Sie hatte ihn danach noch 5-mal angerufen, doch er hatte sie entweder abgewimmelt oder war gar nicht erst ans Telefon gegangen. In wenigen Minuten würde er da sein und Jutta wusste nicht, was sie erwartete.

Also lief sie hektisch durch das Haus, wischte hier ein wenig Staub und räumte da ein wenig die Dekoration hin und her. Dazwischen schaute sie immer wieder nach Günther und bot ihm etwas zu trinken an.

Die Türklingel war Erlösung und Schock zugleich.

Sie eilte zur Tür und da stand er. Ihr Sohn. Sie hatte ihn vier Monate nicht gesehen. Er trug die Haare etwas kürzer, doch ansonsten sah er aus wie immer.

»Hallo Mama«, sagte er ernst und musste sich bücken, um sie zu umarmen.

»Hallo mein Schatz«, Jutta erwiderte die Umarmung und führte ihn mit den Worten »Dein Vater ist im Wohnzimmer« ins Haus.

»Schau mal, wer uns besuchen kommt, Günther«, sagte Jutta, als sie sich der Couch näherten.

In dem Moment, in dem Thorben in Günthers Gesichtsfeld trat, konnte Jutta in seinen Augen sehen, dass er seinen Sohn erkannte. Ein leichtes Lächeln umspielte Günthers Mund. Er hatte seine Welt verlassen, um bei seiner Familie zu sein. Oder besser gesagt: Die Krankheit gestattete Günther einen Moment der Klarheit. Thorbens Gesichtsausdruck spiegelte ebenfalls sehr viel wider. Freude, seinen Vater zu sehen. Schock, seinen Vater so zu sehen. In den letzten vier Monaten war vieles weggebrochen, was vorher selbstverständlich gewesen war. Die Krankheit war nun auch seinem Körper anzusehen. Günther hatte abgenommen. Die Momente, in denen er mit Freude und Lust aß, wurden weniger. Die Wangenknochen traten unübersehbar hervor. Seine Haut war fahl und hell, obwohl sich Jutta bemühte, ihn regelmäßig auf die Terrasse zu setzen. Doch der Weg nach draußen wurde immer beschwerlicher und so kam es, dass Günther manchmal tagelang nicht das Haus verließ.

»Hallo Papa«, sagte Thorben, während er sich neben Günther auf die Couch setzte. Dieser drehte seinen Kopf langsam in Thorbens Richtung.

»Ich lasse euch mal einen Moment allein und mache Kaffee. Thorben, du isst auch ein Stück Erdbeerkuchen mit, oder?«

Ohne seinen Blick von Günther abzuwenden, nickte er.

Jutta versuchte, nach außen hin ruhig zu wirken, doch in ihr herrschte Chaos. Thorben war gekommen, um ihr Günther wegzunehmen. Das konnte sie nicht zulassen. Das würde sie nicht zulassen. Sie atmete tief ein und aus, schloss ihre Augen. Sie musste sich ablenken. Zuerst setzte sie Kaffee auf und anschließend holte sie den Erdbeerkuchen, den sie am Vormittag gemacht hatte, aus dem Keller. Während sie den Kuchen anschnitt, legte sie sich einen Plan zurecht. Zuerst würden sie eine Weile mit Günther verbringen, sodass Thorben sehen konnte, dass es seinem Vater gut ging und er noch am Leben teilnahm. Das würde ihn zur Vernunft bringen. Anschließend würde sie in aller Ruhe mit ihm sprechen und ihn von seinem Vorhaben abhalten.

»Gib mir die Tabletten«, sagte Thorben, als sie gemeinsam in der Küche standen und Jutta das Geschirr in die Spülmaschine räumte.

»Das kannst du nicht ernst meinen.«

»Doch«, sagte er. »Wo sind die Tabletten?«

»Thorben…«

»Mama. Ich diskutiere nicht mit dir. Das hätte er nicht gewollt. In seinen wachen Momenten wird er es nicht ertragen zu sehen, was aus ihm geworden ist.«

»Kann er es nicht ertragen oder bist du es, der es nicht erträgt?«

»Das hat nichts mit mir zu tun.«

»Es hat nur mit dir zu tun«, sagte sie bestimmt. »Warum warst du die letzten Monate nicht hier? Warum hast du deinen Vater nicht besucht?«

»Du weißt gar nichts.« Thorben wollte die Küche verlassen, doch Jutta war schneller und versperrte ihm den Weg.

»Wenn er jetzt stirbt, dann bleibt der Held aus deiner Kindheit für dich am Leben, nicht wahr? Dann wirst du ihn immer in Erinnerung behalten, wie er war. Wenn er aber weiterlebt und du den Arsch in der Hose hast, ihn – uns – zu besuchen, dann musst du dir eingestehen, dass dein Vater auch nur ein Mensch ist. Das ist egoistisch, Thorben.«

»Du willst mir erzählen, was egoistisch ist?«

Er wurde lauter.

»Warum lebt Papa noch? Warum hast du ihm nicht die Tabletten wie versprochen gegeben? Nicht, weil er es nicht wollte und seine Meinung geändert hat. Nein. Du hast sie ihm nicht gegeben, weil DU es nicht erträgst, allein zu sein. Ich sag dir was Papa für dich ist: eine Aufgabe. Die Einzige, die du noch hast. Wenn er stirbt, bist du nutzlos und diesen Gedanken erträgst DU nicht.«

Er zeigte mit seinem Finger direkt in ihr Gesicht.

»Ich liebe Günther«, schrie sie ihn an. »Ich will das Beste für ihn.«

»Du willst das Beste für dich.«

Sie schüttelte wütend den Kopf.

»Du weißt nicht, was du sagst.«

Sie fing an, in der Küche auf und ab zu laufen, blieb abrupt stehen und schaute ihren Sohn an.

»Egal was passiert, ich lasse nicht zu, dass du deinem Vater die Tabletten gibst.«

»Dann gib du sie ihm.«

»Das kann ich nicht.«

»Du willst es nicht. Das ist ein Unterschied.«

Ein Geräusch aus dem Wohnzimmer beendete ihre Diskussion. Jutta stürmte zu Günther. Er hatte versucht, etwas zu trinken und dabei sein Glas umgestoßen. Während sie damit beschäftigt war, Tisch, Boden und Günther trocken zu wischen, hielt Thorben Abstand. Nach wenigen Minuten kam er zurück ins Wohnzimmer.

»Sind sie das?«

Er hielt ein Döschen mit Tabletten in der Hand.

»Gib sie mir.«

Jutta stürmte auf Thorben zu, Panik stieg in ihr hoch. Thorben ignorierte sie. Er ging direkt auf Günther zu, setzte sich neben ihn, füllte sein Glas auf und gab es ihm in die Hand. Günther schaute Thorben verwirrt an.

»Papa. Du hast vor einiger Zeit beschlossen, dass du sterben willst, wenn du nicht mehr der bist, der du einmal warst«, begann er. »Es ist jetzt so weit. Ich habe hier die Tabletten für dich. Du musst sie alle nehmen.«

Er redete betont langsam und zeigte Günther das Döschen. Jutta stürmte zu Thorben und versuchte ihm die Tablette zu entreißen, doch Thorben war stärker.

»Lass das«, fuhr er sie harsch an.

»Bitte Thorben, tu das nicht«, flehte sie.

Günther blickte verwirrt zwischen Thorben und Jutta hin und her.

»Du machst deinem Vater Angst.«

Thorben ignorierte sie.

»Papa, hast du verstanden, was ich gesagt habe?«

Daraufhin drehte Günther sich zu Thorben und schaute ihm lange in die Augen. Genauso wie er es auch bei Jutta hin und wieder tat. Er redete zwar nicht mehr, sagte aber dennoch viel mit seinen Augen. Jutta spürte, wie sie zu hyperventilieren begann. Doch sie fühlte sich wie ein Reh im Scheinwerferlicht. Sie wollte handeln, war aber in einer Schockstarre gefangen.

Währenddessen hob Günther seine Hand. Anstatt nach den Tabletten zu greifen, bewegte er sie wie in Zeitlupe Richtung Thorbens Wange. Er schaute ihm immer noch in die Augen und begann gleichzeitig, Thorbens Wange zu streicheln. Sanft. Eine Liebkosung. Wie es Eltern mit ihren Kindern machten. Eine ganze Weile streichelte er Thorben. Dann tastete er sich weiter. Zuerst strich er über Thorbens Haar und verzog ein wenig das Gesicht. Als wollte er sagen: »Zu kurz.«

Dann bewegte er seine Hand weiter zu Thorbens Nase und tastete sie ab. Thorben ließ es sich gefallen. Als Günther mit der Nase fertig war, wanderten seine Finger weiter zu Thorbens Mund und Kinn. Thorben war es sichtlich unangenehm, doch er sagte nichts und ließ seinen Vater gewähren. Nach dem Gesicht folgte der Hemdkragen. Günther berührte sanft den Stoff und erkundete wie ein Kleinkind die Fasern. Die Knöpfe schienen ihm besonders zu gefallen. Er wanderte mit seinen Fingern von einem Knopf zum anderen und streichelte dabei unbeholfen über die glatte, glänzende Oberfläche. Er war in dieser Tätigkeit versunken. Thorben schaute seinem Vater dabei zu, ohne sich zu bewegen. Auch Jutta schaute regungslos zu. Als Günther bei den Knöpfen am Bauch angelangt war, stand Thorben abrupt auf, was Günther zusammenzucken ließ und auch Jutta erschrak.

»Scheiße!«

Mit einer schnellen Bewegung warf er die Tablettendose auf den Tisch und stürmte aus dem Raum. Günther und Jutta schauten ihm entgeistert hinterher.

Juttas Drang, ihm hinterherzugehen war immens. Doch sie zwang sich, Günther zuerst das Glas abzunehmen, ihm gut zuzureden – er war sichtlich verwirrt von Thorbens Ausbruch – und anschließend die Tabletten vor ihrem Sohn zu verstecken.

Anschließend lief sie langsam durch das Haus, um Thorben zu suchen. Sie fand ihn in seinem alten Kinderzimmer, das nun als Vorratszimmer für Windeln, Gehhilfen und andere Utensilien diente. Er saß auf dem Bett und hatte die Hände vor das Gesicht geschlagen.

»Warum kann ich es nicht?«, fragte er in seine Hände hinein.

Sie setzte sich neben ihn, streichelte ihm den Rücken und sagte: »Weil du deinen Papa liebst.«

»Gerade deshalb sollte ich es tun. Eben weil ich ihn liebe.«

»Ich habe es auch versucht. Mehrmals.«

»Weil du egoistisch bist und ihn nicht gehen lassen kannst.«

Sie würde ihm gerne widersprechen. Doch er hatte recht. Sie konnte ihn nicht gehen lassen. Genauso wenig wie Thorben den Gedanken nicht ertragen konnte, seinen Vater so zu sehen. Statt zu antworten nickte sie nur.

Thorben fuhr sich wirr durch die Haare, schaute durch sein altes Zimmer.

»Und jetzt?«

Jutta streichelte weiter seinen Rücken.

»Wir versuchen, deinem Papa noch ein schönes Leben zu machen, bis er uns verlässt.«

Thorben schüttelte den Kopf und stand auf.

»Ich kann das nicht.«

»Was kannst du nicht?«

»Euch besuchen kommen. Ihn so sehen, wie er hilflos dasitzt. Wie er nicht mehr er ist.«

Jutta stand ebenfalls auf und fasste ihn an den Schultern.

»Thorben, lass dir von deiner Mutter etwas sagen«, sagte sie ernst. »Niemand weiß, wie lange dein Vater noch hat. Du hast jetzt die Möglichkeit bei ihm zu sein. Tu es nicht nur für Günther, tu es auch für dich.«

Sie schaute ihm in die Augen.

»Es gibt nichts Schlimmeres, als einen Menschen zu verlieren und später zu bereuen, etwas nicht gesagt oder getan zu haben.«

Thorben schaute sie nicht direkt an, sondern starrte gegen die Wand.

»Ich habe Angst, so zu enden wie Papa«, sagte er schließlich.

Das habe ich auch, wollte sie sagen.

»Jedes Mal, wenn ich hierherkomme, werde ich daran erinnert, dass mir das Gleiche passieren kann.«

»Nur, weil dein Vater Alzheimer hat, heißt das nicht, dass du es auch bekommst«, sagte sie sanft.

»Es gibt eine genetische Variante«, sprach er weiter. »Ich überlege, einen Test zu machen.« Er wandte den Blick von der Wand und schaute sie an.

»Bist du dir sicher, dass du mit dem Ergebnis leben kannst? Wenn du es einmal weißt, kannst du es nicht mehr rückgängig machen.«

»Unwissenheit ist schlimmer. Dann kann ich Vorkehrungen treffen.«

Jutta war sich nicht sicher, was schlimmer war. Es zu wissen oder nicht zu wissen. Die Vorkehrungen, die Günther getroffen hatte, hatten ihm letztendlich nichts gebracht. Weder Thorben noch sie waren in der Lage, ihm die Tabletten zu geben.

»Wenn Papa die genetische Variante hat, steht es 50:50, dass ich sie auch habe.«

Jutta kannte die Zahlen. Nach der Diagnose hatte auch sie begonnen zu recherchieren, aus Angst, dass Günther Julian und Thorben die Krankheit vererbt haben könnte.

»Nur die wenigsten Fälle sind auf diese Gene zurückzuführen.«

»Ich weiß, aber wenn ich die Veränderung in mir trage, dann weiß ich, dass ich zu 100 % erkranken werde.«

»Was würde es ändern?«

Thorben überlegte. Sein Blick war wieder auf die Wand gerichtet.

»Ich würde mich gegen Kinder entscheiden. Das Risiko wäre einfach zu groß. Ich würde auf Altersvorsorge pfeifen. Stattdessen die nächsten 30 Jahre einfach leben. In dem Moment, in dem ich die ersten Anzeichen spüren würde, würde ich mich von einer Brücke stürzen. Keine Liste, keine Tabletten, keine Abhängigkeit von einer anderen Person. Einfach springen und fertig.«

Jutta musste schlucken. Sie hätte Thorben gerne erklärt, dass es als gesunder Mensch leicht ist, solche Dinge zu sagen. 30 Jahre. Das schien unglaublich weit entfernt. Doch tatsächlich war es nur ein Wimpernschlag. Sie hielt sich mit ihren Belehrungen zurück und fragte stattdessen vorsichtig:

»Hast du mit Miriam darüber gesprochen?«

Kopfschütteln.

»Ich habe es dir nur gesagt, damit du verstehst, warum es mir so schwerfällt, hierherzukommen. Nicht, weil ich dich und Papa nicht liebe, sondern weil ich Papa so nicht sehen will und weil ich nicht so enden will wie er.«

»Komm her!« Sie umarmte ihn und er ließ es zu.

»Mach, was du für richtig hältst. Aber bitte rede vorher mit Miriam. Sie ist deine Frau und hat ein Recht darauf zu erfahren, was in dir vorgeht.«

Sie spürte, wie er nickte.

»Dein Papa ist noch da, Thorben. Er hat noch wache Momente. Lass ihn nicht glauben, dass ihn einer seiner Söhne im Stich lässt, weil er krank ist.«

Thorben löste sich aus der Umarmung.

»Danke, Mama«, sagte er gefasst.

Sie nickte.

Jutta ließ sich auf das Sofa neben Günther fallen, nachdem sie Thorben zur Tür gebracht und verabschiedet hatte. Sie war erschöpft. Thorben war noch zum Abendessen geblieben und sie hatten sich lange unterhalten. Nicht über die Krankheit, die Tabletten, den Tod. Stattdessen über Belangloses. Er hatte versprochen, Ende August wiederzukommen. Das waren noch sechs Wochen. Sie hatte gehofft, dass er seinen Vater nun regelmäßiger besuchen kommen würde. Vielleicht verlangte sie zu viel von ihm. Sie hatte ihm vorgeschlagen, über Nacht zu bleiben und am nächsten Tag zu fahren. Doch er wollte sich am Abend noch mit Julian treffen und würde bei ihm übernachten. Einen kleinen Stich versetzte es Jutta schon, dass er nicht anbot, am nächsten Morgen zum Frühstück vorbeizukommen. Vielleicht hätte sie es ihm vorschlagen sollen. Doch sie wollte ihn nicht drängen. Je mehr sie klammerte, desto weiter entfernte er sich von ihr.

Jutta blickte zu Günther hinüber, der neben ihr auf der Couch schlief, und nahm seine Hand. Wie sehr wünschte sie sich ihren gesunden Ehemann zurück. Wie so oft quälte sie sich mit dem Gedanken, warum es ausgerechnet ihn so hart treffen musste. Hätte es etwas genützt, vorher zum Arzt zu gehen? Eine zweite Meinung einzuholen? Andere Medikamente zu probieren? Obwohl sich die Entwicklung über Jahre hingezogen hatte, war es im Nachhinein betrachtet doch so schnell gegangen.

Ein leichtes Zucken von Günthers Hand holte sie aus ihren Grübeleien. Es war bereits nach 21 Uhr. Sie würde zuerst die Küche in Ordnung bringen und anschließend Günther wecken, um mit der Abendroutine zu beginnen. Den Pflegedienst hatte sie abbestellt. Sie würde ihn allein ins Bad bringen müssen. Mittlerweile hatte sie für die Wege zwischen Bad, Schlaf-, Wohn- und Esszimmer einen Rollstuhl. Das Gehen wurde immer beschwerlicher und seit dem Sturz zwei Wochen zuvor, der bei beiden zum Glück nur mit Prellungen geendet hatte, wollte Jutta kein Risiko eingehen. Da das Rein- und Raussetzen aus dem Rollstuhl viel Kraft erforderte und sich das Pflegepersonal bereits beschwert hatte, würde sie am Montag einen Patientenlift beantragen. Dieser würde Günther mit elektrischer Unterstützung aus dem Rollstuhl heben und absetzen.

Bis dieser jedoch genehmigt und geliefert wurde, galt es, Günther weiterhin mit Muskelkraft in und aus dem Rollstuhl zu befördern.

Sie schnaufte kurz auf. Eigentlich war sie viel zu müde für das Prozedere, das ihr noch bevorstand. Doch sie konnte Günther nicht auf der Couch schlafen lassen. Sie zwang sich aufzustehen. Je früher sie mit der Arbeit anfing, desto früher war sie fertig.

Tagebucheintrag
Sa., 15. Juli 2023

»*It's me, hi, I'm the problem*«

Speisekartenkonflikt! Ich liebe diesen Begriff. Er bringt es auf den Punkt. Wie gerne würde ich behaupten, dass ich dieses Wort kreiert habe. Leider nein. Ich habe es irgendwo aufgeschnappt und benutze es seitdem ständig.

Mein ganzes Leben ist eine Speisekarte und ich soll mich für ein Gericht entscheiden. Ich korrigiere, die ganze Welt besteht aus einer Vielzahl von Speisekarten und ich weiß noch nicht einmal, ob ich lieber italienisch, deutsch, griechisch oder Sushi möchte, geschweige denn, welches Gericht es werden soll. Ich brauche EINE Speisekarte, am besten mit nur vier Gerichten. 1, 2, 3 oder 4. Entscheiden Sie sich JETZT! Je mehr ich nachdenke und recherchiere, desto mehr Speisekarten tauchen plötzlich auf. Türkisch und indisch hören sich auf einmal auch sehr verlockend an. Ich muss mich entscheiden! Ahhhhh!

Leo hat sich schon seit Ewigkeiten für ein Gericht entschieden und hat die Meinung auch nicht geändert. Luca, Emma und der Großteil unserer Clique ebenfalls nicht. Selbst die verpeilte Sina ist zufrieden mit ihrer Entscheidung. Nur Mia und ich sind »lost in translation«.

Raus aus dem Jammermodus. Nein, es geht nicht nur mir und Mia so, auch ganz viele aus meiner Abiklasse struggeln noch. Doch irgendwie lässt es sich leichter im Selbstmitleid baden, wenn man gefühlt die Einzige auf der ganzen Welt mit diesem Problem ist und alles sich gegen einen verschworen hat. Arme Meli! Alle Möglichkeiten und doch planlos.

Wenn ich Leo mein Leid klage (was relativ häufig vorkommt), höre ich nur: »Mach dir keine Sorgen, Süße. Du bist noch so jung. Du findest schon deinen Weg.« Dann gibt es Umarmungen und Küsse. Oder wir landen im Bett. Mein Einwand, dass Leo nur vier Jahre älter ist als ich, wird gar nicht gehört.

»Ich bin eine alte Seele in einem jungen Körper ... und einem sehr gut aussehenden noch dazu.«

Oh Leo, manchmal würde ich mir wünschen, du würdest mir mehr in den Arsch treten. Aber das ist nicht dein Stil. Du lässt mich einfach machen und unterstützt mich bei jeder verrückten Idee, die ich habe. (Die nach drei Wochen wieder im Sande verläuft.) Erst gestern hast du wieder gesagt:

»Es ist doch alles gut so wie es ist. Du hast deinen Job, mit dem du Geld verdienst, und noch dazu deinen Online-Shop und deine Work-shops. Das machst du, bis du das Richtige für dich gefunden hast.... Außerdem: Wenn wir irgendwann mal Babys haben, bleibe ich daheim und du bringst die Kohle nach Hause. Deal?«

Hab ich dir schon mal gesagt, wie sehr ich dich liebe?

»Ich glaube, heute schon mindestens einmal.«

Dann jetzt nochmal richtig:

»Ich wollte dir ...«

»Hör auf zu singen!«

»... meine Chill-Out-Area ...«

»Meli, Schluss damit!«

Leo hat ja recht. Nicht mit dem Singen, aber mit fast allem anderen. Vor zwei Wochen wurde meine Stelle auf 80 % angehoben. Nun verdiene ich richtig Kohle – muss dafür auch mehr arbeiten. Klar. Ich werde erstmal so weitermachen und dieses Jahr nichts Neues beginnen. Bis zum Sommersemester müsste ich genug Geld beisammenhaben, um zu studieren oder was auch immer. In einem Jahr werde ich ja wohl wissen, was ich mit dem Rest meines Lebens anstellen will. Oder nicht?

Mein Online Shop läuft jedenfalls super. Mia hilft mir hin und wieder beim Basteln, Verpacken und Verschicken und verdient sich so etwas dazu. Auch Workshops habe ich einige. Ich muss in Zukunft nur besser bei der Terminplanung aufpassen. Ich hab's doch tatsächlich fertiggebracht, einen JGA Workshop direkt an dem Wochenende vom Taubertal Festival einzuplanen. Scheiße! Absagen ist nicht. Also gehen Leo und die anderen erstmal ohne mich und ich komme nach. Mist!

Wenigstens habe ich unseren Urlaub im September schon fett im Kalender vorgemerkt. Mit Matteo haben wir auch schon gesprochen. Wir können sein Zelt und den Camping-Kram haben. Emma leiht mir ihren Schlafsack. Erst geht's nach Berlin und dann weiter ans Meer. Drei Wochen einfach durch die Gegend cruisen und sich dort ein Plätzchen suchen, wo es uns gefällt. Das haben wir bitter nötig. Akutes Fernweh!

Leo rast gerade durch die Wohnung und beseitigt das Chaos. Nicht mein Chaos wohlgemerkt. Mein Kram ist ordentlich verstaut. Nur meine Kommode sollte man eher nicht öffnen. Auch nicht den Badschrank. Es ist mir ein Rätsel, mit wie wenig Kram Leo auskommt. Noch merkwürdiger: Wie ist es möglich, mit so wenig Zeug ein solches Chaos zu verbreiten?

Leos Eltern wollen später zum Grillen vorbeikommen. Panikmodus. Vor allem, weil Anja so superkritisch ist. Sie findet es sowieso nicht gut, dass wir erstens zusammen sind, zweitens zusammenleben und drittens auch noch soooo weit von ihnen entfernt wohnen. Als ob 15 Kilometer ein solches Drama wären.

Wie auch immer. Soll Leo erstmal Ordnung ins Chaos bringen, danach helfe ich beim Putzen. Ich überlege, ob ich in der Zwischenzeit einkaufen gehen soll. Schließlich haben wir noch rein gar nichts für heute Abend besorgt. Ups! Guter Plan. Das mache ich.

»…meine Süßwarenabteilung im Supermarkt…«

Ich glaube, ich habe mir gerade selbst einen Ohrwurm verpasst.

Brief

Lieber Fritz,

ein paar Wochen ist mein letzter Brief erst her und schon verspüre ich erneut das Bedürfnis, dir zu schreiben. Jahrelang habe ich kaum über die Vergangenheit nachgedacht. Woher diese plötzliche Sentimentalität kommt? Ich kann es dir nicht beantworten. Ist es das Alter oder werde ich senil?

Die Wohnung, in der Arthur und ich die letzten Jahre gelebt haben, ist gekündigt. Sowohl Arthur als auch ich haben gerne gesammelt. Ich nehme mir gerade Zimmer für Zimmer vor. Das scheint im Moment ein Trend zu sein. Sich von unnötigem Ballast zu trennen. Sagen jedenfalls meine Enkelkinder. Weit bin ich bislang nicht gekommen. Allerdings ist bis Ende September Zeit. Es besteht keine Eile.

Seit ein paar Tagen trage ich deinen Anhänger wieder. Er erinnert mich an unsere gemeinsame Zeit. Erinnerst du dich auch manchmal daran?

Meinen Ehering habe ich abgelegt. Ich habe mit dem Kapitel Arthur abgeschlossen. Bin ich herzlos? Sollte ich trauern? Ich weiß, wie sich wahre Trauer anfühlt. Doch für Arthur empfinde ich das nicht. Es tut mir leid für ihn, dass er am Ende so viel bereut hat.

Kurz vor seinem Tod hat er mich gefragt, warum ich ihn damals nicht verlassen habe. Du weißt, ich bin kein Freund von Lügen. Also habe ich ihm die Wahrheit gesagt. Ich hätte ihn verlassen, wenn du mich darum gebeten hättest.

Warum hast du es nicht getan? Vermutlich, weil du wusstest, dass wir uns nicht gutgetan hätten. Du warst weitsichtiger als ich.

Liebe Grüße

Hilde

Kapitel 7
Fr., 18. August 2023

»Es dauert noch?«, fragte Jutta ungläubig ins Telefon. »Ich habe den Antrag doch schon vor vier Wochen eingereicht!«

Jutta war frustriert. Alles dauerte eine Ewigkeit. Dieses Mal ging es um den Personenlift für Günther.

»Es tut mir leid, aber ich kann es im Moment nicht ändern«, sagte die Stimme am anderen Ende der Leitung. »Es wird noch ein paar Wochen dauern, bis die Genehmigung durch ist.«

Immer das Gleiche.

»Was? Ich muss meinen Mann täglich mehrmals umsetzen. Das schaffe ich nicht mehr ohne einen Lift«, sagte Jutta. »Der Pflegedienst hat sich auch schon beschwert.«

»Ich kann mir vorstellen, dass es im Moment schwierig ist, aber mir sind die Hände gebunden. Sobald ich die Genehmigung habe, gebe ich Rückmeldung an das Sanitätshaus.«

Es war zwecklos zu diskutieren. Bei kleinen Dingen, kontaktierte Jutta gar nicht erst die Krankenkasse, sondern kaufte sie direkt selbst. Ein solches Gerät jedoch war teuer. Hier brauchte sie die finanziellen Mittel der Krankenkasse.

Sie bedankte sich, obwohl es nichts zu bedanken gab, und legte auf.

»Wenn der Lift da ist, wird es besser«, sagte sie sich. Für sie zur Entlastung und für das Pflegepersonal, das nun dreimal täglich kam, Günther wusch, die Windeln wechselte und von einem Zimmer ins nächste brachte.

Günther hatte weiter abgebaut. Mittlerweile verließ er nicht mal mehr das Haus. Hierfür wäre eine Rampe oder ein Treppenlift notwendig, um die Stufen zu überwinden. Auch auf die

Terrasse brachte sie ihn nur noch selten, da sie den Absatz mit dem Rollstuhl kaum schaffte. Zusätzlich hatten die Pflegekräfte wunde Stellen an Günthers Po entdeckt und empfahlen einen Katheter. Auch das noch. Jutta fühlte sich nicht in der Lage, eine Entscheidung zu treffen.

Ihr Tag bestand fast ausschließlich darin, sich um Günther, das Haus und die Finanzen zu kümmern. Hatte sie ein Thema abgehakt, kamen zwei neue hinzu. Finanziell musste sie sich bislang keine Sorgen machen. Bislang. Doch die monatlichen Ausgaben überstiegen die Einnahmen, die Reserven der letzten Jahrzehnte nahmen ab. Eine Weile würden sie davon noch zehren können. Eine Weile. Nicht für immer. Doch was war schon für immer? Im Raum stand, eine ausländische Pflegekraft für Günther zu engagieren. Julian und Thorben hatten bereits Angebote eingeholt und Jutta den Ablauf erklärt. Eine Alternative zum Heim, hatten sie gesagt. Sie hätte wieder mehr Zeit für sich, könnte jederzeit beruhigt das Haus verlassen. Sie könnte wieder zum Sport gehen, Freunde treffen, atmen. Wollte sie das? Konnte sie das noch? Günthers Zeit lief ab. Jede Woche fügte sich ein neues Teil ins große Alzheimer-Puzzle. Es waren kaum mehr Teile übrig. Wie konnte sie da zum Sport gehen und ihren Mann mit einer fremden Person zurücklassen? Es war für sie schon schwierig genug, wenn der Pflegedienst ins Haus kam, um Günther zu waschen. Wie sollte sie dann mit einer fremden Person unter einem Dach leben?

Julian und Thorben konnten nicht verstehen, warum sie sich sträubte.

»Mama, das ist die beste Option, die wir haben«, hatte Julian gesagt.

»Ich will keine wildfremde Person 24 Stunden am Tag um mich haben, die alle drei Monate wechselt und noch dazu kein Deutsch kann.«

Julian hatte mit Argumenten wie »Das Haus ist groß genug«, »Wenn man mehr bezahlt, bekommt man jemanden mit guten Deutschkenntnissen« und »Wenn es gar nicht passt, kann man immer noch kündigen oder einen Pflegekraftwechsel verlangen« dagegengehalten. Doch Jutta war nicht umzustimmen. »Dann bleibt nur noch das Heim«, hatte Thorben schließlich gesagt.

Auch, wenn Jutta immer wieder darüber nachdachte und sie sich bereits über Heime in der Umgebung informiert hatte, eine Option war es nicht. Das Heim bedeutete, Günther vollständig der Willkür fremder Personen auszusetzen. Kein Heim konnte sich um ihren Mann so kümmern, wie sie es tat. Er wäre einer von vielen. Den Gedanken ertrug sie nicht. Also tat sie, was sie immer tat, wenn es um schwierige Entscheidungen ging. Nichts. Sie würde abwarten und weitermachen.

»Mama, du bist an deiner Belastungsgrenze. Wenn nicht sogar schon darüber hinaus«, hatte Julian ihr kürzlich gesagt.

Ein bisschen geht noch, sagte sie zu sich und ihren Söhnen.

»Dann ist dir nicht mehr zu helfen«, war Thorbens Antwort gewesen. »Beschwer dich aber später nicht, wenn es irgendwann knallt und wir schnell eine Lösung finden müssen.«

Günther war vor Kurzem in den höchsten Pflegegrad eingestuft worden. Pflegegrad 5. Dadurch hatte sie weitere finanzielle Mittel zur Verfügung. Sie würde sich in den nächsten Tagen damit beschäftigen, welche Maßnahmen zusätzlich möglich waren. Den Pflegedienst würde sie auf jeden Fall ab sofort auch am Wochenende 3-mal täglich bestellen, statt die Nachbarn um Hilfe zu bitten oder es allein zu versuchen. Das würde weitere Erleichterung bringen. Die Frage war nur, wie lange.

Sie schüttelte den Gedanken ab und versuchte sich auf das Hier und Jetzt zu konzentrieren.

Ein paar Minuten gönnte sie sich auf der Terrasse und atmete die noch kühle Luft des Morgens ein. Während sie sich eine Zigarette anzündete und in ihren Garten schaute – der dringend intensive Pflege brauchte – dachte sie über die Liste nach. Nur 4 Prozent Selbstständigkeit waren ihm geblieben. Essen war möglich, wenn sie ihn dabei unterstützte. Personen erkennen, wenn es sich um Jutta und die Söhne handelte. Bei Miriam und Freya wurde es schon schwieriger. Hier konnte sie an Günthers Blick erkennen, dass er sie nicht zuordnen konnte. Vor allem Miriam nicht. Sie sah er meist nur über den Bildschirm. Freya hingegen kam alle ein bis zwei Wochen vorbei. Günther hatte sie jedoch erst dieses Jahr kennengelernt und konnte daher nicht auf frühere Erinnerungen mit ihr zurückgreifen. Der letzte Punkt in der Liste, der noch eine »1« anzeigte, war das Mitteilen elementarer Bedürfnisse. Hatte er Hunger oder Durst machte er sich bemerkbar. Meistens.

Kleine Momente der Freude gab es nach wie vor. Nicht täglich, aber hin und wieder. Momente, in denen er kurz lächelte, wenn sie ihm seine Lieblingslieder vorspielte, ihm vorlas, ihm Fotos zeigte oder ihm die Lippen ein wenig mit dem Whiskey benetzte, den er oft an lauen Sommerabenden auf der Terrasse getrunken hatte. Wenn Julian zu Besuch kam oder er Thorben auf dem Monitor des Tablets erblickte, dann sah sie es auch, das Erkennen. Diese kleinen Momente konnte die Liste nicht abbilden. »Lächeln«? Den Punkt hatte Günther nicht in seiner Liste berücksichtigt. Genauso wenig wie »Blickkontakt« oder eine »Geste der Zärtlichkeit« wie das unbeholfene Berühren ihrer Hand.

Sie zerdrückte die Reste der Zigarette im Aschenbecher und stand auf. Die Gedanken führten zu nichts. Thorbens Besuch im Juli hatte deutlich gemacht, dass weder sie noch ihr Sohn in der Lage waren, Günthers Leben zu beenden. Das würde sich auch nicht ändern, wenn sich sein Zustand verschlechterte. Also hieß es: Weitermachen.

»Komm, Günther. Ein bisschen musst du noch essen.«
Jutta versuchte seit einer halben Stunde, Günther zum Essen zu bewegen. Zum Frühstück hatte er kaum etwas gegessen und auch die Suppe zum Mittagessen war nur schwer in ihn hineinzubekommen. Immer wieder begann er, mit dem Teller oder der Tischdecke zu spielen, ließ sich von der am Fenster vorbeilaufenden Katze ablenken oder machte schlicht den Mund nicht auf, wenn Jutta ihm den Löffel hinhielt.

Frustriert gab sie auf. Sie würde später einen zweiten Anlauf starten. In der Zwischenzeit würde sie Thorbens Nachricht beantworten. Er und Miriam wollten in zwei Wochen zu Besuch kommen und sogar ein paar Tage bleiben. Thorben hatte ihr am Morgen ihren Reiseplan samt Fragen geschickt. Könnten Miriam und er in seinem alten Kinderzimmer übernachten oder brauchten sie ein Hotel? Sollten sie Windeln und Betteinlagen von Miriams Opa mitbringen, die seit dessen Tod nicht mehr gebraucht wurden? Wäre Günther in der Lage, zusammen mit ihnen in ein Restaurant zu gehen? Einen Spaziergang zu machen? Das Open-Air-Kino in der Nachbarstadt zu besuchen?

Jutta brauchte eine Weile, um die Fragen zu beantworten. Sie machte sich Gedanken über die Formulierungen und versuchte sich in vagen Antworten. Sie hielt es für keine gute Idee, Günther in ein Restaurant zu schleppen oder in ein Kino. Doch das wollte sie so direkt nicht schreiben. Sie freute sich, dass Thorben Ideen hatte und sich Zeit nahm für seinen Vater. Sie hatte ihn seit dem schrecklichen Besuch im Juli nicht mehr gesehen. Dafür telefonierten sie jede Woche über Skype. Für Günther wären persönliche Treffen besser gewesen, aber Jutta nahm, was sie bekam.

Auch Julian und Freya hatten zugesagt, in zwei Wochen vorbeizukommen. Sie würden nicht im Haus übernachten, aber während Thorbens und Miriams Aufenthalt möglichst oft vorbeischauen.

Julian schien nach wie vor glücklich mit Freya zu sein und Jutta konnte sie nach wie vor nicht leiden. Das zweite Treffen hatte nicht den von Julian prophezeiten Effekt gehabt und alle darauffolgenden Begegnungen hatten Juttas Antipathie eher verstärkt als verringert. Obwohl Freya Julian zu fast jedem Treffen begleitete, schien der Funke nicht überspringen zu wollen. Sie brachte Kuscheltiere oder andere Spielsachen mit, die Günther interessiert betrachtete und mit seinen Fingern untersuchte. Letzte Woche hatte sie eine CD mit alten Liedern dabei, die sie als Kind gerne gehört hatte. Schon beim Abspielen des ersten Liedes – »Hänschen klein« – wurde Günthers Blick wacher und seine Aufmerksamkeit richtete sich auf die Musik und die Familie, die fleißig mitsang.

Trotz dieser schönen Gesten wünschte sich Jutta Ina zurück in Julians Leben. Es waren Kleinigkeiten, die sie störten, der Tonfall, wie sie mit Julian sprach, als wäre sie ihm überlegen. Die Art, wie sie ihn umarmte und küsste – so übertrieben. Als wollte sie jedem zeigen, wie glücklich sie waren. Ständig machte sie Fotos und tippte auf ihrem Handy herum. Jutta bemühte sich, die Stimmung nicht zu ruinieren und war betont freundlich. Julian schien, anders als bei ihrem ersten Treffen, nichts von ihrer Anspannung zu merken.

Julian ist noch jung, sagte sie sich. Er kann immer noch seine Meinung ändern.

Nachdem sie es geschafft hatte, Thorbens Fragen zu beantworten und die Nachricht zu senden, wandte sie sich wieder Günther zu. Die Suppe war mittlerweile kalt, doch das schien ihn nicht zu stören. Er aß die Hälfte der Portion, dieses Mal ohne große Mühe. Anschließend drehte er den Kopf weg. Das Zeichen, dass er genug hatte. Jutta gab sich damit zufrieden. Sie setzte Günther in den Rollstuhl und brachte ihn zur Terrassentür. Sie wollte sich ein wenig dem Garten widmen und fühlte sich sicherer, wenn sie ihn im Blick hatte. Mit Schwung und einer ordentlichen Portion Kraft überwand sie den Absatz, der das Wohnzimmer von der Terrasse trennte und fuhr den Rollstuhl an den Gartentisch. Sie stellte Getränke und geschnittenes Obst bereit und wandte sich anschließend ihrem Garten zu.

Verschwitzt öffnete sie zwei Stunden später Nathalia, der Pflegekraft, die Tür.

Während sie zusammen Günther von der Terrasse ins Bad brachten, ihn entkleideten, auf die Toilette setzten, die Windel wechselten und wieder anzogen, unterhielten sie sich locker über Belangloses. Jutta hatte nur wenige Kontakte außerhalb des Pflegedienstes und ihren Söhnen. Daher freute sie sich, wenn Nathalia oder Olga vorbeikamen. Beide Pflegerinnen schienen immer gut gelaunt zu sein und waren einem Plausch nicht abgeneigt. Obwohl ihnen Jutta immer wieder einen Kaffee oder Kekse anbot, lehnten sie freundlich ab. So auch dieses Mal.

»Heute Abend«, vertröstete Nathalia sie. »Günther ist mein letzter Patient, da habe ich später noch einen Moment Zeit.«

»Sehr gerne«, freute sich Jutta.

»Aber keinen Kaffee.«

Nathalia hob ermahnend den Finger.

»Sonst bin ich die ganze Nacht wach.«

»Dann etwas anderes«, sagte Jutta.

Die beiden Frauen brachten Günther zur Couch und legten seine Füße auf einen Hocker.

111

»Jutta, du solltest einen Termin beim Arzt vereinbaren«, sagte Nathalia ernst, während sie sich Günthers Beine anschaute.

»Siehst du die Druckstellen hier?«

Sie zeigte auf die Unterseite der Waden.

»Das war letzte Woche noch nicht so stark. Hier muss etwas getan werden.«

Jutta nickte. Sie hatte ebenfalls bemerkt, dass die Stellen größer wurden.

»Ich versuche schnellstmöglich einen Termin zu bekommen«, versprach sie.

Nachdem sie sich von ihr verabschiedet hatte, rief sie direkt bei Günthers Hausarzt an. Hausbesuche waren schwierig zu bekommen, doch ein Krankentransport für Günther eine Tortur.

Der Hausarzt würde am kommenden Donnerstag nach seiner Sprechstunde vorbeikommen und sich die Wunden anschauen, bestätigte der Arzthelfer. Jutta sollte sich darauf einstellen, dass es spät werden könnte. Jutta war nicht begeistert, dass es noch fast eine Woche dauern würde, bis der Arzt die Stellen zu Gesicht bekam. Doch sie konnte froh sein, dass er sich überhaupt auf Hausbesuche einließ.

Sie bedankte sich und trug den Termin direkt in den Kalender ein.

Den Nachmittag verbrachte Jutta mit Gartenarbeit und einem wachsamen Blick auf Günther. Dieser war, direkt nachdem Nathalia gegangen war, auf der Couch eingeschlafen und schlief auch noch, als sie zurück ins Haus kam, um sich zu duschen und umzuziehen.

Die Gartenarbeit hatte ihr gutgetan. Trotz der Anstrengung. Oder gerade deswegen. Sie konnte ihren Gedanken nachhängen und gleichzeitig mit ihren Händen arbeiten. Als sie frisch umgezogen ihr Werk betrachtete, musste sie lächeln. Ein Teil des Gartens war nun wieder vorzeigbar. Es würde weitere Nachmittage brauchen, bis sie den kompletten Garten wieder auf Vordermann gebracht hatte. Doch ein Anfang war getan.

Nun wandte sie sich Günther zu. Er war mittlerweile wach und schaute sie erwartungsvoll an.

Sie legte die CD von Freya ein und setzte sich neben ihn.

»Hallo Schlafmütze«, sagte sie sanft. »Wollen wir ein paar Übungen machen?«

Er nickte. Während die Kinderlieder im Hintergrund liefen, bearbeitete Jutta Günthers Arme und Beine. Sie dehnte, streckte und lockerte. Immer darauf bedacht, die wunden Stellen nicht zu berühren und die Bewegungen besonders sanft auszuführen. Günther war sehr steif geworden und hatte stark Muskulatur abgebaut. Die Übungen konnten den Prozess nicht aufhalten, doch ein wenig verlangsamen. Immer wieder legten sie Pausen ein und begannen anschließend von Neuem. Nach 30 Minuten beendete Jutta die Übungen und brachte Günther ins Esszimmer. Sie legte ihm eine Spieluhr auf den Tisch, zog sie auf und ging in die Küche, um sich um das Abendessen zu kümmern.

Günther untersuchte die Spieluhr unkoordiniert mit seinen Fingern. Immer wieder ging Jutta zu ihm und zog die Spieluhr erneut auf. Das schien ihm zu gefallen. Er beschäftigte sich mit dem Spielzeug, bis Jutta den Tisch für das Abendessen gedeckt und die Spieluhr auf das Sideboard im Wohnzimmer gelegt hatte.

Der Wecker zeigte drei Uhr an und Jutta war hellwach. Günther war die letzten Stunden sehr unruhig gewesen, hatte im Schlaf Laute von sich gegeben und am Saum seiner Windel genestelt.

Seit ein paar Minuten schlief er. Nur Jutta war wach. Also stand sie auf, zog sich ihren Bademantel über den Schlafanzug, schnappte sich die Zigaretten und setzte sich auf die Treppenstufen vor der Haustür.

Während sie die letzten Züge an der Zigarette tat und sie neben sich im Aschenbecher entsorgte, beobachtete sie die Nachbarskatze, die im Schein der Straßenlampen gemütlich die Straße überquerte und in ihre Richtung lief. Sie stieg die Treppenstufen zu Jutta hinauf und schmiegte ihre Seite einen typischen Katzenbuckel machend an Jutta.

Jutta war kein Katzenmensch. Sie war generell nicht sonderlich begeistert von Tieren. Als ihre Söhne kleiner waren, wollten sie unbedingt einen Hund. Nach langem Hin und Her wurde es ein Hamster. Zwei Jahre lang machte Jutta den Käfig sauber, fütterte das kleine Fellknäuel und wechselte das Wasser. Ihre Söhne hatten schon nach kurzer Zeit das Interesse an ihm verloren. »Der schläft ja nur« hatten sie sich beschwert. Nach zwei Jahren lag er tot in seinem Käfig und das Thema Haustier hatte sich erledigt.

Doch nun schien es, als wäre die Katze gekommen, um Jutta Trost zu spenden. Mit einem Satz war sie auf ihren Schoß gesprungen und ließ sich von ihr streicheln. Ihr Fell war weich und das gleichmäßige Schnurren wirkte beruhigend.

So saßen die beiden eine ganze Weile da und genossen die laue Nacht im August. Plötzlich sah Jutta ein blinkendes blaues Licht, das auf sie zuraste und von einem Moment auf den anderen war die Katze verschwunden. Ein Krankenwagen schoss an Jutta vorbei und verschwand in der Dunkelheit. Was wohl passiert war, fragte sie sich. Der Krankenwagen hatte die Ruhe durchbrochen und Jutta aus ihrer Trance geholt. Es gab keinen Grund mehr, weiter draußen zu bleiben. Also stand sie auf und ging zurück ins Haus.

Tagebucheintrag
Sa., 19. August 2023

LEO IST TOT!TOT! TOT! TOT! TOT! TOT! TOT! TOT! TOT! TOT! TOT! TOT!

Brief

Lieber Fritz,

ich habe eine neue Wohnung! Zum 1. Oktober ziehe ich um. Es sind nur noch 50 qm und der Makler hat sie mir angepriesen als »altersgerecht«. Erdgeschoss, begehbare Dusche mit Haltegriffen, keine Absätze in der gesamten Wohnung, Supermarkt, Bäcker, Ärzte und Apotheke fußläufig. Ich fühlte mich wie 100 als er das sagte. Ich kann es ihm nicht verübeln. Für einen 30-Jährigen ist man mit 73 steinalt. So habe ich früher auch gedacht.

Du hast mich nie als alt bezeichnet. Was sind schon 13 Jahre, hast du damals gesagt. 13 Jahre sind 13 Jahre. Das kann sehr viel sein. Vor allem, wenn man eine Familie gründen möchte.

Du wirst es nicht glauben. Ich ziehe in eine Kleinstadt. Weg von Lärm und Hektik. Meine Wohnung liegt direkt am Waldrand. Ich habe viele Pläne. Ich werde reisen. Allein. Wenn ich die Wohnung hier aufgegeben und mich in meiner neuen Bleibe eingelebt habe, werde ich die Länder bereisen, die mich schon seit Jahren faszinieren, die Arthur allerdings nie mit mir besuchen wollte. Die vergangenen Jahrzehnte bin ich nie allein gewesen. Ich sehne mich danach.

Warum ich dir dann schreibe, wirst du vielleicht fragen.

Du bist ein sehr besonderer Mensch für mich, Fritz. Ich möchte keinen Mann mehr. Ich bin mir selbst genug. Doch dich, dich hätte ich gerne wieder in meinem Leben. Nicht als Partner. Als einen Vertrauten. Der alles von mir kennt. Die dunklen und die hellen Seiten.

Was sagst du dazu?

Grüße

Hilde

Kapitel 8
Di., 3. Oktober 2023

»Nein. Er bleibt hier«, sagte Jutta bestimmend.

»Mama, wenn wir jetzt nicht den Krankenwagen rufen, stirbt er.« Julian war aufgebracht.

»Ich weiß«, sagte sie.

»Das kannst du unmöglich wollen. Du kannst Papa nicht einfach sterben lassen.«

»Nicht einfach, aber ja, ich lasse ihn gehen.«

Julian schaute seine Mutter fassungslos an.

»Ich rufe einen Krankenwagen.«

Mit diesem Satz zog er das Handy aus der Tasche und entsperrte den Bildschirm. Bevor er den Notruf wählen konnte, war Thorben schon an seiner Seite und nahm ihm das Handy aus der Hand.

»Hey!«, widersprach Julian und wollte nach dem Handy schnappen.

Thorbens Blick war ernst und sein Tonfall bestimmend.

»Kein Krankenwagen.«

Bevor Julian etwas erwidern konnte, mischte sich Jutta ein.

»Nicht vor eurem Vater.«

Schweigsam verließen sie das Schlafzimmer und schlossen die Wohnzimmertür hinter sich. Jutta setzte sich auf die Couch und fuhr sich mit den Händen wirsch durch das Haar. Sie war erschöpft. Die vergangenen Tage hatte sie wenig geschlafen, die letzte Nacht überhaupt nicht.

»Es ist das Beste für ihn«, sagte Thorben mit Blick auf Julian.

»Er wird nicht mehr gesund.«

»Thorben hat recht, Julian.«

»Das meint ihr nicht ernst.«

Julians Stimme hatte einen verzweifelten Tonfall angenommen. Bevor Jutta etwas sagen konnte, hatte Thorben schon das Wort ergriffen.

»Wir lassen Papa gehen, Julian. Er hat lange genug gelitten.«

Julian lief aufgebracht durch das Wohnzimmer.

»Das habt ihr nicht zu entscheiden.«

Thorben blickte Jutta eine Weile an und wandte sich schließlich wieder Julian zu.

»Papa kann es nicht mehr entscheiden. Also müssen wir es für ihn tun.«

Julian schüttelte den Kopf.

»Es kann noch nicht so weit sein.«

Er war stehen geblieben und blickte seine Mutter flehend an.

»Bitte Mama, ruf einen Krankenwagen.«

Jutta stand auf und wollte Julian in den Arm nehmen. Er wehrte sie ab.

»Es ist Zeit«, sagte sie.

»Nein.«

Er war ihr so ähnlich.

»Mama, ich glaube, es wird Zeit, dass wir Julian erzählen, was Papa sich gewünscht hat«, sagte Thorben.

Sie schloss die Augen.

»Wovon redet ihr?«

»Am besten setzen wir uns«, sagte Thorben. »Soll ich es erzählen oder magst du?«

Jutta hatte keine Stimme. Sie brachte nur ein Krächzen hervor, das so viel heißen sollte wie »Mach du es«. Thorben verstand und wandte sich seinem älteren Bruder zu. Jutta sah ihm an, dass er nach den passenden Worten suchte. Schließlich begann er zu erzählen. Von der Liste, den Tabletten, Günthers Wunsch zu sterben, wenn die Krankheit die Oberhand gewonnen hatte. Davon, dass Jutta und er versucht hatten, Günther die Tabletten zu geben, es aber nicht konnten. Davon, dass sie Julian schützen wollten. Vor dem Wissen, der Entscheidung, den Schuldgefühlen.

Julian blickte von Thorben zu Jutta und zurück.

»Ich dachte wir sind eine Familie«, sagte er nur.

»Julian - «, begann Jutta.

Sie wollte es ihm erklären. Wollte, dass er verstand, warum sie geschwiegen hatten. Doch er hob nur die Hand und brachte sie damit zum Schweigen.

»Ihr glaubt ich bin der Schwächste in der Familie? Der, der die Wahrheit nicht ertragen kann. Der, der immer geschont werden muss.«

Julian war eigentlich nicht der Typ Mensch, der anfing zu schreien, wenn er wütend wurde.

»Wer ist hier der Schwache?«

Er wandte sich seinem Bruder zu.

»Wer konnte Papa die ganze Zeit nicht besuchen? Wer konnte den Anblick nicht ertragen? Wer hat sich hinter Ausreden versteckt, um nicht der Wahrheit ins Auge blicken zu müssen?«

Er spuckte die Worte Thorben ins Gesicht und stand auf.

»Ich war es nicht. Du warst es.«

Langsam lief er durch den Raum. Thorben schwieg.

»Und du«, er zeigte auf seine Mutter. »Du bist die Heilige. Nicht wahr? Hast Papa jahrelang gepflegt und dich aufgeopfert. Arme Mama, habe ich immer gedacht. Warum konntest du ihm die Tabletten nicht geben? Hattest du Angst plötzlich deinen Heiligenschein zu verlieren?«

»Julian, jetzt wirst du unfair.«

Mit diesen Worten stellte sich Thorben zwischen Julian und seine Mutter.

»Lass ihn«, sagte Jutta nur und stand ebenfalls auf.

»Vielleicht hätte Papa es mir vor fünf Jahren sagen sollen. Vielleicht hätte ich ihm die Tabletten gegeben.«

»Genau. Ausgerechnet du«, sagte Thorben.

Sie starrten sich eine Weile schweigend an.

»Das spielt keine Rolle mehr«, sagte Jutta schließlich.

Julian schnaubte, sagte aber kein Wort.

Da Jutta nicht wusste, wie sie die Situation klären sollte, holte sie sich stattdessen ihre Zigaretten und ging Richtung Terrassentür.

»Noch jemand?«, fragte sie ihre Söhne, von denen sie wusste, dass sie Nichtraucher waren.

Julian nickte dennoch und folgte seiner Mutter nach draußen.

Thorben blieb unentschlossen stehen.

»Ich schaue nach Papa«, sagte er schließlich und verschwand aus dem Wohnzimmer.

Jutta rauchte schweigend ihre zweite Zigarette. Julian hatte nach dem ersten Zug hustend seine in den Aschenbecher geworfen und es mit den Worten »Und das soll schmecken!« kommentiert. Nun saß er stumm neben seiner Mutter.

»War es wirklich Papas Wunsch zu sterben?«, fragte er schließlich.

»Als er noch gesund war, ja«, antwortete Jutta. »Ob er es jetzt so sieht, kann ich nicht sagen.«

Julian nickte und verfiel wieder in Schweigen.

»Ich bin nicht so schwach, wie ihr denkt«, sagte er.

»Das weiß ich doch.« Ein leichtes Lächeln zeigte sich in ihrem Gesicht. »Wir hätten es dir sagen sollen.«

Wieder Nicken von Julians Seite.

»Ich möchte die Liste sehen.«

»Jetzt?«

»Ja.«

Ohne mit ihm darüber zu diskutieren, drückte sie ihre Zigarette im Aschenbecher aus und ging wortlos ins Haus, um den Laptop zu holen.

Julians Blick folgte ihr.

Zuerst ging sie ins Schlafzimmer, um nach Günther und Thorben zu schauen. Thorben beruhigte sie mit einem »Alles gut, Mama.«

Also holte sie den Laptop und ging zurück auf die Terrasse. Sie reichte Julian den Laptop mit der bereits geöffneten Datei.

»Möchtest du auch einen Kaffee?«

Julian schüttelte den Kopf. Sein Blick war auf die Liste gerichtet. Während Jutta dem Kaffeeautomaten bei der Arbeit zuschaute, dachte sie über die Liste nach und fragte sich, was Julian davon hielt. Sie musste die Liste nicht mehr ausfüllen, um zu wissen, dass sie nun 0 Prozent anzeigte. Es gab nichts mehr, das Günther noch tun konnte. Nicht einmal mehr richtig schlucken konnte er. Nicht, dass dieser Punkt überhaupt auf der Liste auftauchte.

Er lag nur da, aß und trank nicht mehr, wurde mehrmals am Tag gelagert, damit keine wunden Stellen entstanden. Dennoch waren sie da. Am Rücken, am Po und an den Beinen. Offene Wunden vom Liegen. Jedes Mal, wenn er gelagert wurde, stöhnte er vor Schmerzen. Vor ein paar Tagen war noch ein Infekt dazugekommen, der Fieber mit sich brachte.

So sehr Jutta Günther bei sich halten wollte, so sehr sie sich auch vor der Zeit nach ihm fürchtete, wusste sie, dass die Uhr abgelaufen war. Es gab kein Zurück mehr. Das letzte Puzzleteil seiner Erkrankung hatte sich eingefügt. Lieber kein Günther als ein kranker Günther.

Als Jutta mit ihrem Kaffee zurück auf die Terrasse kam, saß Julian vor dem Laptop und scrollte durch die Liste. Das Zeugnis von Günthers Verfall. Er wischte sich mit dem Handrücken eine Träne aus dem Gesicht und schaute seine Mutter an.

»Kein Krankenhaus mehr für Papa.«

»Kein Krankenhaus mehr.«

Kein Krankenhaus bedeutete Günthers Tod. So lange hatte sie sich darauf vorbereiten können und doch traf es sie unvorbereitet. Noch könnten sie ihn am Leben erhalten. Im Krankenhaus würde er Antibiotika bekommen, einen Katheter und eine Magensonde. Der Schleim, der sich in seiner Lunge gebildet hatte, würde abgesaugt werden. Sein Körper würde weiterhin mit Nährstoffen versorgt und solange das Herz schlug, würde Günther leben. Mit der Entscheidung gegen das Krankenhaus unterschrieben sie Günthers Todesurteil.

»Der Tod ist nicht das Schlimmste, das einem passieren kann«, wiederholte sie den Satz, den einmal ein Arzt zu ihr gesagt hatte. Während einer Vorsorgeuntersuchung hatte sie lapidar »Das Schlimmste, das mir passieren kann, ist, dass ich sterbe« gesagt.

Daran musste sie nun denken, als sie ihren Blick über den Garten schweifen ließ und an ihrem Kaffee nippte, der viel zu heiß zum Trinken war.

»Wer hat sich den Spruch ausgedacht?«, holte Julian sie aus ihren Gedanken und zeigte auf die Liste.

»Das war bestimmt Papa, oder?«

Sie musste lächeln, als sie sich an das Gespräch mit Günther erinnerte.

»Ja«, bestätigte sie. »Er hatte sich eine Liste mit Sprüchen gemacht und sich schlussendlich für diesen entschieden.«

»Typisch Papa«, sagte Julian.

Jutta nickte und verschwieg, dass Thorben den Spruch mit ausgewählt hatte.

»Meinst du, er hat Schmerzen?«, fragte Julian nach einigen Momenten des Schweigens.

»Ich glaube nur, wenn er gelagert wird.«

Günther bekam seit zwei Wochen Morphinpflaster. Seitdem schlief er ruhiger und atmete meist entspannter. Doch sobald er bewegt wurde, war die Wirkung der Pflaster zu schwach. Jutta nahm sich vor, die Pflegekraft nach einer höheren Dosis zu fragen.

Nachdem Jutta und Julian noch eine Weile auf der Terrasse verbracht hatten und sie ihm seine Fragen zur Liste und Günthers Wunsch beantwortet hatte, gingen sie gemeinsam zurück ins Schlafzimmer. Günther lag in seinem Krankenbett. Genauso wie sie ihn zurückgelassen hatten. Thorben saß neben ihm auf dem Stuhl, hielt Günthers Hand.

»Wir teilen uns am besten auf«, schlug Jutta vor. »Möchtest du noch ein wenig bei ihm bleiben?«

Thorben nickte und schaute seinen Bruder fragend an.

»Ich fahre nach Hause und rede mit Freya«, beantwortete Julian Thorbens unausgesprochene Frage. »Ich bin in ein bis zwei Stunden wieder hier.«

Jutta wusste, dass Thorben Zeit mit seinem Vater allein brauchte. Obwohl er es versprochen hatte, war er in den letzten Monaten nur einmal zu Besuch gekommen.

Nun war es zu spät.

Zumindest war er gleich angereist, nachdem sie ihn um fünf Uhr morgens angerufen hatte. Aus Angst, Günther würde den Tag nicht überleben. Er hatte so schwer geatmet. Zwischenzeitlich war sein Atem für kurze Momente zum Stillstand gekommen und ihr war beinahe das Herz stehen geblieben. Mit den

Stunden, die vergingen, hatte er sich wieder erholt. Sie hatte fast ein schlechtes Gewissen, dass Thorben die weite Anreise auf sich genommen hatte.

Jutta begleitete Julian zur Tür und nahm ihn in den Arm.

»Ich weiß nicht, ob ich euch das jemals verzeihen kann«, sagte er.

Er gab seiner Mutter einen Kuss auf die Wange und lief zum Auto. Jutta blieb an der Tür stehen, bis sie ihn nicht mehr sehen konnte.

Um sich abzulenken, begann sie die Wäsche, die sich in den vergangenen Tagen angesammelt hatte, zu bügeln und zu falten. Aus dem Schlafzimmer hörte sie dumpfes Gemurmel. Thorben redete mit Günther.

Wie angekündigt war Julian zwei Stunden später wieder da. Ohne Freya. Jutta hatte befürchtet, dass er sie mitbringen würde und auf ihren fragenden Blick hin hatte er gesagt:

»Ich glaube, es ist besser, wenn wir heute nur zu dritt sind.«

Zusammen gingen sie ins Schlafzimmer. Sie hatte Thorben zum Einkaufen geschickt und war währenddessen bei Günther geblieben, hatte seine Hand gehalten, seine Lippen mit Wasser benetzt und mit ihm gesprochen.

Julian setzte sich auf den Stuhl, auf dem sie gerade noch gesessen hatte und schaute Jutta an. Er wollte mit seinem Vater allein sein. Ebenso wie es Thorben gewollt hatte. Julian kam mindestens einmal die Woche zu Besuch und verbrachte viel Zeit am Bett seines Vaters. Doch auch er schien erst jetzt zu begreifen, wie nah der Abschied bevorstand. Jutta schloss leise die Tür hinter sich.

Sie würde die Betten in den alten Kinderzimmern frisch beziehen und die Utensilien, die sich im Laufe der Jahre angesammelt hatten, beiseite räumen. Sie hoffte, dass beide über Nacht blieben.

Thorben blieb über Nacht. Julian fuhr gegen 23 Uhr nach Hause. Die Stunden zuvor hatten sie entweder gemeinsam oder einzeln an Günthers Bett verbracht. Sie hatten sogar bei ihm zu Abend gegessen, da sie ihn nicht alleinlassen wollten. Sie hatten sich alte Fotoalben angeschaut, Lieder gehört und Geschichten von früher ausgetauscht. Sie bezogen Günther immer wieder in die Gespräche mit ein und hofften, dass er etwas davon mitbekam.

Als der Pflegedienst vorbeikam, hatte Jutta auf Nathalia oder Olga gehofft. Stattdessen kam Stephanie.

Auf Juttas Frage, ob sie die Dosierung des Morphinpflasters erhöhen könnte, antwortete sie knapp: »Das dürfen wir nur nach ärztlicher Anweisung.«

Somit stand Günther eine weitere Nacht mit Schmerzen bevor.

Jutta musste sich überwinden, die nächste Frage laut auszusprechen.

»Stephanie, was denken Sie, wie lange dauert es bis ---?«

Stephanie zuckte mit den Schultern.

»Heute, morgen oder erst in ein paar Wochen.«

»Ein paar Wochen?«, wiederholte Jutta.

»Der menschliche Körper kann sehr lange ohne Flüssigkeit und Nahrung aushalten. Das kann sich schon ein paar Wochen hinziehen.«

Als Julian gegangen war, war sie erschöpft ins Bett gefallen. Thorben wollte noch mit Miriam telefonieren und die nächsten Tage mit ihr abstimmen. Er würde bis zum Wochenende bleiben. Dann würde er weitersehen. Er hatte seinen Laptop mitgenommen, um arbeiten zu können.

Für weitere Gedanken war sie zu müde. Sie hielt Günthers Hand, die sie von ihrem Bett aus erreichen konnte, als sie einschlief.

Tagebucheintrag
Di., 3. Oktober 2023

45 Tage. 45 Tage ist es jetzt her. Ich will die Stunden, Minuten und Sekunden zählen, doch ich verrechne mich ständig und gebe auf.

»Doch die Zeit scheint still zu steh'n«

Seit 45 Tagen gibt es nur zwei Dinge, an die ich denke.
1. WARUM? WARUM? WARUM?
Warum sind wir überhaupt auf diese Party gegangen? Ich erinnere mich nicht mehr. Ich weiß nur noch, dass wir eigentlich keine Lust hatten. Trotzdem sind wir gegangen. Warum?
Warum haben wir so viel Alkohol getrunken? Warum bin ich nicht mit Leo heimgefahren? Warum wollte ich unbedingt noch bleiben? Warum haben wir die Lampe an Leos Fahrrad vorher nicht aufgeladen? Warum ist der Autofahrer nicht stehen geblieben? Warum wurde Leo erst so spät gefunden?
2. »We're considering escape from this world.«
Ich ertrinke und ich weiß nicht, wie ich da wieder rauskommen soll. Falsch. Ich weiß es.
»Let death bless me with you.«

Seit 45 Tagen drehe ich mich im Kreis. Ich will mich betrinken, doch nur beim Gedanken daran wird mir schlecht.

Ich liege auf dem Fliesenboden in Sinas Wohnung. Mir ist kalt. Gut. Ich will erfrieren. Dann ist es vorbei. Zu erfrieren ist bestimmt eine beschissene Art zu sterben. Ich überlege es mir anders. Ich brauche einen leichten, einen schmerzfreien Tod.

Bald muss ich zurück in … die Wohnung. Was soll ich schreiben? Meine Wohnung? Unsere Wohnung? Ich denke an die Wohnung und fange an zu heulen. Ich kann nicht dahin zurück. Alles in dieser Wohnung schreit Leo. Das ertrage ich nicht.

Das neue Semester startet bald. Sina und Finn, ihr neuer Mitbewohner, kommen zurück und wollen in die Wohnung. Ein paar Tage habe ich noch. Zum Aufräumen. Ich muss ihnen eine neue Kommode kaufen…. und einen neuen Couchtisch…, eine Vase, eine Lampe, Teller, Gläser und noch mehr Kram. Scheiße. Ich hoffe, das war alles von IKEA. Keine Erbstücke und so. Wenigstens ist der Fernseher heil geblieben.

Es klingelt an der Tür. Ich mache nicht auf. Ich will keinen sehen. Kein weiteres Klingeln. Gut.

Gestern war mein Geburtstag. Ich habe ihn allein verbracht. Keiner weiß, dass ich hier bin. Nur Sina. Ich ertrage keine Menschen. Ich ertrage ja nicht einmal mich. Mir ist kalt. Ich stehe jetzt auf. Jetzt. Gleich.

»Need the end to set me free.«

Lieber Fritz,

der Herbst ist da und mit ihm die bunten Blätter, Regen, Wind und Sonne. Meine liebste Jahreszeit. Stürmisch und unberechenbar. Wie das Leben.

Seit dem 1. Oktober bin ich in meiner neuen, »altersgerechten« Wohnung. Es leben 9 weitere Parteien im Haus. Alles Rentner. Ich werde versuchen neue Kontakte zu knüpfen. Ich hoffe, dass noch ein paar »junge Hüpfer« unter ihnen sind. Alt und tattrig kann ich nicht gebrauchen. So gerne ich auch allein bin, so gerne mag ich die Gesellschaft. Das hat sich über die Jahrzehnte nicht geändert.

Die neue Wohnung fühlt sich gut an. Es steht noch nichts an seinem Platz, aber die nächsten Wochen werden es schon richten. Ich schlage ein neues Kapitel auf.

Christina tut sich damit schwer. Sie versteht nicht, warum ich Arthurs Tod so wenig betraue. Erklär mal deiner Tochter, dass ihr Vater nicht der Richtige für ihre Mutter war. Hier stoße ich mit meiner Ehrlichkeit an meine Grenzen. In ein paar Wochen besuche ich sie. Christina hat mich gefragt, ob ich die Herbstferien bei ihnen verbringen möchte. Ich habe zugesagt. Es wird eine Umstellung. Ein ganzes Haus voller Leben. Das hatte ich schon lange nicht mehr. Christina und ich werden uns spätestens am 3. Tag anschreien. Dennoch freue ich mich darauf (genauso, wie ich mich darauf freue, wieder »daheim« zu sein). Sophie und Laura können mir sicherlich bei meinem neuen Handy helfen. Ein Tablet habe ich mir ebenfalls gekauft. Auch ich werde digital. Vielleicht bekommst du in Kürze E-Mails von mir.

Liebe Grüße

Hilde

Kapitel 9
Mi., 18. Oktober 2023

Wie leicht sah es doch immer in Filmen aus. Man beschloss, den Menschen gehen zu lassen, saß ein paar Stunden an seinem Bett und dann schlief er friedlich ein. Bestenfalls schaute er einen vorher noch an als Zeichen des Abschieds. Dann schloss er seine Augen für immer und der Angehörige konnte in dem Wissen weiterleben, das Richtige getan zu haben.

Juttas Realität war eine andere. Günthers Körper wehrte sich gegen den Tod. Das Herz war noch nicht bereit, den letzten Schlag zu tun.

Mit jeder Stunde, die verstrich, tauchte die Frage auf »Machen wir das Richtige?«. Wenn der Körper noch kämpfte, tat es der Geist auch? War es tatsächlich Günthers Wunsch zu gehen?

Es war der 19. Tag ohne Flüssigkeit und Nahrung. Das Atmen fiel Günther immer schwerer. Ein ständiges Röcheln war zu hören. Er hatte massiv abgenommen. Der ehemals schlanke Körper war ausgezehrt. Doch das Herz gab nicht auf. Es verrichtete zuverlässig seinen Dienst.

Julian saß an seinem Bett, während Jutta telefonierte.

»Die Kinder und ich wechseln uns ab«, sagte sie ins Telefon. »Die Sozialstation kommt dreimal am Tag, wechselt die Windel, lagert ihn.«

Schweigen.

»Das ist lieb, danke. Wenn wir Unterstützung brauchen, melden wir uns.«

Schweigen.

»Ja, mach ich. Danke. Mach's gut.«

»Das war Margot«, sagte Jutta, während sie den Raum betrat. »Sie lässt dich schön grüßen.«

Julian nickte.

Jutta hatte seit ein paar Monaten wieder losen Kontakt zu Margot, ihrer ältesten Freundin. Über die Jahre hatten sie sich aus den Augen verloren, dann zufällig im Supermarkt getroffen und nun telefonierten sie einmal im Monat miteinander. Zu einem Treffen war es bislang nicht gekommen. Jutta hatte immer einen anderen Grund vorgeschoben. Margot hatte irgendwann aufgehört zu fragen. Daher blieb es bei Telefonaten.

»Bleibst du noch ein wenig?«, fragte Jutta ihren ältesten Sohn, als sie sich an der Wand im Schlafzimmer anlehnte, Günther und Julian betrachtend.

Julian nickte wieder.

»Dann könntest du ihm etwas vorlesen oder Musik abspielen.«

Wieder Nicken.

Was sollte man mit jemandem reden, der nicht mehr reagierte? Der kaum noch die Augen öffnete. Am Anfang hatte er es getan. Genauso wie sein Bruder. Genauso wie Jutta. Doch nach einer Weile war alles gesagt. Jede Erinnerung aus der Kindheit erzählt. Jedes Thema behandelt. Dann hieß es nur noch warten. Auf den Tod. Der sich Zeit ließ.

»Hast du dir schon Gedanken gemacht, wie es nach Papas Tod weitergehen soll?«, fragte Thorben.

Julian war am frühen Abend gegangen. Anschließend hatte sie Günthers Hausarzt empfangen, der ihm eine Morphinspritze gegen die Schmerzen gab. Zusätzlich zu den Pflastern.

Seit ein paar Minuten telefonierte sie nun mit Thorben, um ihn auf den neuesten Stand zu bringen. Viel gab es nicht zu berichten.

Für Jutta fühlte es sich falsch an, über die Zeit nach Günthers Tod nachzudenken. Trotzdem tat sie es. Vorkehrungen mussten getroffen werden. Der Tod konnte jeden Moment eintreten.

»Ein wenig«, gestand sie.

Erst als Thorben nachbohrte, gab sie ihm ein paar Details. Eine Urne sollte es werden und kein Sarg. Er sollte auf dem Ortsfriedhof beerdigt werden. Sie wollte ein Urnengrab ankaufen, in das zwei Urnen passten. Für Günther und später für sich selbst. Ein Bestattungsinstitut hatte sie sich ebenfalls schon ausgesucht, genauso wie die Kleidung, die Günther zur Einäscherung tragen sollte.

»Gut.«

Thorben schien sich damit zufriedenzugeben.

»Dann sind wir vorbereitet.«

»Ja«, stimmte sie ihm zu.

»Übrigens«, Thorben räusperte sich. »Ich habe mit Miriam gesprochen. Wenn du erstmal nicht allein im Haus sein möchtest, kannst du gerne zu uns nach Hamburg kommen. Für eine Weile.«

Jutta war dankbar für das Angebot. Allerdings war sie sich nicht sicher, ob Thorben wirklich wollte, dass seine Mutter bei ihnen einzog oder ob Miriam es ihm vorgeschlagen hatte.

»Danke«, sagte sie schließlich nach einer kleinen Pause, ohne nach den Hintergründen zu fragen. »Ich überlege es mir.«

»Wir haben leider kein Gästezimmer«, fuhr er fort. »Aber die Couch hat eine Bettfunktion und ist sehr bequem.«

»Danke, Thorben.«

»Gerne.«

Mehr gab es nicht zu bereden. Bevor sie sich zu lange anschwiegen und die Stille unangenehm wurde, beendete Thorben das Telefonat und versprach, sich am nächsten Tag erneut zu melden.

Es war 22:30 Uhr und Jutta saß die dritte Nacht in Folge an Günthers Bett. Wenn sie ihn so betrachtete, erkannte sie ihren Ehemann kaum wieder. Er hatte immer etwas Charismatisches an sich gehabt. Auch, als er bereits über 60 war.

Nun war nichts mehr davon übrig. Er war hilflos wie ein Säugling. Seine vormals weißen Zähne waren vergilbt und ungepflegt. Sein Haar klebte platt und fettig an seiner Kopfhaut. Sein Bart hatte einen leichten Gelbstich und seine sonst immer leicht gebräunte Haut war fahl und weiß. Er war ein Schatten seiner selbst. Doch sie liebte ihn. Sie hatte ihn als jungen Mann geliebt und auch als er älter wurde. Sie hatte ihn gesund geliebt und nun auch krank.

Es war Zeit für Günther zu gehen. Die Zeit war längst überfällig. Sie hätte ihm gerne die letzten Wochen erspart, doch sie konnte nicht. Sie konnte nicht das tun, um das er sie gebeten hatte. Doch sie konnte verhindern, dass sein Leben unnötig in die Länge gezogen wurde. Vor ein paar Wochen hatte sie die Entscheidung getroffen, dass er nicht ins Krankenhaus kam. Sie entschied sich bewusst gegen eine Magensonde und gegen zusätzliche Flüssigkeitszufuhr – auch wenn alle Entscheidungen ihr das Herz brachen. Für Außenstehende wirkte es leicht. Sie hatten keinen Bezug zu ihm. Doch als Ehefrau den Ärzten zu sagen, dass eine Magensonde und Flüssigkeitszufuhr nicht in Frage kamen, war hart. In jedem Moment, in dem er sie kurz angesehen hatte, waren ihr Zweifel gekommen. Doch diese Momente waren immer weniger geworden und seit ein paar Tagen kamen sie gar nicht mehr. Seine Augen waren halb geöffnet, halb geschlossen und folgten keiner Bewegung, keinem Geräusch mehr. Außer dem ständigen Röcheln und dem Stöhnen, wenn er gelagert wurde, gab er keine Reaktion mehr von sich.

Jutta hatte seit Stunden Günthers Hand gehalten. Sie war immer wieder eingenickt, doch immer, wenn ihr Kopf zu weit nach vorne kippte, schreckte sie aus ihrem Dämmerschlaf hoch. Sie spürte die Verspannungen im Nacken und wusste, dass sie sich gleich bewegen und strecken musste.

»Günther, ich bin gleich wieder da«, sagte sie, während sie seine Hand sanft auf die Bettdecke legte. Sie stand auf und streckte sich ausgiebig. Das tat gut. Sie ging in die Küche, um sich ein Glas Wasser zu holen. Auf dem Rückweg kam sie am Medikamentenschrank vorbei. Sie stellte ihr Glas ab und öffnete den Schrank. Da stand sie noch. Unbenutzt. Die Dose mit den Tabletten, die Günther ihr 2018 gegeben hatte. Nachdem Thorben im Sommer gegangen und sie sich sicher gewesen war, dass er keinen Versuch mehr unternehmen würde, die Tabletten seinem Vater zu geben, hatte sie sie zurück in den Schrank gestellt. Nun nahm sie die Dose in die Hand und drehte sie gedankenverloren.

»Wenn er doch nur schlucken könnte.«

Sie erschrak vor ihrer eigenen Stimme und stellte die Dose wieder in den Schrank zurück. Dabei fiel ihr Blick auf den Stapel Fentanylpflaster, die gegen Günthers Schmerzen gegeben wurden. Da das Morphin nicht mehr ausreichte, war vor zehn Tagen auf Fentanyl umgestellt worden.

Sie blickte die Pflaster eine Weile an. Schließlich schloss sie den Schrank und ging mit ihrem Glas zurück ins Schlafzimmer. Günthers Position war unverändert. Zu nichts mehr war er in der Lage. Nicht mal mehr einen Finger konnte er bewegen.

Jutta setzte sich neben ihn ans Bett und nahm seine Hand.

»Günther, erinnerst du dich noch daran, wie wir uns kennengelernt haben?«, begann sie.

Während sie ihm von ihrem ersten Treffen erzählte, liefen ihr die Tränen über die Wangen. Sie musste immer wieder seine Hand loslassen, um sie sich aus dem Gesicht zu wischen.

Tagebucheintrag
Mi., 18. Oktober 2023

Unser Jahrestag! 4 Jahre!

Seit einer Woche bin ich wieder zurück. In der Wohnung. Leos Sachen sind weg. Anja und Toni haben sie geholt. So sehr ich die Dinge die ganze Zeit nicht sehen wollte, so sehr vermisse ich sie jetzt. Ich bin zu ihnen gefahren, habe an die Tür gehämmert. Geschrien. Geweint. Sie haben mir nicht geöffnet. Sie haben einfach gewartet, bis ich mich von meinem Zusammenbruch erholt hatte und nach Hause gekrochen bin.

Nun sitze ich seit gestern auf der Couch, trage Leos Pulli (eines der wenigen Dinge, die sie nicht mitgenommen haben) und plane den heutigen Abend.

Mein erster Gedanke war Opas Auto. Scheißidee. Wie würde sich Opa fühlen, wenn er davon erführe? Nein, so ein Arschloch bin ich dann doch nicht.

Wenn man googelt, wie man sich am besten umbringen kann, kommt gleich als Erstes die Nummer der Telefonseelsorge. Als ob das etwas bringen würde. Ich will mit keinem reden, ich will einfach nur Ruhe. Nichts mehr fühlen.

Es ist alles vorbereitet und dennoch sitze ich hier und schreibe in ein Tagebuch, das eigentlich niemand lesen soll. Ich werde noch ein wenig weiterschreiben, dann die Dunstabzugshaube einschalten und das Buch in den Ofen werfen. Vielleicht werfe ich es auch nicht in den Ofen. Vielleicht sollte es jemand lesen.

Ich habe mich gezwungen, eine ganze Flasche Rotwein zu trinken. Ich hasse Rotwein. Er hinterlässt einen komischen Geschmack im Mund und ich bin nach dem Trinken immer durstiger als vorher. Es war der einzige Alkohol, der noch da war. Irgendjemand muss uns den geschenkt haben. Irgendjemand, der weder Leo noch mich richtig kannte. Irgendjemand, der schnell ein Geschenk brauchte und in seinem Keller eine verstaubte Weinflasche fand und sich dachte: »Passt.«

Zuerst hatte ich überlegt in den nächsten Supermarkt zu gehen, um etwas anderes zu kaufen, aber das wäre Verschwendung gewesen. Der Rotwein tut's auch. Nach dem 2. Glas hat er sogar angefangen zu schmecken.

Ich merke, wie ich schläfrig werde. Jetzt oder nie!

Die berühmten letzten Worte.

Ich habe keine.

Brief

Lieber Fritz,

ein ganzes Jahr habe ich dir geschrieben. Ohne Antwort. Du weißt, ich bin nicht gut darin aufzugeben. Allerdings ist nun auch für mich der Moment gekommen, einzusehen, dass es keine Antwort mehr geben wird. Dies wird mein letzter Brief an dich sein.

Ich habe am 1. Oktober einen neuen Lebensabschnitt begonnen. Meinen letzten. Ich werde ihn nicht damit vergeuden, in der Vergangenheit zu schwelgen. Stattdessen werde ich nach vorne schauen und das aus dem Leben machen, wofür es da ist: gelebt zu werden.

Lieber Fritz, du warst so vieles für mich. Inspiration, Zuflucht, Hoffnung, Leidenschaft, Verzweiflung. Ich werde dich nie vergessen können. Dafür war unsere gemeinsame Zeit zu intensiv.

Ich wünsche dir von Herzen alles Gute,

deine Hilde

Antarktis, 4.12.2022

Hase,

Dass du mal eine Postkarte von mir bekommst, hättest du auch nicht gedacht, oder?

Wann hat man schon mal die Gelegenheit eine Postkarte aus der Antarktis zu schicken?

Once in a Lifetime.

Erinnerst du dich noch an die Doku, die wir vor gefühlt einer Ewigkeit gesehen haben? Morgen legen wir dort an. Port Lockroy! Ein Traum wird wahr! Ohne dich! Ich hoffe, du leidest still vor dich hin und wirst dir nie verzeihen, dass du mich hierbei allein gelassen hast.

Du hast es zwar nicht verdient, aber zu diesem besonderen Ereignis muss ich dir eine Postkarte schreiben. Wahrscheinlich kommt sie lange nach mir zu Hause an. Das Postamt soll nicht das schnellste sein.

Ich sage dir: die Antarktis! Jeder Tag hier ist ein kleines Wunder. Du solltest dabei sein. Vielleicht lasse ich mich dazu herab und mache die Reise nochmal.

Bis bald und frohe Weihnachten,

Maus :-)

P.S. Mach dir keine Sorgen. Meiner Lunge geht es blendend! Die frische Antarktisluft tut ihr gut.

TEIL 2

Kapitel 1
Do., 19. Oktober 2023

»Er bleibt die nächsten 24 Stunden hier.«

»Bist du dir sicher?«

»Ja.«

Seit sechs Stunden war Günther tot. Jutta war bei ihm gewesen, als er starb. Sie hatte seine Hand gehalten. Den letzten Atemzug miterlebt. Gesehen, wie sich sein Gesichtsausdruck veränderte. Nicht mehr gequält. Entspannt.

Sie hatte geweint, seine noch warme Wange geküsst, ihn umarmt und hatte nicht glauben können, dass es endgültig war. Die letzten Jahre hatten sie sich unweigerlich auf diesen Moment zubewegt. Nun war er gekommen. Ihre gemeinsame Reise war zu Ende.

Nachdem sie eine Weile an seinem Bett gesessen hatte, begab sie sich in die Mühlen der deutschen Bürokratie und der Konventionen. Kinder anrufen, medizinischen Dienst anrufen, Bestatter anrufen. Anschließend alle empfangen, in dieser Reihenfolge, wobei Thorben erst aus Hamburg anreisen musste. Gefühle zeigen bei den einen, gefasst und sachlich sein bei den anderen. Fragen beantworten. Zusehen, wie der eigene Mann entkleidet und untersucht wird. Auskunft erteilen. Dazwischen noch die Verwandtschaft informieren und den Nachbarn die Tür öffnen, die das Auto des medizinischen Dienstes hatten anfahren sehen.

Sie hatte beschlossen, dass Günther noch einen Tag im Haus bleiben würde, ehe der Bestatter den Leichnam abholte. Sie brauchte Zeit, um sich zu verabschieden. Sie musste ihn sehen, um zu begreifen, dass er tot war. Es fühlte sich falsch an, Günther schon gehen zu lassen. Am Telefon hatte sie das dem Bestatter mitgeteilt. Falls dieser überrascht war, zeigte er es nicht.

Als er eintraf, begann das Prozedere, vor dem sie sich gefürchtet hatte: Urne auswählen, Sarg zur Einäscherung, Foto und Text für das Sterbebild, Anzeige in der Zeitung, Termin für die Bestattung. Die Liste schien kein Ende zu nehmen.

Julian war ebenso aufgewühlt und kaum in der Lage, den Katalog mit den Urnen durchzublättern. Thorben war direkt nach ihrem Anruf losgefahren und kam an, als der Bestatter gerade die Vor- und Nachteile der einzelnen Urnenarten erläuterte. Da weder Jutta noch Julian in der Lage waren, schnelle Entscheidungen zu treffen, übernahm Thorben kurzerhand die Führung. Bei allen Themen wählte er drei Optionen aus. Drei Urnen, drei Fotos, drei Texte für die Anzeige. So ging es weiter bis sie alle Themen abgehakt hatten.

»Findest du das nicht etwas …morbide?«, fragte Thorben mit verzogenem Gesicht.

Nachdem der Bestatter gegangen war, hatte sie Thorben und Julian eröffnet, dass sie Günther noch einen Tag im Haus behalten wollte, sogar mit ihm in einem Zimmer schlafen wollte.

»Was soll daran morbide sein?«, fragte Jutta. »Ich habe mit deinem Vater Jahrzehnte in einem Zimmer geschlafen, in einem Bett. Da werde ich es jetzt wohl noch ein letztes Mal tun dürfen.«

»Wenn es dir guttut, werde ich dich nicht davon abhalten«, sagte Thorben. »Verstehen muss ich es trotzdem nicht.«

Genauso wie Thorben und Julian Juttas Verhalten nicht nachvollziehen konnten, so tat sich Jutta bei ihren Söhnen schwer. Thorben weigerte sich, seinen Vater ein letztes Mal zu sehen.

»Ich habe ihn gesehen als er am Leben war. Tot muss ich ihn nicht sehen.«

Er hielt sich zwar im Haus auf, machte aber um das Schlafzimmer einen Bogen. Ganz besonders, sobald die Tür geöffnet war.

»Du hast nur noch bis morgen die Gelegenheit, ihn zu sehen«, versuchte sie es erneut. »Danach ist es zu spät.«

»Ich bin mir sicher«, kam die knappe Antwort.

Julian hingegen ging hin und wieder in das Schlafzimmer, streichelte seinem Vater über die Wange oder sagte noch etwas zu ihm. Auch Miriam und Freya verabschiedeten sich von Günther.

Sehr befremdlich für Jutta war hingegen, dass Julian und Freya Fotos von Günther machten. Miriam, die danebenstand, schien sich in keiner Weise daran zu stören. Jutta kam es nicht in den Sinn, ein Foto ihres toten Mannes zu schießen. Was sollte sie damit anfangen?

»Zur Erinnerung«, hatte Julian ihr geantwortet als sie ihn danach fragte. »Er sieht so friedlich aus.«

Kopfschüttelnd verließ sie das Zimmer.

Im weiteren Verlauf des Tages kamen Familie, Freunde, Schulkollegen und Nachbarn vorbei oder riefen an. Ein Umschlag nach dem anderen wechselte den Besitzer. Jedes Mal musste sich Jutta aufs Neue anhören, »wie schnell es dann doch gegangen war«, »wie viel zu früh Günthers Tod kam«, »wie fit er immer gewesen war« und dass es »letztendlich das Beste für ihn und auch die Familie war«. »Nun war er erlöst.«

»Wie hältst du das nur aus?«, fragte Thorben seine Mutter, als Frau Schulte sich zu Julian umdrehte, um ihn zu umarmen und ihr Beileid auszudrücken.

»Merken die Leute überhaupt, welche Scheiße sie da reden?«

»Psst«, ermahnte Jutta ihn, der ihre Aussage mit einem genervten Blick quittierte. »Vermutlich wissen die meisten nicht, was sie sagen sollen und sagen einfach irgendetwas.«

»Komisch, dass jedem nur der gleiche Mist einfällt«, sagte er. »An die Beerdigung möchte ich gar nicht erst denken.«

»Ich auch nicht.«

Jutta hatte Angst vor der Beerdigung. Sie zwang sich, nicht darüber nachzudenken. Frau Schulte nahm ihr die Aufgabe ab, indem sie Juttas Hände in ihre nahm.

»Wenn ich irgendetwas tun kann, einfach melden. Ja?«

»Noch so einer dieser Sprüche«, hörte sie Thorben zu Julian sagen.

Sie strafte ihn mit ihrem Blick und die beiden verschwanden auf die Terrasse. Frau Schulte hatte zu Juttas Erleichterung nichts davon mitbekommen und redete unaufhörlich über die Tragik des Lebens, das Leiden und wie grausam die Welt doch war.

Als sie sich von Frau Schulte verabschiedet hatte, ging sie zu ihren Söhnen auf die Terrasse, ließ sich auf einen Stuhl fallen und zündete sich eine Zigarette an. Die letzte in der Schachtel.

»Du rauchst sehr viel in letzter Zeit«, sagte Julian.

Jutta zog die Augenbrauen nach oben und blies den Rauch langsam in die Luft.

»Falscher Zeitpunkt«, sagte Thorben an Julian gewandt.

Bevor eine Diskussion über die gesundheitlichen Schäden des Rauchens entbrannte, sagte sie:

»Irgendwann rauche ich wieder weniger.«

Damit gab sich Julian zufrieden und sie starrten eine Weile in den Garten.

»Was meint ihr, ist Papa noch da?«, fragte Julian.

Thorben zuckte mit den Schultern.

»Wer weiß das schon.«

»Früher hat man gesagt, man solle nach dem Tod das Fenster öffnen, um die Seele rauszulassen«, sagte Jutta.

»Und?«, fragte Julian. »Hast du es getan?«

Jutta nahm noch zwei Züge von ihrer Zigarette, ehe sie antwortete.

»Nicht sofort. Erst nach ein paar Minuten.«

»Gut.«

»Euch ist schon klar, dass eine Seele – wenn es so etwas überhaupt gibt – sicherlich keine Schwierigkeiten hat, geschlossene Fenster zu überwinden, oder?«

»Es geht um das Symbol, Thorben«, sagte Julian.

»Ich finde den Gedanken auch schön«, sagte Jutta.

»So wird es ab sofort ablaufen, oder?«, fragte Thorben. »Wir reden über ein Thema und ihr beiden seid immer auf einer Seite.«

Jutta musste über den Gedanken lächeln. Auch die letzten Jahre war es schon so gewesen. Allerdings war Thorben zu wenig da gewesen.

»Papa war meist auf meiner Seite«, sagte er.

»Ihr wart euch sehr ähnlich.«

»Du bist praktisch ein Mini-Me von Papa«, sagte Julian und lächelte Thorben an.

»Und du von Mama.«

»Was ist ein Mini-Me?«

Beide Söhne schauten ihre Mutter erstaunt an.

Bevor einer von ihnen Jutta erklären konnte, was es mit dieser Bezeichnung auf sich hatte, kamen Freya und Miriam auf die Terrasse.

»Hier seid ihr!«, sagte Freya.

»Wir haben euch schon gesucht«, merkte Miriam an und setzte sich neben Thorben.

»Darf ich?«, fragte Freya und griff nach der Zigarettenschachtel.

»Seit wann rauchst du?«, fragte Julian.

»Gar nicht. Aber irgendwie ist mir danach.«

»Leider leer«, kommentierte Jutta.

»Soll ich eine neue Schachtel kaufen?«, bot Freya an.

Jutta überlegte kurz und sagte schließlich:

»Julian, würdest du mir meine Handtasche bringen? Da müsste noch eine Packung drin sein. Sie hängt an der Garderobe.«

Julian war anzusehen, dass er überlegte etwas zu sagen, stand dann aber kommentarlos auf und verschwand im Haus.

Während er die Zigaretten holte, sagte keiner ein Wort. Auch als er zurückkam, schwiegen sie weiter. Jutta und Freya zündeten sich die Zigaretten an und die anderen schauten dabei zu, wie der Rauch gen Himmel stieg.

»Weißt du noch, als wir das erste Mal auf Inline-Skates standen?«, fragte Thorben an Julian gewandt.

»Papa wollte es unbedingt mit uns zusammen lernen«, bestätigte Julian und beide mussten bei der Erinnerung daran lächeln.

Anfangs war Günther noch besser gewesen als seine Söhne. Doch die beiden hatten ihren Vater schnell eingeholt.

Während sie Miriam und Freya weitere Geschichten aus der Kindheit erzählten, stand Jutta auf und lief durch den Garten. Sie wollte diese Geschichten nicht hören. Julian und Thorben hatten ihren Vater verloren, ihr Leben hatten sie noch. Jutta hingegen fühlte sich, als hätte sie nicht nur Günther sondern auch ihr Leben verloren.

Sie stand eine Weile an einem der Haselnusssträucher, die sie damals mit den Kindern gepflanzt hatten und zupfte an den Blättern. Nach ein paar Minuten hörte sie Schritte auf sich zukommen. Thorben stellte sich hinter sie und fasste sie sanft an der Schulter an.

»Warum konnte ich nicht mit ihm gehen?«, fragte sie ins Nichts. »Was soll ich noch hier?«

Thorben streichelte ihr über den Rücken und als sie sich umdrehte, nahm er sie fest in den Arm.

»Wer weiß, was noch kommt? Irgendwie geht das Leben weiter.«

Jutta konnte sich im Moment nicht vorstellen, wie das Leben überhaupt weitergehen sollte.

»Ich habe es mir übrigens anders überlegt. Ich werde keinen Gentest machen lassen.«

»Ja?«

»Ich möchte eine Familie. Kinder. Das lasse ich mir von der Krankheit nicht nehmen.«

»Eine gute Entscheidung«, sagte Jutta. »Wer weiß schon was in 30 Jahren ist?«

»Stimmt«, sagte Thorben. Eine Weile standen sie noch zusammen an den Haselnusssträuchern.

»Lass uns wieder zurückgehen«, sagte Thorben schließlich.

Jutta nickte, hakte sich bei ihm ein und zusammen gingen sie zur Terrasse zurück.

Tagebucheintrag

Do., 19. Oktober 2023

Ich lese mir den Eintrag von gestern nochmal durch und denke mir: Welch eine armselige Person. Nicht mal dazu ist sie in der Lage. Wahrscheinlich wollte ich mich nur wichtigmachen. Wohl zu viel #sad girl auf Social Media geschaut.

Studium abgebrochen. Check. Gleich zweimal.

Missglückter Suizidversuch. Check.

Alles, was ein Versager im Leben erreicht haben muss. Fehlt nur noch, dass ich unter einer Brücke schlafe und mir täglich einen Schuss verpasse, wenn ich das Geld dazu auftreiben kann. Vielleicht sollte ich das auf meine To-Do-Liste schreiben.

Ich denke an gestern zurück und schüttle immer noch den Kopf. Warum kommt Luca AUSGERECHNET an diesem Abend an der Wohnung vorbei und liest auch noch den Zettel? Manche Dinge passieren und du fragst dich danach: Häh? Wie ist denn das jetzt abgelaufen?

Wenigstens hat er den Schlüssel benutzt und nicht die Tür eingetreten oder ein Fenster zerschlagen. Da wäre ich echt in Erklärungsnot gekommen. (Hättest du genug Eier in der Hose gehabt, hättest du sowieso nichts mehr erklären brauchen.)

Wie auch immer. Zuerst hat er mir eine Riesen-Standpauke gehalten. So wütend habe ich ihn noch nie erlebt. Er hat mich angeschrien und Dinge gesagt wie »Was denkst du, was Leo dazu sagen würde?« und »Hast du auch mal an uns gedacht? Deine Freunde? Deine Eltern?«. Jaja, ich weiß, ich bin ein egoistisches Miststück.

Er lässt mich jedenfalls nicht mehr aus den Augen und schläft auf der Couch, was Emma ziemlich ankotzt. Verständlich. Vor allem, weil ich ihn gezwungen habe, niemandem von gestern Abend zu erzählen.

Ob er sich wohl daran hält? Egal. Im Gegenzug musste ich ihm ver-
sprechen, mir Hilfe zu suchen. Ich brauche keine Hilfe. Ich will einfach
nur nichts mehr fühlen. Ist das denn so schwer zu verstehen? Ich habe
die Heulerei satt. Ich habe es satt, mich so zu fühlen. Vor allem habe
ich es satt, auf einem Planeten, nein, in einem Universum zu leben,
in dem Leo nicht da ist.

Genug von dem Gejammer. Ich ertrage mich selbst kaum noch.
Luca scheint das nicht zu interessieren. Er hat einfach seine Xbox und
sein Bettzeug hierher geschleift und sich auf die Couch geschmissen.
Nun hängt er hier zockend rum. »Und wenn ich die nächsten zwei
Jahre hier wohnen muss, aber deine Beerdigung findet so schnell nicht
statt.«

Ich habe versucht, es zu erklären, aber er hat sich entschieden. Shit!
Ich kenne ihn. Er zieht das durch. So schnell werde ich ihn nicht los.

Ich fühle mich schuldig. Ich habe angefangen, seine Hausarbeit zu
schreiben, obwohl er noch ewig Zeit hat zur Abgabe. Dann muss ich
mich schon nicht mit mir selbst beschäftigen. Er hat nicht protestiert.
Wahrscheinlich löscht er den ganzen Text sowieso wieder und schreibt
ihn neu. Er ist eines von diesen Genies, die in allem gut sind und sich
kaum anstrengen müssen. Emma ist auch so ein Brain. Die beiden
passen perfekt zusammen. Ein bisschen lesen hier, ein bisschen recher-
chieren da und schon haben sie alles gecheckt. Leo war anders, aber
nach ordentlich Lernen auch richtig gut. Nur mit mehr Arbeit. Und
ich? »Sie könnte, wenn sie wollte.« Das hat wohl mal eine Lehrerin
zu meinen Eltern gesagt. Ich finde, das trifft es ganz gut. Das Problem
ist nur: Ich will einfach nicht.

Ich betrachte Luca, während er so vor sich hin zockt und beschließe,
dass er schnellstmöglich hier raus muss. Wenn ich schon nicht sterben
darf, will ich wenigstens allein sein. Dafür muss ich ihm aber etwas
liefern. Zeit, mich nach Möglichkeiten umzuschauen, um ihn zufrie-
denzustellen ...

Kein leichtes Unterfangen.

Kapitel 2
Sa., 25. November 2023

Ein typischer Novembertag, dachte sich Jutta. Nass, grau, kalt. Sie saß in ihrem Auto und rauchte bei geöffnetem Fenster. Sie hasste den Geruch von kaltem Rauch im Auto. Noch mehr hasste sie das Wetter.

Sie haderte mit sich. Reingehen oder lieber fahren? Eine Entscheidung zu treffen fiel ihr schwer. Also machte sie erstmal nichts und blieb sitzen.

Über einen Monat war Günther tot. Einen Monat schon war sie Witwe. »Witwe«. Es fühlte sich merkwürdig an, das Wort zu benutzen. Nicht mehr »Wir«, sondern nur noch »Ich«. Nicht mehr verheiratet, sondern verwitwet. Nicht mehr Präsens, sondern Vergangenheitsform. 37 gemeinsame Jahre lagen hinter ihr. Jeden Tag musste sie sich zwingen, das Bett zu verlassen. Es gab keinen Grund aufzustehen. Keine Medikamente zu geben, kein Essen vorzubereiten, keinen Günther zu pflegen, keinen Pflegedienst zu empfangen. Nur noch Jutta und ein leeres Haus. Was sie die letzten Jahre kaum hatte, hatte sie plötzlich im Überfluss. Freie Zeit. Schrecklich. Sie wusste nichts damit anzufangen. Jeder Tag zog sich endlos in die Länge. Die Zeit schien stillzustehen. Das Einzige, was sie in den letzten Wochen beschäftigt hielt, war die Beerdigung und die Bürokratie, die mit dem Tod kam. Behördengänge, Telefonate, Unterschriften, Dokumente anfordern, Abmeldungen, Kündigungen. Doch die meiste Zeit des Tages gab es nichts für sie zu tun. Thorben und Julian lebten ihr Leben. Ohne ihren Vater. Sie hatten ihre Partnerinnen, ihren Job, alles. Jutta hatte nichts mehr.

In einem schwachen Moment war sie zum Medikamenten-schrank gegangen, um das Döschen zu holen. Nur, um festzu-stellen, dass es nicht mehr an seinem Platz stand.

Tief durchatmen. Jetzt bin ich schon mal hier, also gehe ich rein, sagte sie sich und ehe sie es sich anders überlegte, öffnete sie die Tür und stieg aus. Das Gebäude, in dem der Hospizver-ein einmal monatlich sein Trauercafé abhielt, war alt und trost-los. Der Beton passte zum Wetter – grau. Ein kleines Schild an der Tür zeigte Jutta, dass sie richtig war. Sie war 30 Minuten zu früh, sah aber schon Bewegung im Gebäude. Also fasste sie sich ein Herz und ging hinein. Sie hasste ungewohnte Situationen.

Wie so oft in ihrem Leben musste Jutta auch dieses Mal feststel-len, dass sie sich umsonst Sorgen gemacht hatte. Die Mitarbei-terinnen des Vereins begrüßten sie herzlich, schenkten ihr Kaf-fee ein und baten sie, einen Aufkleber mit ihrem Namen zu versehen, den sie sich auf ihren Pullover klebte.

Nach und nach trudelten die anderen Teilnehmer ein. In Summe waren es acht. Zu Beginn stand eine Vorstellungsrunde auf dem Programm. Jutta wollte es hinter sich bringen und ent-schloss sich, den Anfang zu machen. Ihr Herz schlug schnell, ihre Hände schwitzten. Es war ihr unangenehm, von Fremden angeschaut zu werden, über Günther zu sprechen. Zu weinen. Doch mit dem Reden ebbte die Nervosität ab und die verständ-nisvollen Blicke gaben ihr Kraft, weiterzureden. Zwei Minuten später war es auch schon vorbei und der Nächste war an der Reihe. Erleichtert, es hinter sich gebracht zu haben, konnte sich Jutta auf die anderen Teilnehmer konzentrieren.

Jeder hatte andere Beweggründe, hierherzukommen. Hilde zum Beispiel, sie schätzte sie auf etwa Mitte 70, schien nicht zu trauern. Ihr Mann Arthur war seit sechs Monaten tot und sie machte deutlich, dass sie ihn kein bisschen vermisste. Ebenso wie Jutta hatte auch sie ihren Mann gepflegt. Seit seinem Tod gehörte ihr Leben wieder ihr selbst. Vor einigen Wochen war sie umgezogen, um neu anzufangen.

»Welche bessere Möglichkeit gibt es Kontakte zu knüpfen als sich mit Gleichgesinnten zu treffen?«, fragte sie in die Runde.

Die Hospizbegleiterin Nina räusperte sich kurz und erklärte diplomatisch, dass es immer wieder vorkam, dass sich Freundschaften bildeten und Teilnehmer sich außerhalb dieses Rahmens trafen. Der Hauptgrund für die monatlichen Treffen sei natürlich, jedem Einzelnen in seiner Trauer zu helfen und Wege aus ihr zu finden. Hilde nahm dies schulterzuckend zur Kenntnis.

Die Jüngste in der Runde war Melina.

»Hi, ich bin Melina«, begann sie. »Ich habe die Liebe meines Lebens vor drei Monaten verloren, wollte mich vor einem Monat umbringen und habe seitdem Luca auf meiner Couch sitzen, der erst aus meiner Wohnung auszieht, wenn ich heute hier auftauche.«

Melina schien das komplette Gegenteil von Jutta zu sein. Nicht nur, was das Alter betraf. Offen, direkt, ungefiltert.

Jutta hatte die letzten Jahre immer mit ihrem Schicksal gehadert. Warum ihr Günther so früh genommen wurde. Wenn sie nun Melina anschaute, fühlte sich das wie Hohn an. Fast 40 Jahre waren ihr mit Günther vergönnt gewesen. War das nicht genug?, fragte sie sich, während der Nächste sich vorstellte.

Edgar war mit 89 der Älteste in der Gruppe und kam seit dem Tod seiner Frau vor zwei Jahren regelmäßig ins Trauercafé. Er schien sich sichtlich wohlzufühlen. Der Kuchen schmecke hervorragend und erinnere ihn an seine verstorbene Frau, die so gut backen konnte.

Thomas, Ende 30, hatte seinen besten Freund verloren. Vor neun Monaten. Paul, so berichtete er, war wie der Bruder gewesen, den er nie hatte. Sie waren gemeinsam aufgewachsen und Pauls Eltern waren wie Ersatzeltern für ihn. Während alle anderen ihr Leben weiterlebten, war er in seiner Trauer gefangen. Schlimm war für ihn, dass sein Umfeld so wenig Verständnis zeigte.

»Es scheint, als gäbe es unausgesprochene Regeln, wie lange man trauern darf«, erzählte er. »Für den Ehepartner ist ein Jahr angemessen. Für die eigenen Eltern sollten sechs Monate reichen und wenn es sich »nur« um einen Freund handelt, scheint ein Monat genug zu sein. Es ging sogar schon das Gerücht um, ich wäre heimlich in Paul verliebt gewesen. Anders können sich die Leute nicht erklären, warum ich nun schon »so lange trauere«.«

»Unfassbar«, sagte eine Teilnehmerin, deren Namen Jutta noch nicht kannte. »Als ob Außenstehende so etwas beurteilen können.«

»Mir geht es ähnlich wie dir, Thomas«, bestätigte Melina. »Diese unausgesprochene Regel, wie lange man trauern »darf«. Das betrifft auch das Alter. Ich bin 22 und mir wird ständig das Recht auf Trauer abgesprochen. »Du bist noch so jung, du findest schon wieder jemanden.« Das muss ich mir ständig anhören. Was soll der Scheiß? Nur, weil Leo und ich nicht schon drei Millionen Jahre verheiratet waren, heißt das nicht, dass das nichts bedeutet hat.«

»Trauer ist ein ganz individueller Prozess«, versuchte Nina aufzuklären. »Doch Thomas und Melina haben recht mit ihrer Vermutung zu gesellschaftlichen Normen. Es gibt eine Art Rahmen, der vorgibt, welcher Zeitraum angemessen ist.«

»Bullshit«, sagte Melina, verschränkte die Arme und ließ sich mit dem Rücken gegen die Stuhllehne fallen.

»Ich weiß«, sagte Nina sanft. »Jeder Mensch geht anders mit seiner Trauer um. Die besten Beispiele dafür seid ihr. Doch da der Tod nur ungern in unserer Gesellschaft thematisiert wird, wird auch die Trauer eher stiefmütterlich behandelt. Es liegt noch ein weiter Weg vor uns, bis die Gesellschaft als Ganzes versteht, dass es bei der Trauer keine Regeln gibt. Thomas, Melina, ihr habt – genauso wie alle anderen – ein Recht auf Trauer, so lange es eben dauert.«

Sie nickte beiden verständnisvoll zu. Als keiner dem etwas hinzufügte, wandte sie sich an die Runde.

»Sollen wir mit der Vorstellungsrunde fortfahren?«

Regines Mann starb mit nur 53 Jahren im Krankenhaus und es belastete sie sehr, dass sie nicht bei ihm war.

»Es war die Hochphase der Corona-Pandemie und sie haben mich einfach nicht zu ihm gelassen. Auch danach durfte ich ihn nicht noch ein letztes Mal sehen. Ich habe das Gefühl, dass ich nie mit seinem Tod abschließen kann, weil ich mich nicht richtig verabschieden konnte, ihn nicht ein letztes Mal sehen konnte.«

Jutta fühlte mit Regine. Gleichzeitig war sie dankbar, dass sie die Möglichkeit gehabt hatte, Abschied von Günther zu nehmen. Ihr fehlten die richtigen Worte, um Regine Trost spenden zu können. Also schwieg sie.

»Die Pandemie war für viele Menschen sehr schlimm«, begann Claudia, die zweite Hospizbegleiterin. »Jeder von euch kennt diese Schicksale, hatte einen Freund, Bekannten oder Verwandten, der während der Corona-Zeit im Krankenhaus lag und keinen Besuch empfangen durfte. Regine, das ist eine schwere Last, die du mit dir herumträgst. Nicht bei seinem Partner sein zu dürfen, während er geht und sich danach auch nicht verabschieden zu dürfen, ist unglaublich schmerzhaft und kann traumatisierend sein. Der Abschied vom geliebten

Menschen ist ein wichtiger Schritt in der Trauerarbeit. Dieser wurde dir genommen und ist leider nicht mehr zu ändern. Es gibt aber Methoden und Rituale, wie du nochmal Abschied nehmen kannst. So, dass es sich für dich gut anfühlt. Wir werden hierauf später eingehen, da es nicht nur für dich, sondern auch für alle anderen wichtig ist.«

Die letzten zwei Teilnehmerinnen waren Schwestern. Beide über 80. Martina hatte ihren Mann Eberhard vor 18 Monaten verloren und ihre Schwester, Anne, ihren Jakob vor zwei Monaten. Martina hatte direkt nach dem Tod ihres Mannes angefangen, das Trauercafé in unregelmäßigen Abständen zu besuchen. Nun war sie mitgekommen, um ihre Schwester zu unterstützen. Jutta ertappte sich dabei, wie sie die beiden Frauen beneidete. Um die zusätzlichen Jahre, die sie mit ihren Ehemännern gehabt hatten, aber auch um ihre Beziehung zueinander. Anne war direkt nach Jakobs Tod zu Martina gezogen, die eine altersgerechte Wohnung mit zusätzlichem Zimmer besaß. Sie würde ihr Haus verkaufen und solange es möglich war, mit ihrer Schwester zusammenleben.

»Wenigstens haben wir noch uns«, sagte Martina und lächelte schüchtern.

»Ein gutes Umfeld kann entscheidende Hilfe leisten«, griff Nina Martinas letzten Satz auf und erklärte, wie wichtig Familie und Freunde in der Zeit der Trauer sein konnten.

Nach zwei Stunden des Austauschs beendeten Nina und Claudia das Trauercafé mit einem Gedicht. Im Anschluss verabschiedeten sich alle Teilnehmer voneinander.

Während Jutta langsam zum Ausgang lief, fiel ihr an der Wand ein eingerahmter Text auf, den sie vorher nicht bemerkt hatte.

»Manchmal scheint die ganze Welt entvölkert zu sein, wenn ein einziger Mensch fehlt.«

Alphonse de Lamartine

»Das trifft es ziemlich gut, oder?«, fragte Melina, die neben Jutta stehen geblieben war und sich ebenfalls den Text anschaute. »Ja«, stimmte Jutta ihr zu. »Genauso fühle ich mich.« Melina berührte sie kurz an der Schulter und verabschiedete sich mit den Worten: »Vielleicht bis zum nächsten Mal.« Jutta blieb noch eine Weile vor der Wand stehen und betrachtete den Text, bis sie schließlich Richtung Auto aufbrach. Der Raum war so aufgeheizt gewesen, dass Jutta die kalte Novemberluft zu schätzen wusste. An ihr Auto gelehnt, betrachtete sie die vorbeigehenden Menschen und zog an ihrer Zigarette. Sie dachte über die vergangenen Stunden nach. Das Reden hatte ihr gutgetan. Sie hatte sich verstanden gefühlt. Jeder der Teilnehmer hatte ein anderes Schicksal. Manche litten mehr darunter. Andere weniger, wie Hilde und Edgar. Vielleicht tat sie ihnen auch unrecht, korrigierte sie sich in Gedanken selbst. Die letzten Wochen hatten sie gelehrt, dass nicht alles so war, wie es schien. An manchen Tagen ging sie einkaufen, setzte eine neutrale Miene auf, grüßte jeden freundlich und keiner konnte nur im Ansatz erahnen, wie sie sich innerlich fühlte. Lediglich ihre schwarze Kleidung gab einen Hinweis darauf. Sie entsorgte die Zigarette im nächsten Gully und stieg ins Auto. Sie hatte Thorben und Julian versprochen, sich nach dem Treffen zu melden und zu berichten. Doch zuerst würde sie an der nächsten Döner-Bude anhalten. Sie hatte keine Lust zu kochen. Warum für eine Person die Küche in Unordnung bringen, sagte sie sich. Außerdem konnte sie sich nicht erinnern, wann sie das letzte Mal Döner gegessen hatte.

Tagebucheintrag
Sa., 25. November 2023

Er »ist weg, weg – und ich bin wieder allein, allein.«
»Allein, allein, allein, allein.«

Ein bisschen hatte ich mich schon an Luca gewöhnt…. Quatsch! Du hast ihn endlich los. Sei froh. Über einen Monat hat er es auf meiner Couch ausgehalten. Respekt. Ich glaube, er ist froh, dass er wieder zurück in seine Wohnung und zu Emma kann. Nachdem er seinen ganzen Kram im Auto verstaut hatte, drückte er mich nochmal zum Abschied: »Mach keinen Scheiß, Meli. Ok?«

»Jetzt hau endlich ab.«

Übersetzt heißt das so viel wie: »Danke, dass du für mich da warst und mich nicht allein gelassen hast. Ich kann es zwar nicht aussprechen, aber du kennst mich und weißt es.«

Jetzt bin ich wieder allein in der Wohnung und denke über meinen Besuch im Trauercafé nach. Ich bin positiv überrascht. Das 1. Mal war ein Reinfall. Ich wurde kein bisschen ernst genommen. Meine Trauer wäre viel weniger schlimm als ihre. Habe ich etwas verpasst? Gibt es hier einen Wettstreit, wer das größte Anrecht auf Mitleid hat?

Heute war es anders. Ich habe mich verstanden gefühlt. Ich war überrascht von mir selbst, dass ich so offen war. Und, dass ich gleich ausgeplaudert habe, dass ich mich umbringen wollte. Es war ja kein richtiger Suizidversuch. Es war eher ein Hilfeschrei. Diese Gruppensitzungen machen etwas mit einem. Ich habe Sachen gesagt, die ich noch nie vor meinen Freunden ausgesprochen habe. Sie würden mich nicht verstehen. Wie auch? Sie haben zwar Leo genauso verloren wie ich, aber das ist nicht dasselbe.

Es war gut, mich austauschen zu können. Doch irgendwie haben mich die anderen Schicksale auch runtergezogen. Wenn ich höre, dass die Trauer niemals endet und der Schmerz für immer bleibt, dann frage ich mich: Wie soll ich das schaffen? Wie überlebe ich das? Die letzten drei Monate waren die schlimmsten meines Lebens und ich habe Angst, dass es nun für immer so bleibt. Die Gruppe hat mir zugehört und ich habe mich verstanden gefühlt. Doch gleichzeitig hatte sie etwas Hoffnungsloses an sich. Wir sind nun Versehrte und können nie wieder heil werden. Bis wir sterben. Das halte ich nicht aus.

Das Gedicht zum Schluss hat mir sehr gut gefallen. Ich habe es gleich gegoogelt. »*Du hast ein Recht auf deine Trauer*« *von Ulrich Schaffer. Ich würde es ja verewigen, doch es ist mir einfach zu lang.*

Die Frauen vom Hospizverein haben uns ein paar Tipps gegeben, wie wir besser mit unserer Trauer umgehen können. Rituale wären wichtig. Ich könnte zum Beispiel Briefe an dich schreiben, Leo, und dir alles erzählen, was mir auf dem Herzen liegt. Ich finde, das passt zu mir. Irgendwie mache ich das ja schon. Vielleicht sollte ich es aber in nächster Zeit bewusster machen. Ich denke darüber nach.

Ein anderer cooler Gedanke war, am Geburtstag zum Grab zu gehen und dein Lieblingsgetränk mitzunehmen. Dann trinkt man und schüttet etwas von dem Getränk über das Grab. Das erinnert mich irgendwie an den Día de los Muertos in Mexiko, an dem alle Leute ihren Verstorbenen Essen bringen. Das gefällt mir. Leo, ich glaube, das mache ich. Vielleicht frage ich unsere Clique, ob sie mitkommen will – vielleicht frage ich sie auch nicht.

Was würde ich dir mitbringen? Auf jeden Fall Rum-Cola. Hah! Was meinst du, was deine Mama sagen würde, wenn die ganzen schönen Blumen auf deinem Grab nach Alkohol riechen würden und verklebt wären? Ok, ich muss ja nicht das ganze Glas drüberschütten, sondern nur ein wenig. Und zu essen? Das wird schon schwieriger. Hattest du ein Lieblingsgericht? Ja, du mochtest Pizza, Burger und den ganzen Fastfood-Kram, aber ich kann mich gar nicht daran erinnern, dass du mal gesagt hättest: »Das ist mein Lieblingsgericht!« Hey, meine Tortillas fandest du immer echt lecker. Ich verstehe nur bis heute nicht, dass du sie immer kalt essen wolltest. Dabei schmecken sie frisch aus dem Ofen doch am besten. Unglaublich.

Ok. Wir haben jetzt schon 1 Uhr nachts. Morgen müsste ich arbeiten. Müsste.... Ich muss nur eines: sterben. Das ganze Leben besteht aus Entscheidungen. Wir tun immer so, als würden wir zu etwas gezwungen. Was passiert denn, wenn ich morgen nicht bei der Arbeit erscheine? Holt mich dann die Polizei und schleift mich in den Supermarkt, kettet mich an die Kasse und bleibt so lange dabei, bis ich mit der Arbeit fertig bin? Wohl kaum. Einen Scheiß muss ich.

Die Idee, Briefe an Leo zu schreiben, gefällt mir immer besser. Vielleicht sollte ich auch unsere gesamte Geschichte aufschreiben. Wie wir uns kennengelernt haben und so. Ich habe Angst, die Details mit der Zeit zu vergessen. Dich zu vergessen. Ach Leo, wir waren so toll zusammen. Warum…? Da ist es wieder, dieses beschissene »Warum«.

Ich hasse dieses Wort.

Ich hasse diese Welt.

Ich hasse alle – mich eingeschlossen.

Kapitel 3
Do., 30. November 2023

Ein lautes Klingeln holte Jutta aus ihrem Dämmerschlaf. War es der Pflegedienst?, fragte sie sich wirr. Oder der Fahrer, der Günther in die Tagesstätte bringen wollte. Langsam kam sie zu sich und erinnerte sich wieder. Kein Pflegedienst, kein Fahrer, kein Günther. Stattdessen klingelte der Wecker. Nicht, dass sie heute etwas vorgehabt hätte. Nein. Sie stellte sich jeden Tag den Wecker auf 10 Uhr, um sich zu zwingen aufzustehen. Sie hatte den Wecker absichtlich auf die Kommode gestellt, die sich auf der anderen Seite des Raumes befand. So musste sie aufstehen. Also schälte sie sich langsam aus ihrer Bettdecke, stand auf und schaltete den Wecker aus. Manchmal kam es vor, dass sie sich gleich wieder ins Bett legte. Doch heute blieb sie wach.

Was hatte sie geplant? Nichts. Wie jeden Tag in ihrem neuen Leben. Während sie sich Kaffee kochte, sich umzog und die Zähne putzte, beschloss sie, dass es Zeit war, sich der Realität zu stellen. Sie hatte sich am Samstag ins Trauercafé getraut. Heute würde sie sich in den Dorfladen trauen. Den vergangenen Monat hatte sie sich davor gedrückt. Sie wollte keine bekannten Gesichter sehen. Sie wollte keine Beileidsbekundungen. Sie wollte Normalität. Doch um diese zu bekommen, musste sie sich den Menschen stellen. Sich zeigen. Mit ihnen reden.

Während sie frühstückte, schrieb sie eine Einkaufsliste und schickte eine Nachricht an Julian, ob er und Freya am Wochenende vorbeikommen wollten. Er antwortete prompt. Sonntag würde passen. Sie würden Jutta gegen 12 Uhr abholen.

Eigentlich hatte sie vorgehabt für die beiden zu kochen. Doch anscheinend wollte Julian sicherstellen, dass sie das Haus verließ.

Sie musste lächeln. Sie schickte Julian einen Daumen hoch, packte anschließend ihre Sachen und verließ das Haus.

Im Dorfladen war außer Marktleiterin Renate niemand. Jutta manövrierte sich durch den kleinen Laden und hoffte, Renate nicht über den Weg zu laufen. Doch an der Kasse kam sie nicht mehr an ihr vorbei.

»Hallo Jutta. Schön, dich zu sehen. Wie geht es dir?«, wurde sie von Renate begrüßt, während sie die Lebensmittel scannte.

Diese Frage. Wie sollte sie sie beantworten? Jutta war normalerweise zu höflich, um die Wahrheit zu sagen. Sie erinnerte sich an das Gedicht vom Trauercafé, ihr Anrecht auf Trauer und Melinas direkte Art. Also sagte sie das, was ihr in den Sinn kam.

»Scheiße, Renate. Mir geht es scheiße. Wie soll es mir auch sonst gehen? Ich habe meinen Ehemann verloren.«

Mit einer derartigen Reaktion hatte Renate nicht gerechnet. Gut, dachte sich Jutta. Endlich war sie ausnahmsweise nicht diejenige, die nicht wusste, was sie sagen sollte.

Renate fing an zu stammeln.

»Weißt du, Jutta, so war das gar nicht gemeint. Ich… ich kann mir schon vorstellen, dass es dir nicht gut geht. Tut mir leid.«

Nach dem kleinen Moment des Hochgefühls folgte die Reue so harsch zu Renate gewesen zu sein.

»Das weiß ich doch«, sagte sie beschwichtigend.

Sie wechselten das Thema und unterhielten sich über Belangloses. Renate berichtete von den neuesten Baumaßnahmen am Ortsrand, während Jutta die Lebensmittel in ihren

Einkaufskorb legte. Nicht, dass Jutta das interessiert hätte. Doch es tat gut, über Alltägliches zu sprechen.

»Der Kindergarten wird erweitert und hinter der alten Müllerei wurde schon mit der Erschließung begonnen.«

Jutta nickte. Das Leben ging weiter. Paare würden Häuser bauen, Kinder bekommen und sich ein Leben aufbauen. Doch irgendwann würden auch sie krank werden und schließlich sterben. Während Renate weiter über die Baumaßnahmen berichtete, dachte Jutta über die Sinnlosigkeit des Lebens nach. Was war das Leben wert, wenn es unweigerlich im Tod endete?

»Hast du eigentlich vor hier zu bleiben?«, fragte Renate plötzlich.

Jutta sah sie verwundert an.

»Auf jeden Fall. Warum sollte ich nicht bleiben wollen?«

»Na ja«, begann Renate zögerlich. »Das große Haus. Du ganz allein. Ich dachte, du ziehst vielleicht zu Julian oder Thorben.«

»Meine ganzen Erinnerungen sind in diesem Haus, Renate. Das kann ich nicht einfach verlassen.«

Renate nickte.

»Verstehe.«

Anscheinend verstand sie nicht. Vielleicht dachte sie auch, Julian und Thorben hätten es ihr nicht angeboten. Doch das hatten sie. Thorben nur einmal – vermutlich in der Hoffnung, sie würde ablehnen – und Julian mehrmals. Jutta konnte das Haus nicht verlassen. Günther war dort. Sie konnte ihn in jedem Raum, in jedem Gegenstand fühlen. Wenn sie ein paar Stunden nicht im Haus war, hatte sie den Drang heimzugehen. Das Haus war zwar leer. Dennoch war es ihr Zuhause.

Mit Renate wollte sie nicht über diese Gefühle sprechen. Daher packte sie schnell die restlichen Lebensmittel in ihren Korb, bezahlte und verabschiedete sich höflich.

»Ich hoffe, du kommst nun wieder öfter«, sagte Renate, während Jutta den Laden verließ.

»Ja, bestimmt.«

Draußen angekommen atmete sie tief ein und aus. Es war nicht gut gelaufen, aber auch nicht schlecht, sagte sie sich. Sie musste lernen, damit umzugehen, dass Menschen Fragen stellten, die sie nicht hören oder nicht beantworten wollte. Fragen, die sie als übergriffig empfand. Fragen, die sie mit Sicherheit in der Vergangenheit selbst gestellt hatte, um die Stille zu füllen. Um überhaupt etwas zu sagen. Manchmal versteht man Dinge erst, wenn man sie selbst erlebt hat, dachte sie sich und lief langsam zurück nach Hause.

Tagebucheintrag
Do., 30. November 2023

»Days pass by and my eyes stay dry.«

Ich höre gerade meine »Leo ist tot, mir geht es beschissen, ich will nur heulen und sterben – Playlist.« Passend zu meiner Stimmung. Unpassend zu meiner Stimmung: das Wetter. Hallo, wir haben Ende November, es soll gefälligst grau und regnerisch und kalt und nass und alles sein. Stattdessen scheint die Sonne. Ich fass es nicht. Nicht mal mehr auf den November ist Verlass.

»How am I supposed to move on?«

Warum? Warum? Warum? Diese Fragen treiben mich in den Wahnsinn. Ich will schreien und Sachen zerstören. Aber am allermeisten will ich Antworten. Antworten auf diese Fragen. Ich werde verrückt, weil ich keine Antworten bekomme. Ich beneide Jutta, eine der Teilnehmerinnen letzten Samstag. Sagt man überhaupt Teilnehmer? Irgendwie gefällt mir der Name nicht, aber was anderes fällt mir auch nicht ein. Ok. Zurück zum Thema. Juttas Mann war krank, sie hat ihn gepflegt und war an seiner Seite als er starb. Klar. Er war erst 60 oder so, hätte also sicherlich noch 20 Jahre leben können. ABER: Jutta konnte sich auf seinen Tod vorbereiten. Schritt für Schritt. Und als es dann so weit war, hat sie seine Hand gehalten.

Wo war ich als Leo starb? Auf der Party. Betrunken. Hab gefeiert. Hätte ich nicht irgendetwas merken müssen? Einen Stich im Herzen oder so? Nichts. Wie kann der wichtigste Mensch meines Lebens sterben und ich bekomme nichts davon mit? Da stimmt doch etwas nicht!

»Telefon, Gas, Elektrik, unbezahlt, und das geht auch.«

Tja, nicht mehr lange. Meine Reserven sind aufgebraucht. Einen Monat kann ich noch bleiben. Und dann? Job? Fehlanzeige. Wenn man ständig an der Kasse einen Heulanfall bekommt, nur weil jemand Leos Haarfarbe hat, ein wenig so riecht wie Leo oder etwas aufs Band legt, das Leo gern gegessen hat, dann ist es nicht verwunderlich, dass irgendwann auch der gutmütigste Chef sagt: »Sorry, aber so geht das nicht weiter.«

Mh… Stimmt. Dann eben nur noch Regale einräumen und im Hintergrund tätig sein. Ja, das wäre eine Lösung gewesen…. Hätte ich nicht auch noch jeden 3. Tag gefehlt. Manchmal mit vorheriger Ansage, meist ohne. Also ging alles seinen Lauf und ich bin joblos. Ziellos. Antriebslos. Leo-los.

»Meine Freunde tun ihr Bestes«

Scheiße. Ich versaue den ganzen Eintrag mit meiner Heulerei. In einer Stunde werde ich abgeholt. Mia und Sina wollen Schlittschuh fahren. Toll! Meine Lieblingsbeschäftigung. Aber Ablenkung ist gut und da ich das letzte Mal als Kind auf Schlittschuhen stand, werde ich wahrscheinlich die ganze Zeit damit beschäftigt sein, nicht hinzufallen. Gut so! Wahrscheinlich ist das auch deren Hintergedanke. Ich kann mich nämlich nicht daran erinnern, dass sie in den letzten Jahren mal in die Eishalle wollten. Vielleicht haben sie auch einfach bewusst etwas ausgesucht, das ich nicht mit Leo verbinde. Jeder Ort in dieser beschissenen Stadt, jeder Club, jedes Lied, jedes Getränk und sogar jeder Geruch schreit LEO!

»I hear a joke and I know you would have told it better.«

Ich sollte aufstehen und mich fertigmachen. Bis ich wieder vorzeigbar bin, brauche ich einen Moment. Außerdem kann ich mich nicht erinnern, wann ich mir das letzte Mal die Haare gewaschen habe. Wenigstens habe ich jetzt einen Grund dazu. Doch ich kann nicht aufstehen. Ich will nicht aufstehen.

Wir hatten doch noch so viel vor. So viele Träume. Es kann doch nicht einfach vorbei sein.

»Nichts war zu spät, aber vieles zu früh.« (ALLES war zu früh!)

»Jutta, magst du in mein Freundebuch schreiben?«

Die Nachbarskinder Charlotte und Anton waren zusammen mit ihrer Mutter Carolin zum Frühstück vorbeigekommen.

»Sehr gerne«, antwortete Jutta, obwohl sie sich nicht danach fühlte.

Nachdem sie die Reste des Frühstücks in Behältern verstaut und in den Kühlschrank geräumt hatte, wusch sie sich die Hände und ließ sich von Charlotte das Freundebuch geben. Zuerst füllte sie die üblichen Daten aus. Name, Geburtstag, Wohnort. Dann kamen die Detailfragen und Juttas Herz wurde schwer.

»Wer ist deine beste Freundin/dein bester Freund?«

Als Kind hätte sie sich nur schwer entscheiden können, welcher ihrer vielen Freunde hier verewigt werden sollte. Doch heute, mit 65 Jahren, hatte sie keine beste Freundin mehr. Sie hatte Verwandtschaft und lose Bekanntschaften. Freunde von früher, so nannte sie sie.

Also übersprang sie die Frage.

»Das ist meine Lieblingsfrage«, kommentierte Charlotte, als sie bemerkte auf welchem Antwortfeld Jutta den Stift platziert hatte. Froh, dass Charlotte nicht nachgebohrt hatte, warum sie die vorherige Frage noch nicht beantwortet hatte, las sie diese laut vor.

»Was ist dein Lieblingsspiel?«

So einfach. Jedes Kind konnte sie beantworten. Doch Jutta starrte auf das aufgeschlagene Buch und stellte fest: »Ich habe kein Lieblingsspiel! Ich weiß noch nicht einmal, was ich gerne mache.« Die Erkenntnis war ernüchternd.

Da Charlotte unruhig neben ihr auf der Couch hin und her rutschte, schrieb Jutta einfach »Seilspringen« in die Zeile, da sie das als Kind geliebt hatte. Das Nachbarsmädchen war sichtlich zufrieden mit der Antwort und erzählte ihr daraufhin ausführlich, dass ihr Lieblingsspiel darin bestand, Höhlen aus Kissen und Decken zu bauen und welche spannenden Dinge man anschließend in dieser Höhle tun konnte.

»Aber Seilspringen finde ich auch toll«, sagte Charlotte. »Ich habe ein Glitzerspringseil daheim. Es macht Musik und zählt wie viele Sprünge man schafft. Außerdem blinkt es. Soll ich es holen?«

Jutta durchforstete ihren Kopf nach einer Ausrede, es nicht zu tun – zu alt, zu müde, zu eingerostet – als sich eine kleine Stimme in ihrem Kopf meldete: Warum nicht?

»Ja, warum eigentlich nicht?«, sagte sie laut.

»Juhu!«

Charlotte war bereits aufgesprungen und rannte zum Esszimmertisch.

»Mama, Mama. Kann ich mein Springseil daheim holen? Jutta möchte gerne Seilspringen.«

Carolin sah Jutta verwundert an.

»Sicher?«

Als Jutta zustimmend nickte, drückte sie Charlotte den Schlüssel in die Hand und die Kleine stürmte sofort zur Tür.

»Ich will mit!«, rief Anton, Charlottes jüngerer Bruder, der bis dahin ruhig am Tisch gesessen und gemalt hatte.

»Ich bin gleich wieder da«, schrie Charlotte beim Hinauslaufen und ignorierte ihren Bruder.

»Mach langsam!«, rief Carolin hinterher. »Und nimm Toni mit.«

»Och Mama!«

Charlotte war genervt und wollte ihren kleinen Bruder nicht mitnehmen. Während eine Diskussion zwischen Carolin und ihren Kindern entbrannte, fragte sich Jutta, ob das mit dem Seilspringen eine gute Idee gewesen war. Zumindest einmal könnte sie es versuchen. Während sie wartete, füllte sie die Seite des Freundebuches zu Ende aus. Als beste Freundin trug sie Margot ein und malte mit Buntstiften ein paar Herzchen, Blumen und zwei Strichmännchen, die Händchen hielten, daneben.

Carolin hatte sich derweil neben sie gesetzt und ihr beim Malen zugesehen.

»Sehr schick«, kommentierte sie das Ergebnis.

»Ja, nicht wahr?«

»Du musst nicht mit ihr Seilspringen, wenn du nicht magst.«

»Ich weiß. Wer weiß, vielleicht kann ich es auch nicht mehr.«

»Das kannst du bestimmt noch. So etwas verlernt man nicht.«

Gerade als sie das Buch zugeklappt und begonnen hatte, mit Carolin über Günther zu sprechen, hörte sie das Knallen der Haustür. Schon stürmten die Kinder ins Wohnzimmer. Sie waren völlig außer Puste und brauchten einige Atemzüge, bis sie sich erholt hatten. Anton hatte sich weitere Buntstifte zum Malen mitgebracht und Charlotte drückte Jutta das Seil in die Hand.

»Du fängst an.«

In wenigen Sätzen hatte sie ihr die Technik rund um Musik, Blinken und Sprünge zählen erklärt und schon konnte es losgehen. Bei den ersten Versuchen stellte sich Jutta sehr unbeholfen an. Doch mit jedem Mal wurde es besser. Charlotte, Carolin und die Musik feuerten sie an.

Lachend ließ sie sich nach einigen Minuten auf die Couch fallen.

»Puh! So anstrengend hatte ich das nicht in Erinnerung.«

»Das ist doch nicht anstrengend.«

Charlotte hatte sich schon das Seil geschnappt, die Musik geändert und hüpfte los.

»Schau mal, ich kann auch rückwärts«, schrie sie.

»Und ganz schnell.«

Jutta war beeindruckt, mit welcher Leichtigkeit und Freude die Achtjährige sprang.

»Und über Kreuz.«

Hierbei verhakte sich das Seil zwischen ihren Beinen. Sie versuchte es immer wieder, doch es wollte nicht funktionieren. Also ließ sie sich nach Dutzenden gescheiterten Versuchen schließlich neben Jutta auf die Couch fallen.

»Jutta, lass uns zusammen springen!«, schlug sie vor, nachdem sie sich kurz ausgeruht hatte.

»Wir haben doch nur ein Seil.«

»Ja, genau. Du hältst es und ich springe mit dir.«

»Geht das denn?«, fragte Jutta und sah vor ihrem inneren Auge schon einen bösen Sturz samt Krankenhausaufenthalt vor sich.

»Klar!«

Mit einem Ruck sprang sie von der Couch auf und zog Jutta mit sich hoch.

Die nächsten Minuten hörte Jutta nur:

»Nein, Jutta, du musst es so machen.«

»Schneller!«

»Langsamer!«

»Jetzt springen!«

»Bei drei fängst du an. 1-2-3-Jetzt!«

»Doppelsprung!«

Dazwischen schaltete sich immer wieder Carolin ein und versuchte, Charlotte in ihrer Euphorie zu bremsen.

»Charlie, gib Jutta etwas Zeit.«

Jutta war voll konzentriert und versuchte alle Anweisungen zu befolgen. Nach einer Weile hatten Jutta und Charlotte ihren Rhythmus gefunden und die Kleine begann, sich immer schwierigere Aufgaben auszudenken.

»Ich glaube, das reicht für heute«, sagte Carolin schließlich.

»Mama, nein!«, protestierte Charlotte.

»Jutta, du hast noch einen Termin, oder?«

Erstaunt blickte Jutta auf die Uhr.

»Ach du je! Ich habe die Zeit ganz vergessen!«

»Also los!«, trieb Carolin ihre Kinder an und half Anton dabei, Buntstifte und Papier zusammenzupacken.

Beim Verabschieden drückte Charlotte Jutta ganz fest.

»Das nächste Mal üben wir zusammen das Über-Kreuz-Springen, ja?«

»Machen wir.«

Schnell verabschiedete sie sich von ihnen und stürmte ins Bad, um sich zu duschen. Verschwitzt wie sie war, konnte sie das Haus nicht verlassen.

Das Freundebuch mit seinen Fragen und das Seilspringen mit Charlotte ließen sie auch während der Autofahrt nicht los. Wann war der Punkt gekommen, an dem sie vergessen hatte, was ihr selbst Freude bereitete? Vor Günthers Erkrankung hätte sie die Frage sicherlich leichter beantworten können. Doch auch hier fiel ihr auf, dass sie vieles nicht aus Spaß gemacht hatte, sondern mit einem Hintergedanken. Die Sporteinheiten – ja, die hatten ihr Freude bereitet, der Hauptgrund war aber gewesen, fit zu bleiben und nicht zuzunehmen. Freunde treffen – auch das hatte ihr immer gefallen, doch oft war es zum Zwang geworden. »Freundschaften pflegen« – das hörte sich eher wie Arbeit an. Wann hatte sie das letzte Mal etwas komplett Sinnloses getan, nur um sich daran zu erfreuen? Ohne Hintergedanken. Wie Kinder es eben taten.

Sie fand einen Parkplatz direkt vor dem Gebäude des Hospizvereins. Die Unsicherheit, die sie beim letzten Besuch verspürt hatte, war so gut wie verschwunden. Mit sicheren Schritten ging sie durch die Tür. Gespannt, was sie dieses Mal erwarten würde.

So gut Jutta das letzte Trauercafé getan hatte, so frustriert verließ sie zwei Stunden später das Gebäude.

»Hey, warte mal«, hörte sie eine Stimme hinter sich. Melina, die Jüngste in der Gruppe, kam auf sie zugestürmt.

»Jutta, richtig?«

Als Jutta nickte, fuhr sie fort.

»Hast du Lust, noch irgendwo einen Kaffee trinken zu gehen? Hilde und Thomas kommen auch mit.«

»Äh.«

Genauso wie beim Seilspringen sagte Juttas Kopf erstmal »nein« und suchte bereits nach einer Ausrede. Aus welchem Grund das wohl so war, fragte sie sich. Hatte sie Angst? Oder hatte sich das »Nein« über die letzten Jahre in ihr Leben geschlichen und kam nun automatisch und ohne nachzudenken?

Während sie dies zu ergründen versuchte, trat Melina näher an sie heran und starrte ihr direkt in die Augen.

»Jutta, bist du noch da?«

»Äh! Ja! Tut mir leid«, stotterte sie. »Ich komme sehr gerne mit.«

»Supi. Die beiden müssten gleich da sein.«

Hilde und Thomas waren genauso wie sie und Melina auch beim Treffen im November dabei gewesen. Vermutlich hatte Melina sie deswegen angesprochen.

Während sie warteten, überlegte Jutta mit welchem Thema sich die Stille durchbrechen ließe. Doch Melina hatte bereits ihr Handy gezückt und war mit Tippen beschäftigt. Jutta fragte sich, was die jungen Leute den ganzen Tag am Handy machten. Außer Telefonieren, Nachrichten schreiben und ab und an etwas in die Suchmaschine eintippen fiel Jutta nichts ein, was man damit machen konnte.

Bevor sie Melina fragen konnte, kamen bereits Hilde und Thomas aus dem Gebäude.

»Oh, wir sind zu viert«, rief Hilde erfreut. »Sehr schön. Ein Quartett. Das passt!«

Thomas nickte zögerlich mit dem Kopf und Jutta fragte sich, wie Melina es geschafft hatte, ihn zum Mitkommen zu überreden.

Melina klatschte in die Hände.

»Also! Wo wollen wir hingehen?«

Die Wahl fiel auf ein kleines italienisches Café zehn Minuten zu Fuß entfernt. Alle bestellten sich etwas Wärmendes und ein Stück Kuchen dazu. Während Hilde und Melina die Gruppe mit den verschiedensten Themen unterhielten, blieben Thomas und Jutta eher ruhig.

»… und dann hat Leo ihre Klamotten ausgezogen und ist nackt in den See gesprungen.«

Beendete Melina ihre Geschichte, wie Leo und sie während ihrer 6-monatigen Reise mitten in der Nacht nackt in den Zürichsee gesprungen waren.

»Moment!«, sagte Thomas sichtlich verwirrt. »Leo ist eine Frau?«

»Äh. Ja«, entgegnete Melina verwirrt. »Also »war«, nicht »ist«.«

»Aber Leo ist doch ein Männername.«

»Leo steht für Leoni«, sagte sie. »Keine Ahnung was sich ihre Eltern dabei gedacht haben. Der Name hat so gar nicht zu ihr gepasst. Leo schon. Leo war perfekt.«

Thomas war immer noch verwirrt.

»Habt ihr das gewusst?«, er blickte Hilde und Jutta fragend an. »Dass Leo eine Frau war, meine ich?«

Als die beiden nickten, schüttelte er den Kopf.

»Irgendetwas scheint nicht mit mir zu stimmen. Ich dachte echt, du redest von einem Mann.«

»Alles gut, Thomas«, sagte Melina entspannt. »Ist doch im Grunde genommen egal. Ich hätte Leo auch geliebt, wenn sie ein Mann gewesen wäre.«

Thomas nickte, ging aber nicht weiter auf das Thema ein. Auch die anderen hatten dem nichts hinzuzufügen. Die Minuten vergingen, ohne dass sich ein Gespräch entwickelte.

»Hey, lasst euch nicht hängen! Stattdessen tun wir etwas gegen unsere Trauer«, sagte Melina plötzlich.

»Was schlägst du vor?«, fragte Thomas.

Melina überlegte.

»Ok. Die heutige Session war scheiße, aber erinnert euch an das letzte Mal. Da ging es darum, kleine Rituale einzuführen, um besser mit der Trauer klarzukommen. Oder etwas zu tun, das uns ihnen näherbringt. Vielleicht können wir für jeden in der Runde etwas finden, was uns tröstet, uns hilft.«

»Eine sehr gute Idee«, stimmte Hilde Melina zu.

»Ich wüsste nicht, was mir helfen könnte«, gab Thomas zu.

»Also fangen wir mit dir an«, sagte Melina.

Thomas' Begeisterung hielt sich in Grenzen. Als er gerade ansetzte zu protestieren, meldete sich Jutta zu Wort.

»Hat jemand einen Zettel und einen Stift? Dann können wir Ideen notieren.«

»Jutta, nicht so oldschool«, kommentierte Melina und zückte ihr Handy. »Los geht's mit dem Brainstorming.«

Es folgten mehrere Runden Kaffee und Tee, während sie zuerst für Thomas und anschließend für die anderen Ideen sammelten. Es wurden die verrücktesten Vorschläge in den Raum geworfen. Meist von Melina und Hilde. Doch auch Jutta und Thomas hatten bei einigen Ideen die Lacher auf ihrer Seite. Vor allem, wenn Thomas von Pauls Abenteuern erzählte und vorschlug, diese nachzumachen.

»Paul war wirklich mit Orcas schwimmen?«

Jutta war entsetzt.

»Ich wäre vor Angst gestorben.«

»Es war nicht geplant, sondern hat sich einfach ergeben. Paul war Abenteurer durch und durch.«

»Also Meli, die Idee mit Orcas zu schwimmen, kannst du gleich wieder von der Liste streichen«, sagte Jutta.

»Wieso?«, fragte Melina. »Das sind doch auch nur Delfine.«

Der Kommentar brachte ihr Kopfschütteln von Juttas Seite ein und ein Schmunzeln von Thomas und Hilde.

Jutta tat sich schwer mit der ausgelassenen Stimmung. Immer, wenn die Gruppe lachte, lachte sie mit. Falsch fühlte es sich dennoch an. Wie konnte sie lachen, wenn Günthers Tod erst zwei Monate her war? Ein bisschen hatte sie es auch gespürt, als sie mit Charlotte Seil gesprungen war. Das Gefühl der Schuld. Spaß haben – ohne Günther. War das überhaupt ok?

Auch Ideen für sich zu finden, fiel ihr nicht leicht.

»Vielleicht ist es bei dir einfach noch zu frisch«, sagte Hilde sanft. »Gib dir ein wenig Zeit darüber nachzudenken. Dir fällt bestimmt etwas ein.«

Jutta nickte, dankbar für Hildes Worte.

»So, der Plan steht. In zwei Wochen sehen wir uns wieder«, sagte Melina, während sie an der Straße standen.

»Alles Weitere besprechen wir über die WhatsApp-Gruppe«, sagte Thomas.

Melina stieg auf ihr Fahrrad, Hilde und Thomas liefen Richtung Parkhaus und Jutta ging langsam zum Hospizverein zurück, um ihr dort abgestelltes Auto zu holen. Dabei zündete sie sich eine Zigarette an und hing ihren Gedanken nach. Morgen war Silvester. Das erste Silvester ohne Günther. Weihnachten war schlimm gewesen. Silvester würde schlimmer werden. An Heiligabend waren Julian mit Freya und Thorben mit Miriam gekommen. Sie hatten in Erinnerungen geschwelgt und Kir Royal getrunken. Günthers Foto stand stellvertretend für ihn auf dem Esstisch, seine Strickjacke hing über dem Stuhl und es fühlte sich ein wenig so an, als wäre er dabei. Immer wieder verließ sie den Raum, damit die anderen ihre Tränen nicht sahen. Gesellschaft war schmerzhaft und tat ihr gleichzeitig gut. Wenn sie sich einen Platz aussuchte, wählte sie das Tischende. Dadurch gab es keinen leeren Platz neben ihr, der sie an die Lücke in ihrem Leben erinnerte.

Den morgigen Tag würde sie allein verbringen. Die Kinder und auch ein paar Nachbarn und Freunde von früher hatten sie zwar eingeladen. Doch was sollte sie dort? Sie wollte nicht feiern und würde jedem die Stimmung vermiesen. Stattdessen würde sie es sich auf der Couch gemütlich machen, Filme schauen und um Mitternacht ihre letzte Zigarette rauchen. Ihr Vorsatz für das kommende Jahr. Die Zigaretten hatten sie durch Günthers Krankheit begleitet und sie an schönere Zeiten erinnert. Nun erinnerten sie sie an Günthers Siechtum, an ihren Schmerz und die Trauer.

Mittlerweile war sie an ihrem Auto angelangt. Sie beschloss, Margot anzurufen.

»I got guns in my head and they won't go.«

Ja, Leo. Es gibt tatsächlich für jede Lebenslage ein Lied.
   Ich komme gerade vom Trauercafé und habe so viele Gedanken. Gleichzeitig schwirrt mir dieses Lied durch den Kopf. Wo fange ich also an?
   Das Trauercafé war scheiße. Ich kannte nur Hilde, Jutta und Thomas vom letzten Mal. Vor allem zwei – ich habe die Namen vergessen – waren nur im Redemodus. Zuhören? Fehlanzeige. Nina und Claudia haben zwar ihr Bestes gegeben, aber keine Chance. Noch krasser: Ich hatte das Gefühl, dass eine der beiden ein Auge auf Thomas geworfen hatte. Gerade als sie ihn in ein Gespräch verwickeln wollte, hab' ich ihn mir geschnappt und einfach mitgeschleppt. So macht man das, Mädel!
   Hilde, Jutta, Thomas und ich sind spontan in ein Café gegangen. Hilde ist der Knaller. Mitte 70 und so voller Energie. Wir zwei haben Thomas und Jutta ganz schön auf Trab gehalten. Gut so! Es gibt Pläne!
   Hilde und ich lassen uns tätowieren. Ich sag's ja. Unglaublich, die Frau. Ich brauche etwas auf meiner Haut, das mich an Leo erinnert. Das ich immer bei mir tragen kann. Hilde ist sich noch nicht sicher, was es werden soll. Ich wollte sie bei der Motiverstellung unterstützen und habe sie über Arthur, ihren verstorbenen Mann, ausgefragt. Ihre Reaktion: »Von ihm habe ich genug Erinnerungen in meinem Kopf. Ihn brauche ich nicht auch noch unter meiner Haut.«
   Das hat mich verwirrt. An wen soll sie das Tattoo denn stattdessen erinnern?

Ihre Antwort: »Ein anderes Mal, ok?«

Mysteriös. Meine Neugier ist geweckt.

Jedenfalls haben wir beschlossen, bis zum nächsten Trauercafé Brainstorming zu machen. Aufregend!!!

Für Thomas haben wir uns auch etwas ausgedacht. Ich glaube, er fühlt sich schuldig. Als hätte er seinen Freund im Stich gelassen, weil er ihn auf seiner letzten Reise nicht begleitet hat. Obwohl er nur vage Andeutungen gemacht hat und ich keine Ahnung habe, was genau vorgefallen ist, kann ich trotzdem so gut nachvollziehen, wie er sich fühlt. Diese Scheiß-Warums geistern ständig durch meinen Kopf. Ich will schreien und weinen und Sachen kaputtmachen. (Ich glaube, ich wiederhole mich – aber was soll ich machen? Meine Gedanken wiederholen sich auch ständig. Achtung Klugscheißerwissen: Angeblich sind 95 % aller Gedanken pro Tag Wiederholung. Nur 5 % Neues. Ist das zu glauben? Was man alles so herausfindet, wenn man den halben Tag mit aufs Handy glotzen verbringt)

Jutta ist ein schwieriger Fall. Sie ist ein bisschen wie meine Mama. Hat sich immer um alles und jeden gekümmert, aber keinen Plan was sie will. Ihre Kinder sind aus dem Haus und leben ihr eigenes Leben. Günther ist tot und sie hockt allein und weiß nicht, was sie mit der Zeit anfangen soll. Wir haben ihr als Hausaufgabe gegeben, sich eine Liste mit Dingen zu notieren, die ihr Freude bereiten.

Morgen ist Silvester. Danach ziehe ich wieder zu meinen Eltern. #Kotz!

Es ist das Beste. Ich muss es mir nur immer wieder sagen, dann glaube ich es irgendwann. Ich will nicht mehr bei meinen Eltern wohnen. Doch ich sehe ein, dass sie recht haben. »Dein altes Zimmer ist noch genauso wie früher«, sagen sie. »Bleib eine Weile bei uns, spare Geld und überlege dir in aller Ruhe wie es weitergehen soll.« Blabla. Ich weiß, sie machen sich Sorgen. Ich weiß, sie wollen nicht, dass ich allein wohne. Ich weiß, dass sie mich lieben und mich unterstützen wollen (auch, wenn ich das nicht verdient habe). Dennoch fühlt es sich

an, als würde ich rückwärtsgehen. Von selbstständig zu unselbststän-
dig (war ich schon jemals selbstständig oder habe ich mir das nur ein-
gebildet?).

Wie auch immer. Es ist besser so. Ich gebe mir drei Monate. Bis
dahin arbeite ich so viel es geht an der Tankstelle (ja, seit ein paar
Tagen habe ich wieder einen Job!), spare das Geld und suche mir an-
schließend etwas Kleines. Ein Schneckenhaus, in das ich mich verkrie-
chen kann.

Über Silvester will ich nicht schreiben. Das schaffe ich nicht. Nur
so viel: Meine Freunde lassen mich nicht allein. Vermutlich, weil sie
Angst haben, dass ich mich betrinke und vor den nächsten Zug
schmeiße. Luca konnte NATÜRLICH NICHT seinen Mund halten
und jetzt ist jeder überbesorgt, will es aber nicht zeigen, zeigt es aber
doch und dadurch entsteht eine echt beschissene Atmosphäre.

Weißt du, was verrückt ist, Leo? Ich habe immer gedacht, wenn
man DEN wichtigsten Menschen verliert, dann ist man sehr, sehr
lange nur traurig. Also ohne Lachen und ohne Freude. Man weint
einfach den ganzen Tag und jeder sieht einem an, dass man jemanden
verloren hat. Das ist aber gar nicht so. Selbst in den ersten Tagen nach
deinem Tod konnte ich auf »Meli, die Gefasste« umschalten, zuhören
und über andere Themen reden. Jetzt kann ich sogar lachen. Dann
plötzlich kommst du mir in den Sinn und ich liege heulend am Boden
und bin nicht mehr zu gebrauchen. So geht es jeden Tag. Gut gelaunte
Meli, neutrale Meli, Meli, das Wrack. Manchmal sehe ich ein Foto
von mir und denke: Hey, du siehst gar nicht traurig aus. Man sieht es
dir gar nicht an. Dabei ist dein Lieblingsmensch nicht mehr da. Jetzt
geht die Heulerei schon wieder los.

Ich klammere mich an das neue Jahr.

…

Scheiße! Gerade habe ich den Eintrag vom 1.1.23 durchgelesen….
Du fehlst!

»But the gun still rattles«

Kapitel 5
Fr., 12. Januar 2024

»Ich kann nicht glauben, dass wir das tun«, flüsterte Thomas, als er zusammen mit Hilde, Melina und Jutta über den Friedwald schlich.

»Wessen Idee war das nochmal?«

»Beruhig dich, Thomas. Alles gut.«

»Was sagen wir, wenn jemand kommt?«, fragte Jutta.

»Wer soll denn kommen?«, tat Melina Juttas Einwand ab. »Entspannt euch.«

Mit den Handys als Taschenlampe gingen Melina und Thomas voraus, Hilde und Jutta folgten ihnen.

»Ok, Thomas. Welches ist es?«

Thomas deutete auf eine etwas mickrige Eiche, die direkt neben dem Wegesrand stand.

»Der Baum dort muss es sein.«

Melina leuchtete mit der Taschenlampe an den Baum. Auf einer kleinen Metallplatte war neben zwei weiteren Namen auch Pauls Name aufgeführt.

»Hässlicher geht's nicht«, sagte sie knapp.

Es folgte Schweigen, während die Gruppe den Baum betrachtete.

»Etwas imposanter hätte ich mir so einen Baum schon vorgestellt«, sagte Jutta.

»Egal. Thomas, wo liegt Pauls Urne?«, fragte Melina, während sie mit der Taschenlampe suchend um den Baum leuchtete.

»Äh…ich glaube, es war auf der linken Seite.«

Melina schaute ihn entgeistert an und leuchtete ihm mit der Taschenlampe direkt ins Gesicht.

» Äh…du glaubst?«

»Ich war nur einmal hier, bei der Beerdigung. Da hatte ich andere Dinge im Kopf als mir die Stelle zu merken, wo Pauls Urne liegt.«

»Ist ja gut.« Melina hob beschwichtigend die Hände. »Und jetzt?«

»Was hältst du davon, wenn wir Mädels uns da drüben auf die Bank setzen und du dir hier ein wenig Zeit lässt, um mit Paul allein zu sein? Vielleicht fällt es dir wieder ein, wenn du ein bisschen Ruhe hast«, schlug Jutta vor.

»Das ist nur Pauls Asche. Paul ist nicht hier und ganz sicher liegt er nicht unter der Erde.«

Jutta musste Melina nicht sehen, um ihren Gesichtsausdruck erahnen zu können, während sie es sagte. Bevor Jutta etwas erwidern konnte, meldete sich Hilde zu Wort.

»Jutta, das ist eine gute Idee. Ich muss mich sowieso ein paar Minuten ausruhen.«

Sie hakte Melina unter und gemeinsam gingen sie zur Bank. Thomas blieb allein zurück.

»Ich hoffe, er erinnert sich wieder«, sagte Jutta nachdenklich.

»Sonst haben wir ein Problem«, stimmte Hilde ihr zu.

Melina schnaubte nur.

»Das hätte er uns auch vorher sagen können. Dass er sich nicht sicher ist, wo genau die Urne liegt, meine ich.«

»Warten wir es ab«, sagte Jutta beschwichtigend.

Am liebsten hätte sie sich jetzt eine Zigarette angezündet. Doch ihr Vorsatz für 2024 stand und bislang hatte sie durchgehalten. Eine Weile saßen die drei Frauen schweigend auf der

Bank und betrachteten Thomas, wie er auf dem Boden saß und mit dem Rücken am Baum lehnte.

»Dass ihn der Baum überhaupt aushält«, sagte Melina schließlich.

»Ich schaue nach ihm«, sagte Jutta und stand auf.

Hilde und Melina blieben auf der Bank sitzen.

»Irgendwelche Erkenntnisse?«, fragte Jutta sanft und hockte sich neben ihn.

Da er nicht reagierte, hakte sie nach.

»Thomas?«

»Ich habe keine Ahnung.«

»Weißt du denn, wie die Urne ausgesehen hat?«

»Ich glaube, ich würde sie wiedererkennen.«

Eine Weile schwiegen sie, bis Jutta schließlich sagte:

»Ok, dann an die Arbeit. An welcher Stelle fangen wir an?«

»Was?«

»Na ja, jetzt sind wir schon mal hier. Also fangen wir auch an zu graben.«

Jutta war selbst von sich überrascht, dass sie das vorschlug. Eine Urne ausgraben. Zuerst hatte sie nicht mitkommen wollen. Doch Melina hatte sie überredet. »Mitgefangen, mitgehangen«, hatte Hilde hinzugefügt und nun war ausgerechnet sie es, die diesen Vorschlag machte.

Thomas zögerte.

»Ich weiß nicht, Jutta.«

»Was wäre die Alternative? Unverrichteter Dinge heimfahren?«, fragte sie ihn.

Er zuckte mit den Schultern.

»Auch keine gute Idee.«

»Also auf geht's! Es ist kalt und irgendetwas müssen wir tun. Pauls Eltern kannst du ja wohl schlecht anrufen, oder?«

Thomas schüttelte den Kopf.

»Seit der Beerdigung haben wir nicht mehr miteinander gesprochen.«

Jutta holte Hilde und Melina zurück zum Grab und erklärte ihnen, dass sie auf gut Glück anfangen mussten zu graben.

»Na prima«, war Melinas Reaktion.

»Bevor wir uns Löcher in den Bauch stehen, wählen wir lieber eine Stelle aus und fangen mit dem Graben an«, kommentierte Hilde.

Während die anderen darüber diskutierten, ob sie Stöckchen ziehen oder einfach irgendwo anfangen sollten zu graben, blickte Jutta in die Dunkelheit und fragte sich, was Günther wohl dazu gesagt hätte. Vermutlich hätte er so etwas gesagt wie: »Wenn es Thomas danach besser geht, warum nicht? Paul kann es egal sein.«

Pauls Eltern kamen ihr in den Sinn. Was würden sie sagen, wenn sie beim nächsten Besuch aufgewühlte Erde vorfinden würden?

»Mach dir nicht über alles Gedanken«, hätte Günther gesagt. »Vielleicht denken sie es waren Wildschweine.«

Und dann würde er ihr erzählen, dass irgendwo in Süddeutschland Wildschweine auf der Suche nach Eicheln einen kompletten Friedwald umgegraben hatten.

Jutta musste bei dem Gedanken lächeln.

»Ok, einfach weniger Gedanken machen«, sagte sie sich und konzentrierte sich wieder auf die Gegenwart.

Melina hatte mittlerweile damit begonnen, mit der Schaufel ein Loch auf der linken Seite des Baumes auszuheben. Hilde leuchtete mit der Taschenlampe und Thomas starrte nur in das immer größer werdende Loch. Nach einer Weile reichte Melina die Schaufel an Thomas weiter.

»Du bist dran«, sagte sie und ließ sich auf den Boden fallen. »Puh, ich dachte nicht, dass das so anstrengend ist. Wie tief liegt denn eine Urne in der Erde?«

»Eine Weile müssen wir sicherlich noch graben«, mutmaßte Hilde.

Melina, Jutta und Thomas wechselten sich mit dem Graben ab, während Hilde die Taschenlampe hielt. Es dauerte eine gefühlte Ewigkeit, bis sie endlich die Urne erreicht hatten.

»Scheiße!«

Melina sprach aus, was alle dachten. Die Urne war schon zur Hälfte zerfallen.

»Das kann unmöglich Pauls Urne sein«, sagte Jutta. »So schnell zerfallen Urnen nicht.«

»Das werden wir gleich sehen.«

Melina schnappte sich ihr Handy. Ihre Finger flogen über den Bildschirm, dessen Licht ihr Gesicht gespenstisch erhellte.

»Jutta hat recht«, sagte sie. »Urnen zerfallen frühestens nach zwei Jahren, eher später. Je nach Material.«

Die Gruppe schwieg. Jeder wusste, was es bedeutete. Dieses Loch wieder zuschaufeln und mit dem nächsten beginnen.

»Dieses Mal werfen wir eine Münze«, sagte Hilde.

Die Münze landete auf Kopf und damit war das Grab rechts des Baumes an der Reihe. Hilde fing dieses Mal mit dem Graben an. Die anfängliche Euphorie war Frust, Langeweile und Müdigkeit gewichen. Jeder wollte nur noch, dass es vorbei war.

Das zweite Ausgraben dauerte sogar noch länger, da sie die Stelle nicht genau trafen und erstmal am falschen Punkt gruben. Nach einer Weile sahen sie ihren Fehler ein und begannen, näher am Baum zu graben.

»Da ist sie«, rief Jutta und leuchtete in das Erdloch. »Und sie scheint noch intakt zu sein.«

Erleichterung machte sich breit.

Vorsichtig hoben sie die Urne aus ihrem Loch, entfernten die Erde und betrachteten sie im Licht der Taschenlampen. Jeder wartete darauf, dass Thomas etwas sagte. Er betrachtete die Urne eingehend.

»Sie kommt mir nicht bekannt vor.«

Kollektives Stöhnen.

»Sollen wir sie trotzdem nehmen?«, fragte Hilde in die Runde.

»Auf keinen Fall!«, sagte Thomas entsetzt. »Ich will schon die richtige Asche mit nach Hause nehmen.«

»Ok, dann los.«

Hilde schnappte sich die Urne und versuchte sie vorsichtig wieder in die Erde zu legen. Da das Loch zu tief war und Hilde sich beim Hinknien schwertat, nahm Melina ihr die Urne ab und legte sie wieder an ihren Platz. Hilde schippte das Loch mit Erde zu und reichte anschließend Thomas den Spaten.

»Alle guten Dinge sind drei.«

Die Stimmung war an ihrem Tiefpunkt. Sie waren durchgefroren und frustriert. Thomas schien der Einzige zu sein, der noch Elan zeigte. Schneller als gedacht erreichte er die Urne und förderte sie zu Tage. Nach einer kurzen Begutachtung schaute er in die Runde.

»Auch, wenn ihr mich jetzt dafür hasst. Das ist sie ganz bestimmt nicht.«

»Nicht dein Ernst, oder?«, fragte Melina.

»Wie kannst du dir so sicher sein?«, fragte Hilde.

»Schaut euch doch die Urne an. Sie sieht aus wie neu. Ich glaube nicht, dass sie schon über zehn Monate in der Erde lag.«

Alle Details der Verzierung waren noch zu erkennen.

»Und was machen wir jetzt?«, fragte Jutta.

Während Hilde, Jutta und Thomas die Möglichkeiten diskutierten, setzte sich Melina mit ihrem Handy ins Gras.

»Ich würde vorschlagen, wir nehmen einfach etwas Asche aus dieser Urne«, sagte Hilde.

Just als Thomas Hilde antworten wollte, fiel ihm Melina ins Wort.

»Leute, wir sind so bescheuert«, sagte sie, stand auf und nahm Thomas die Urne ab.

Sie stellte sie auf den Boden und versuchte, den Deckel abzunehmen.

»Bist du wahnsinnig geworden?«, fragte Thomas entsetzt.

»Entspann dich.«

Sie öffnete die Urne und zu aller Erstaunen war keine Asche zu sehen, sondern ein weiterer Deckel mit den Details zum Verstorbenen. Oder in diesem Fall der Verstorbenen. Eine Frau namens Liana Zinsner war am 3. November 2023 verstorben.

Triumphierend blickte Melina in die Runde.

»Das hätten wir vielleicht mal vorher checken sollen.«

Sie setzte den Deckel wieder auf die Urne, stand auf und drückte sie Thomas in die Hand.

»Da. Die ist es wohl nicht. Also, ab in die Erde damit und dann schauen wir uns die zweite Urne nochmal an.«

Etwas perplex blickte Thomas Melina einen Moment an, schritt aber schließlich zur Tat.

Das nochmalige Ausheben der zweiten Urne ging schneller vonstatten. Die Erde war vom ersten Mal aufgelockert und musste nur noch zur Seite geschippt werden. Nach wenigen Minuten hatten sie Gewissheit: Es war Pauls Urne. Die drei Frauen standen schweigend um Thomas herum, während dieser versuchte, den Deckel der Urne zu öffnen.

»Leute, wir haben ein Problem«, sagte er schließlich. »Ich bekomme den Deckel nicht runter.«

»Das kann doch nicht wahr sein«, sagte Jutta.

»Zeig mal her«, sagte Melina, während sie sich die Urne schnappte.

Auch sie blieb erfolglos. Ebenso Jutta und Hilde, die es nach ihr versuchten.

»Was machen wir jetzt?«, fragte Jutta.

»Wir könnten die Urne mit Wucht auf den Boden werfen und die Asche anschließend zusammenkehren«, schlug Melina vor.

»Hast du den Verstand verloren?«, fragte Thomas. »Das machen wir natürlich nicht.«

»War ja nur eine Idee.«

Jutta beleuchtete mit der Taschenlampe den Deckel und schaute sich diesen genauer an.

»Wir bräuchten einen spitzen, stabilen Gegenstand«, überlegte sie. »Vielleicht habe ich ein Messer oder etwas Ähnliches im Auto, um sie zu öffnen.«

Während Hilde und Melina im Friedwald blieben, gingen Thomas und Jutta Richtung Ausgang. Melina, die einen dicken Wollschal trug, breitete diesen auf der Parkbank aus und bedeutete Hilde, sich zu setzen.

»Ich habe mir das Ganze irgendwie leichter und spaßiger vorgestellt«, gab Melina zu. »Und wärmer.«

»So ist es immer«, sagte Hilde. »Wenn wir wüssten, dass es so schwer wird, würden wir es nicht tun.«

»Vermutlich.«

»Es ist gut, dass wir das machen. Für Thomas.«

Melina nickte.

»Wie ist es mit dir? Was brauchst du?«, fragte Hilde.

»Wenn ich das wüsste.«

»Mit einem Tattoo wird es nicht getan sein«, sagte Hilde. »Aber es ist ein Anfang.«

»Wird es irgendwann besser?«

»Ja, das wird es«, bestätigte Hilde. »Doch es wird dauern. Es werden immer mehr schöne Momente hinzukommen. Irgendwann werden aus den Momenten Minuten, dann Stunden, dann Tage.«

Beide schwiegen.

»Irgendwann wirst du erschrocken feststellen, dass du schon mehrere Tage nicht mehr an Leo gedacht hast und dich dann vielleicht schlecht fühlen«, fuhr sie fort. »Doch vergessen wirst du sie nie.«

Melina blickte Hilde an.

»Was ist eigentlich deine Geschichte?«

Hilde lachte kurz auf.

»Wenn ich dir das jetzt erzähle, ist unsere schöne Partystimmung im Eimer.«

»Als wäre sie das nicht jetzt schon.«

»Ein anderes Mal.«

»Ein drittes Mal lasse ich mich aber nicht vertrösten.«

»Das habe ich mir schon gedacht.«

Damit war das Thema beendet und sie begannen, sich über die Hässlichkeit des Baumes zu unterhalten, unter dem Pauls Urne begraben war, wie kalt ihnen war und wie sehr sie sich auf ihr warmes Bett freuten.

Das Klingeln von Melinas Handy holte sie aus ihrer Unterhaltung. Thomas' Name erschien auf dem Bildschirm.

»Was gibt's?«

»Ihr müsst mit der Urne rauskommen. Wir haben kein Messer gefunden, aber etwas anderes, mit dem wir sie öffnen können. Wir treffen uns am Auto.«

»Alles klar. Bis gleich.«

Am Auto angekommen gingen sie gemeinsam zu einer öffentlichen Fahrradreparatur-Station, die unweit des Friedhofs angebracht war.

»Mit dem Werkzeug kriegen wir die Urne bestimmt auf«, sagte Jutta.

Während sich Thomas eines der Werkzeuge schnappte und versuchte, damit den Urnendeckel aufzuhebeln, fügte Jutta hinzu:

»Das dürfen wir keinem erzählen.«

»Irgendwie surreal«, bestätigte Melina, während sie zu viert an der Rad-Reparatur-Station mit Pauls Urne in der Hand standen und sie öffneten.

»Wir hätten die Urne auch mit einem Schlüssel öffnen können, oder?«, fragte Hilde in die Runde.

Kurzes Schweigen.

»Guter Punkt«, gab Thomas zu. »Ich sehe schon, hier sind Profis am Werk.«

»Beim nächsten Mal sind wir besser vorbereitet«, setzte Hilde nach.

»Wir sollten eine Tradition daraus machen«, schlug Melina vor. »Einmal im Monat graben wir Urnen aus.«

»Nein, danke«, sagte Thomas.

»Es scheint, wir sind alle durch für heute«, sagte Jutta und holte das Gefäß aus ihrer Tasche, das für Pauls Asche vorgesehen war.

»Zeit, nach Hause zu gehen«, sagte Hilde.

Während Thomas die Asche umfüllte, trat Melina sehr nah an die Urne heran und leuchtete mit ihrem Handy hinein.

»Ich habe mir Asche irgendwie feiner vorgestellt. Eher so wie Sand. Aber hier sind ja noch richtige Brocken drin. Sind das Knochenreste?«

Auch die anderen traten näher heran und schauten sich die menschlichen Überreste von Paul genauer an.

»In Filmen sieht es anders aus«, merkte Jutta an. »Tatsächlich feiner.«

Eigentlich hatten sie sich zuvor überlegt, noch eine Art Gottesdienst für Paul abzuhalten, ein paar Worte zu sagen, Musik abzuspielen, Kerzen anzuzünden und Thomas die Möglichkeit eines zweiten Abschieds zu geben. Doch sie waren müde, an ihnen klebte Erde, sie waren durchgefroren und wollten zurück zum Auto. Sitzen, Heizung einschalten, heimfahren. Sie gingen ein letztes Mal gemeinsam zum Grab, vergruben die Urne und Jutta stellte lediglich eine brennende Kerze auf das frisch zugeschüttete Grab. Thomas holte eine kleine Pinguinfigur aus seiner Tasche und stellte sie daneben.

»Eigentlich darf man in einem Friedwald nichts aufs Grab stellen«, sagte er gedankenverloren, während er auf den Pinguin blickte.

»Eigentlich darf man auch keine Urne ausbuddeln, Asche abfüllen und die Urne wieder eingraben«, sagte Melina. »Also scheiß drauf.«

»Meli, wie schaffst du es nur, immer die passenden Worte zu finden?«, fragte Thomas schmunzelnd.

»Intuition.«

Schweigend gingen sie zum Auto. Die Fahrt legten sie ebenfalls schweigend zurück. Einer nach dem anderen wurde daheim abgesetzt, bis Jutta schließlich an ihrem Haus ankam. Sie schälte sich aus ihren dreckigen Klamotten und in ihren warmen Flanellschlafanzug, wusch sich das Gesicht und putzte halbherzig ihre Zähne, ehe sie ins Bett fiel.

»Günther, du errätst nie, was ich heute Nacht gemacht habe«, sagte sie in das dunkle Schlafzimmer hinein und fiel kurz darauf in einen tiefen Schlaf.

»Es ist 3 Uhr nachts, ich ruf jeden an, den ich kenn«

Falsch. Es ist 7 Uhr morgens und ich rufe garantiert niemanden an. Ich bin total aufgedreht, was vielleicht an den drei Red Bull liegt, die ich in den letzten Stunden getrunken habe. Aber von vorne.

Heute Nacht haben wir einen Teil von Pauls Asche gestohlen. Jaja, ich weiß. Hört sich mega aufregend an. War es am Anfang auch. Aber nach spätestens 30 Minuten war die Spannung raus und ich war nur noch genervt, dass das Ganze so lange dauerte. Noch dazu hätten wir uns den größten Teil der Arbeit sparen können, wenn wir gescheit vorbereitet gewesen wären. Wie auch immer. Wir haben die Asche und gut ist.

Gegen 0:30 Uhr war ich wieder daheim. Doch an Schlaf war nicht zu denken. Während der Autofahrt habe ich überlegt, was man Schönes mit der Asche anstellen könnte. Thomas hat morgen Geburtstag. Das wäre die perfekte Gelegenheit ihm etwas mit Bezug zur Asche zu schenken. Vor allem, weil er selbst noch unsicher ist, was er überhaupt damit machen will. Er hat irgendwas von einem Baum im Garten gesagt oder einer Art Schrein (das klingt irgendwie weird). Ich habe mal wieder nur halb zugehört.

Daheim angekommen, habe ich mir erstmal ein Red Bull geschnappt und bin anschließend mit dem Rad zu Opa gefahren, um in seinem Holzvorrat zu wühlen. Nach ein bisschen Suchen – ich hätte mir vielleicht eine Stirnlampe einpacken sollen – bin ich schließlich fündig geworden. Danach hab ich mich gleich an die Arbeit gemacht. Wie gut, dass Opa schwerhörig ist... und keine direkten Nachbarn hat. Ich war super motiviert und nach über fünf!!! – ja, richtig gelesen

- Stunden skizzieren, ausmessen, drechseln und mehr Red Bull habe ich eine ganz tolle Urne vor mir stehen. Ich muss sie immer wieder anschauen. So eine möchte ich für mich auch. Vielleicht sollte ich das irgendwo vermerken? Ok, hier steht es jetzt blau auf weiß, aber wer weiß, ob irgendjemand den Krempel liest, den ich von mir gebe.

Zurück zu Thomas und Paul. Ich werde nachher mit dem Rad in den Wald fahren und noch etwas Moos für den Deckel sammeln. Das passt bestimmt super zur Rinde. Außerdem muss ich checken, ob ich noch Heißkleber daheim habe. Wenn nicht, kann ich das auf dem Heimweg entweder bei Opa oder im Baumarkt besorgen.

Ich habe bislang noch kein Auge zugemacht und bin wach wie schon lange nicht mehr. Das liegt garantiert nicht nur an der Überdosis Koffein, die gerade durch meine Adern fließt. Ich bin richtig euphorisch und voller Energie. Fühlt sich gut an.

Hunger habe ich noch dazu. Ok. Hier ist der Plan. Zuerst den Eintrag fertigschreiben, frühstücken und dabei irgendeinen einschläfernden Film schauen, um mein Gehirn runterzufahren. Danach: SCHLAFEN! Mindestens bis heute Nachmittag. Dann geht's in den Wald.

Hier noch meine Gedanken zum Schluss:

Vielleicht bringt das neue Jahr einen neuen Anfang und einen Ausweg aus der Dunkelheit. Für Jutta, Thomas und mich… und auch für Hilde.

Kapitel 6
So., 14. Januar 2024

Sie hatten vereinbart, sich vor Thomas' Haus zu treffen und gemeinsam reinzugehen. Doch Hilde war unpünktlich.

»Genug gewartet«, sagte Melina und lief Richtung Tür.

Die Feier war in vollem Gange. Das komplette Haus schien gefüllt mit Menschen. Überall saßen und standen sie. Es wurde gegessen, getrunken und lautstark unterhalten. Sprachen vermischten sich. Deutsch, Rumänisch und eine Mischung aus beidem. Jutta fühlte sich unwohl bei der großen Anzahl an Menschen auf engstem Raum. Solche Situationen mied sie normalerweise. Nach Feiern war ihr ebenfalls nicht zumute. Doch da Thomas Teil ihrer Gruppe war, wollte sie seinen 40. Geburtstag nicht verpassen.

Sie fanden Thomas in der Küche. Er unterhielt sich gerade mit einem Mann. Jutta vermutete seinen Vater. Eine gewisse Ähnlichkeit bestand. Die gleiche Statur, die gleiche Nase. Auch, wenn Thomas' Gesichtsausdruck ernst war, die Verbitterung, die sein Vater zeigte, hatte sich bislang nicht in seine Miene geschlichen. Als Thomas die Frauen erblickte, entledigte er sich mit wenigen Worten der Unterhaltung und ging lächelnd auf sie zu.

»Da sind ja meine Partners in Crime«, begrüßte er beide mit einem Augenzwinkern. »Wo ist Hilde?«

»Sie verspätet sich«, antwortete Jutta.

»Ich möchte euch gerne meine Frau und meine Kinder vorstellen. Ich muss sie nur erst einmal finden. Kommt mit.«

»Hey, lass mich dir erstmal gratulieren«, protestierte Melina und nahm ihn kurzerhand in den Arm.

»Warum fühlt sich das bei dir eher wie eine Drohung an?«, fragte er lachend.

»Keine Ahnung, was du so fühlst«, sagte Melina schulterzuckend.

Nachdem auch Jutta ihre Geburtstagsgrüße ausgesprochen hatte, liefen sie von Raum zu Raum. Währenddessen erzählte Thomas von seiner Frau Elena, die rumänische Wurzeln hatte und von seinen 8-jährigen Zwillingen, Lisa und Marie, und seinem 13-jährigen Sohn Markus.

»Die Familie meiner Frau steht auf große Feste, wie ihr unschwer erkennen könnt«, berichtete er. »Wenn ich die Hälfte der Leute kenne, ist das viel.«

Im Wohnzimmer entdeckte Thomas seine Zwillingsmädchen. Sie waren gerade dabei mit anderen Kindern Verstecken zu spielen und hielten sich nur für ein kurzes »Hallo« auf. Auch Markus war nicht viel mehr als ein »Hallo« zu entlocken, ehe er Richtung erster Stock verschwand.

Thomas' Frau hingegen war redefreudig. Sie begrüßte Melina und Jutta direkt mit einer festen Umarmung, schickte Thomas zum Getränkeholen in den Keller und bugsierte sie ohne ihren Redefluss zu unterbrechen in die Küche. Hier erklärte sie jede der auf der Arbeitsplatte stehenden Speisen und drückte beiden Teller in die Hand.

»Bedient euch!«

»Und Thomas sagt, bei mir würde es sich wie eine Drohung anhören«, kommentierte Melina, als sie vor der riesigen Auswahl an Schüsseln, Tellern und Platten standen und Elena sich bereits anderen Gästen zugewandt hatte.

»Ich hoffe, ihr habt noch nicht ohne mich angefangen«, hörten sie Hilde sagen, die gerade in die Küche gelaufen kam.

»Würden wir nie tun«, sagte Melina und drückte Hilde einen Teller in die Hand.

»Bedien' dich«, sagte sie mindestens so forsch wie Elena es getan hatte.

»Sehe ich so ausgehungert aus?«

»Das nicht«, sagte Jutta. »Aber Thomas' Frau möchte keine hungrigen Gäste sehen.«

Währenddessen kam Thomas mit Getränken aus dem Keller und schlug vor, für ein paar Minuten hinter die Garage auszuweichen.

»Und deine anderen Gäste?«, fragte Hilde erstaunt, nachdem auch sie Thomas gratuliert und ihren Teller mit Leckereien vollgeladen hatte.

»Die meisten sind Verwandtschaft meiner Frau«, erklärte er. »Die stört es nicht, wenn ich fehle.«

Sie setzten sich auf alte Plastikstühle. Thomas verteilte Sitzkissen, Wolldecken und Getränke und holte eine Feuerschale aus der Garage. Während die anderen zu essen begannen, befüllte Thomas die Schale mit Holz und zündete es an. Es war januartypisch kalt. Auch mit Feuer würden sie es nicht lange draußen aushalten.

»Es gibt Geschenke«, rief Hilde, nachdem die Teller leer und die Bäuche voll waren.

Jutta überreichte Thomas ein in rotes Samtpapier gewickeltes Päckchen.

»Eine Geschichte über eine ungewöhnliche Freundschaft«, sagte Jutta, als Thomas ein Buch zutage förderte.

»Klauen die Freunde auch Asche vom Friedhof?«, fragte Melina.

Gerade als Thomas antworten wollte, hörten sie einen lauten Knall. Er stellte seine Flasche zurück auf den Tisch und stand auf.

»Ich schaue am besten mal nach.«

»Eines der Kinder hat mit dem Fußball den Tisch abgeräumt«, sagte Thomas ungerührt, als er mit vier dampfenden Tassen Kaffee und vier Schnapsgläsern zurückkam. »Alles halb so wild.«

Hilde hatte Eierlikör für Thomas gemacht – der Grund für ihre Verspätung.

»Es hat doch länger gedauert, als ich es in Erinnerung hatte.«

»Bevor wir anstoßen, habe ich noch etwas für dich«, sagte Melina verlegen.

Sie rutschte nervös auf ihrem Stuhl herum und wirkte nicht so selbstsicher wie sonst. Sie setzte ihren Rucksack auf den Schoß und holte vorsichtig einen Beutel hervor, den sie zögerlich Thomas überreichte.

»Eigentlich ist es für Paul. Ich hoffe, es gefällt dir.«

Thomas nahm vorsichtig sein Geschenk entgegen, stellte es auf den Tisch, öffnete den Beutel und blickte hinein. An seiner Miene zeichnete sich keine Regung ab.

Schließlich griff Thomas vorsichtig in den Beutel und holte die Urne hervor. Das Moos, das Melina am Vortag gesammelt hatte, glänzte in einem satten Grünton und passte hervorragend zu den hellen Brauntönen des Holzes. Thomas drehte die Urne in seinen Händen und betrachtete sie von allen Seiten.

»Thomas!«, stieß Melina hervor. »Nun sag was!«

»Geduld ist eine Tugend«, sagte er nur mit dem leichten Anflug eines Lächelns.

Melina öffnete den Mund und schloss ihn wieder. Sie verschränkte die Hände vor der Brust und fixierte Thomas, ohne ein Wort zu sagen.

Thomas stellte die Urne vorsichtig auf dem Tisch ab und stand auf.

»Du hast mir eine Urne geschenkt, du Verrückte.«

Thomas signalisierte ihr mit seiner Hand aufzustehen und drückte sie fest an sich.

»Danke – für das ungewöhnlichste Geschenk, das ich jemals erhalten habe.«

Melina wollte sich aus seiner Umarmung lösen, doch er hielt sie weiterhin fest.

»Ich bin noch nicht fertig. Ich glaube, es ist das persönlichste Geschenk, das ich je erhalten habe. Danke.«

Melina boxte ihn freundschaftlich in die Seite.

»Gern geschehen.«

Nun meldeten sich auch Jutta und Hilde zu Wort und drückten ihre Begeisterung für diese einzigartige Urne aus. Vor allem als sie erfuhren, dass Melina sie nicht gekauft, sondern selbst hergestellt hatte. Die nächsten Minuten berichtete sie der Gruppe im Detail über die Idee, Planung und Herstellung, wie lange es gedauert hatte, welche Hilfsmittel und Materialien sie verwendet hatte, wo das Moos und das Holz hergekommen waren und ob sie das schon öfter getan hatte.

»Du könntest diese Urnen verkaufen«, schlug Hilde vor. »Ich kenne genug Leute, denen ein solches Unikat gefallen würde. Ich bin ja sozusagen die Zielgruppe.«

»Hilde, red' keinen Quatsch«, sagte Jutta lächelnd.

»Was denn? Stimmt doch, oder?«, gab Hilde zurück.

»DIY-Urnen«, sagte Melina mehr zu sich als an die anderen gewandt.

»Ich habe keine Ahnung, was du damit meinst«, sagte Hilde während Thomas anmerkte: »Hey, das könnte funktionieren.«

Und schon entbrannte eine rege Diskussion darüber, ob das Geschäftsmodell »Baue deine eigene Urne« funktionieren könnte. Melina und Thomas tippten auf ihren Handys herum, um herauszufinden, ob es so etwas schon gab – gab es, aber noch nicht in dieser Form. Melina notierte sich flink alle Ideen, die Hilde, Jutta und Thomas einwarfen. Darunter waren, die Urne zu töpfern und anschließend zu bemalen, einen Workshop im Urnen-Drechseln anzubieten oder eine Urne mit Blumenschmuck zu personalisieren.

»Das könnte ich vielleicht sogar mit meinen Flower-Hoops verbinden«, spann Melina die Idee weiter. »Ich muss mich natürlich erst einmal einlesen. Da gibt es bestimmt Richtlinien und Vorgaben in Bezug auf Größe, Material und Co. Aber die Idee ist gut. Richtig gut. Richtig, richtig gut.«

Melina hüpfte aufgeregt hin und her, während im Sekundentakt weitere Vorschläge gemacht wurden und sie diese in ihrem Handy festhielt.

»Du könntest dir überlegen, eine handwerkliche Lehre zu machen«, schlug Jutta vor. »Um eine solide Grundlage zu schaffen.«

Melina unterbrach ihre Hüpfbewegungen und zeigte den Ansatz eines Augenrollens, bevor sie mit einem knappen »Vielleicht« auf Juttas Vorschlag reagierte.

»Das war aber sehr zurückhaltend«, kommentierte Hilde.

Melina ließ sich auf ihren Stuhl plumpsen.

»Ich denke darüber nach.«

»Ich habe mir etwas überlegt«, begann Jutta, nachdem sie mit Eierlikör auf Thomas und sein außergewöhnliches Geschenk angestoßen hatten.

Mit von der Kälte steifen Fingern öffnete sie den Verschluss ihrer Halskette und ließ sie in ihre Hand gleiten. Der goldene Ring war schmal und enthielt weder Stein noch Verzierung. Günthers Ehering.

»Wir hatten damals nicht viel Geld. Daher sind unsere Ringe sehr schlicht ausgefallen.«

Sie löste ihren vom Finger und legte ihn neben den von Günther in ihrer flachen Hand ab. Bis auf die Größe waren beide identisch.

»Ich hätte gerne ein Symbol für Günther und mich. Für unsere gemeinsamen Jahre. Für unsere Ehe.«

Sie musste kurz innehalten, um sich ein Taschentuch aus ihrer Handtasche zu holen und sich die Tränen von der Wange zu wischen. Hilde legte ihr sanft die Hand auf die Schulter.

»Da die Ringe sehr schmal sind, würde ich sie gerne zu einem verbinden lassen. Sein Ring müsste verkleinert werden.«

Mehr brachte sie nicht hervor. Sie hob die Hand und wandte sich ab. Sie brauchte einen Moment, um sich zu sammeln.

»Ich finde das eine sehr schöne Idee«, sagte Hilde sanft. »Das sollte doch möglich sein, oder nicht?«

»Darf ich mal sehen?«, fragte Melina und deutete auf die Ringe, die Jutta in der Hand hielt.

Sie nickte und überreichte ihr die Ringe. Gemeinsam schauten sie sich die Ringe genauer an, während Jutta dankbar für den Moment ohne Aufmerksamkeit war.

»Ich bin zwar kein Goldschmied, aber ich denke, dass das kein Problem sein sollte«, sagte Thomas schließlich.

Hilde und Melina nickten zustimmend.

»Wie es scheint, hast du nun auch etwas für dich gefunden, Jutta«, sagte Hilde lächelnd.

Tagebucheintrag
So., 14. Januar 2024

»I can't turn my head off«

Es ist 23 Uhr. Ich liege im Bett und kann nicht schlafen. Wobei ich todmüde sein müsste… und schlafen sollte. Morgen habe ich Frühschicht in der Tankstelle. Diesen Job versaue ich mir nicht.

Die letzten Tage waren unglaublich aufregend und ich habe wieder die alte Energie von früher gespürt. Wie gerne würde ich jetzt berichten, wie gut mir Thomas' Geburtstagsfeier getan hat, wie sehr mich seine Freude über mein Geschenk berührt hat, wie wunderbar ich Juttas Idee mit den Ringen finde. Doch alle diese Erlebnisse hätte ich noch vor fünf Monaten mit Leo geteilt. Wie oft habe ich schon gedacht: »Das muss ich Leo erzählen!«, nur um kurz darauf festzustellen, dass ich es nicht mehr erzählen kann.

Es ist schon komisch. Der Tod ist die normalste Sache der Welt.

Warum trauern wir? Weil wir egoistisch sind und unser Leben ohne diesen Menschen einfach nicht mehr so schön, entspannt und praktisch ist? Weil der Tod unseren Lebensplan durchkreuzt hat und wir nun vor den Trümmern unseres Lebens stehen?

Oder weil es uns wirklich leidtut, dass dieser Mensch gehen musste?

Wenn wir grundsätzlich der Meinung sind, dass nach dem Tod etwas Gutes – oder zumindest Neutrales – kommt, warum sollte es uns leidtun, dass der Mensch tot ist? Sollten wir nicht eine Party schmeißen? Yeah! Er ist früher am Ziel angekommen als wir. Keine Sorgen, keine Schmerzen, kein Leid. Das ist doch toll, oder?

Warum sitze ich dann hier und heule? Purer Egoismus? Vermutlich. Auch, wenn ich es ungern zugebe.

Leo, ich versuche mir immer vorzustellen, wie du das Leben nach dem Tod genießt. Die Freiheit, ohne Körper zu sein. Ohne Grenzen. Ohne Limit. Ohne Zeit und Raum. Wie du zu mir heruntersiehst und sagst:

»Genieß das Leben, Meli. Trauere nicht um mich. Nach dem Tod beginnt erst der Spaß.«

Ich möchte es wirklich. Das Leben wieder genießen. Nach außen hin scheint es auch zu funktionieren. Das Leben geht weiter. Ich lächle wieder, habe Spaß, bin wieder ein funktionierender Teil der Gesellschaft. Doch Momente wie diese sind es, die mich wieder zurückwerfen.

Was sind schon fünf Monate? Nichts gegen die Zeit, die wir zusammen verbracht haben. Was sind fünf Monate gegen ein ganzes Leben, das ich nun ohne dich verbringen muss?

Vielleicht sollte ich aufstehen und rausgehen. Mich schminken, umziehen, tanzen gehen, mich betrinken. Vielleicht habe ich Glück und ich werde auf dem Weg dahin überfahren. Zur richtigen Zeit am richtigen Ort.

Ich scrolle durch mein Handy. Matteo hat eine Story auf Insta gepostet. Er ist in einer Art Bar – vielleicht auch ein Club (sonntags?). Mia, Eric und seine Schwester scheinen auch dabei zu sein. Ich checke die Location. Mit dem Rad sind es nur 20 Minuten. Ich schreibe Mia, ob sie noch da sind und warte. Besser als daheim zu sein und Gedanken nachzuhängen, die mir nicht guttun.

Ich denke darüber nach, was ich anziehen könnte.

Mein Handy piept. Hier ist der Deal: Wenn sie noch da sind, gehe ich hin, wenn nicht bleibe ich daheim….

Sie sind noch da.

Was solls? Ich kann morgen auch mit wenig Schlaf arbeiten.

Also Meli, aufstehen, umziehen und los. Ja, Spaß!

»Snappin' 1, 2, where are you?«

Kapitel 7
Sa., 27. Januar 2024

»Das ist ein schöner Ring.«

Jutta hatte nicht bemerkt, dass sich jemand neben sie gesetzt hatte. Vor wenigen Minuten hatte sie den Ring beim Goldschmied abgeholt. Im Geschäft hatte sie nicht die Muße gehabt, ihn in Ruhe zu betrachten. Also hatte sie die nächste Parkbank angesteuert. Das Holz der Bank war kalt und auch sonst lud das Wetter nicht zum Verweilen ein. Sie hatte den Ring gerade aus der Schatulle genommen und ihn langsam zwischen ihren Fingern gedreht, als sie angesprochen wurde.

»Danke«, sagte sie höflich. »Genau genommen sind es zwei Ringe. Mein Ehering und der meines verstorbenen Mannes.«

»Eine wundervolle Idee«, sagte die Frau und rückte noch ein Stückchen näher heran, um Juttas neuen Ring genauer zu betrachten.

Er war genauso geworden, wie Jutta ihn sich vorgestellt hatte. Der Goldschmied hatte ganze Arbeit geleistet. Sogar die Gravur war fast vollständig erhalten geblieben.

»Ich bin auch Witwe. Schon seit fast 30 Jahren.«

»Das tut mir leid.«

»Das muss es nicht. Es ist lange her.«

Wie sich im Verlauf des Gesprächs herausstellte, war Lieselotte 83 Jahre alt und lebte seit dem Tod ihres Mannes allein in der nahe gelegenen Seniorenresidenz. Sie war nicht mehr gut zu Fuß und brauchte ihren Rollator zur Fortbewegung.

»Was halten Sie davon, wenn wir unser Gespräch in einem Café fortsetzen?«, schlug Jutta vor. »Ich kenne eines ganz in der Nähe.«

Lieselotte nahm sichtlich erfreut das Angebot an.

Zwei Stunden später kannte Jutta Lieselottes Lebensgeschichte und auch sie hatte einige Details aus ihrem Privatleben preisgegeben.

Bevor sie sich voneinander verabschiedeten, speicherte Jutta Lieselottes Telefonnummer und sie vereinbarten direkt ein zweites Treffen in diesem Café.

Als Jutta Richtung Auto lief, war sie erstaunt über sich selbst. Normalerweise war sie nicht der Typ Mensch, der mit einer fremden Person spontan in ein Café ging und über sehr persönliche Dinge redete. Oder war sie einmal genau dieser Typ Mensch gewesen? Hatte sie im Laufe der Zeit ihre Spontanität und Leichtigkeit verloren? Vielleicht war sie früher einfach nicht auf neue Bekanntschaften angewiesen gewesen. Sie hatte Günther, die Kinder und ihren gewohnten Freundeskreis. Es hatte keinen Platz für neue Menschen in ihrem Leben gegeben und auch keine Notwendigkeit. Vielleicht hätte sie nur einen kurzen Plausch mit Lieselotte gehalten und sich anschließend höflich verabschiedet. Sie hätte sich vermutlich gar nicht erst auf eine Bank gesetzt. Wozu auch? Sie hätte sich entweder mit Freunden oder Günther getroffen oder wäre mit den Kindern beschäftigt gewesen. Saßen nur einsame Menschen allein auf Parkbänken?

Was auch immer die frühere Jutta getan oder gelassen hätte, die Jutta der Gegenwart war jedenfalls froh, sich auf das Gespräch eingelassen zu haben. Genauso, wie sie froh war, ihre neuen Freunde aus dem Trauercafé kennengelernt zu haben. Heute stand ihr monatliches Treffen auf dem Programm. Dieses Mal bei Hilde.

Während der Autofahrt dachte Jutta darüber nach, wie viel sich in den letzten Monaten seit Günthers Tod gefügt hatte. Noch vor einem Jahr hatte sie keinen außer Günther und ihren Söhnen gehabt, hatte jegliche Versuche von Margot und anderen abgewehrt, die Treffen angeboten hatten. Nun hatte sie Thomas, Hilde und Melina. Ebenso wie Margot, die seit Neujahr wieder ein fester Bestandteil in ihrem Leben war. Jutta freute sich auf die wöchentlich stattfindenden Treffen mit ihrer ehemals engsten Freundin. Nun die zufällige Begegnung mit Lieselotte und das sofortige Gefühl, einen besonderen Menschen kennengelernt zu haben.

»Ein anderes Leben«, sagte sie laut, während die Ampel auf Grün umschaltete und sie Gas gab.

»Ich möchte gar nicht daran denken, dass einer meiner Söhne stirbt. Aber eines kann ich dir sagen: Wenn sein bester Freund irgendwann vorbeikäme und um Entschuldigung bäte, würde ich ihn nicht abweisen«, sagte Jutta sanft.

Thomas nickte.

Die letzten Minuten hatte Thomas berichtet, dass Pauls Todestag bevorstand und zwei Tage vorher Pauls Mutter Geburtstag hatte.

»Ich hätte so gerne wieder Kontakt zu ihnen«, sagte er.

Seit Pauls Tod hatte er keinen Kontakt mehr zu dessen Eltern. Dies sollte sich nun ändern. Er wollte entweder den Geburtstag oder den Todestag zum Anlass nehmen.

»Ich würde eher den Geburtstag wählen«, schlug Jutta vor. »Es ist ein weniger trauriger Anlass. Du könntest einen schönen Blumenstrauß kaufen und ihn Pauls Mutter mitbringen.«

»Was?«, fragte Melina. »Hast du eine Ahnung, was für eine Ökobilanz Schnittblumen haben? Da kannst du gleich alle

Wasserhähne in deinem Haus aufdrehen und den ganzen Tag laufen lassen. Das hat den gleichen Effekt.«

»Sag mir nicht, dass du eine von denen bist, die sich irgendwo festkleben, um fürs Klima zu protestieren«, sagte Thomas.

»Dann sag du mir nicht, dass du einer von denen bist, der auf die Tricks der Kapitalisten und Politiker reingefallen ist, schön brav jeden Tag arbeitet, damit er Sachen anhäufen kann, um seine innere Leere zu füllen.«

»Da krieg ich echt zu viel. Selbst nichts arbeiten wollen, schön auf Kosten von Vater Staat leben und mit schlauen Sprüchen daherkommen.«

»Hallo? Ich arbeite!«

»Und lebst noch bei Mami und Papi!«

»Bald nicht mehr!«

»Schluss ihr zwei«, ergriff Hilde das Wort.

Melina und Thomas schauten Hilde verblüfft an.

»Blumenstrauß hin oder her. Ihr könnt euch nachher gerne die Köpfe einschlagen. Jetzt wird zuerst überlegt, wie wir Thomas am besten helfen können.«

»Auf möglichst umweltfreundliche Weise«, ergänzte Melina.

»Und schon wieder muss sie das letzte Wort haben«, sagte Thomas.

»Immer!«

»Gut. Dann kein Blumenstrauß«, sagte Jutta. »Andere Vorschläge?«

Für einen kurzen Moment herrschte Schweigen.

»Oder machen wir es anders«, schlug Jutta vor. »Thomas, magst du uns vielleicht erzählen, was zwischen dir und Pauls Eltern vorgefallen ist?«

»Au ja«, sagte Melina. »Ok. Das klang etwas zu euphorisch.«

Thomas schaute erst Jutta an und anschließend in die Runde. Bislang hatte er lediglich Andeutungen gemacht, doch war nie ins Detail gegangen.

»Wollt ihr die lange oder kurze Version?«

»Was für eine Frage«, sagte Hilde. »Natürlich die lange.«

Jutta und Melina nickten zustimmend.

»Ok, aber ihr dürft mich nicht unterbrechen«, sagte er und blickte hierbei Melina direkt an.

»Warum schaust du mich so an? Nun fang schon an mit der Geschichte.«

Thomas quittierte Melinas Kommentar mit einem Kopfschütteln und dem Anflug eines Lächelns, ging aber nicht weiter darauf ein. Stattdessen begann er zu erzählen.

»Paul ist nur zwei Monate älter als ich. Unsere Eltern waren Nachbarn und Freunde. Wir kannten uns schon unser ganzes Leben lang. Da meine Eltern viel gearbeitet haben, war ich sehr oft bei Paul. Inga und Edwin sind wie zweite Eltern für mich. Sie haben mich mit in den Urlaub genommen, ich habe bei ihnen geschlafen, als meine Eltern Nachtschicht arbeiteten und sie haben mich zusammen mit Paul vom Kindergarten abgeholt. Alles in allem habe ich vermutlich mehr Zeit in meiner Kindheit mit ihnen verbracht als mit meiner Familie. Ich hatte auch ein besseres Verhältnis zu ihnen. Paul war wie ein Bruder für mich. Das änderte sich auch nicht, als wir umgezogen sind und ich die Schule wechselte. Wir sahen uns trotzdem jeden Tag. Mit 16 begann ich meine Ausbildung und Paul besuchte weiterhin das Gymnasium. Doch der Kontakt blieb bestehen. Wir hatten nach wie vor denselben Freundeskreis und dieselben Hobbys. Jedes freie Wochenende und die Ferien nutzten wir, um mit unseren Mopeds eine Tour zu machen. Paul kam immer auf verrückte Ideen. Einmal fuhren wir drei Wochen mit unseren Mopeds durch Deutschland, übernachteten in irgendwelchen Scheunen und lebten einfach so in den Tag hinein. Paul war der Abenteurer und ich der Stubenhocker. Doch er zog mich immer mit. Unseren 18. Geburtstag feierten wir zusammen. Dort beschlossen wir, nach Pauls Abi für ein paar Monate in der Antarktis zu leben. Wir hatten kurz davor eine Dokumentation über Port Lockroy gesehen und erfahren, dass man dort eine Saison lang das Postamt betreuen und Pinguine zählen kann. Wir liebten den Schnee und das Eis und natürlich Pinguine. Die Antarktis fühlte sich an wie das größte Abenteuer unseres Lebens. Irgendwann fanden wir heraus, dass man sich nur als Brite für den Job bewerben konnte. Das sollte uns aber nicht von unserem Traum abhalten. Wir beschlossen, auf einem der Kreuzfahrtschiffe anzuheuern, sobald wir unsere Abschlüsse hatten.

Das erste Mal mussten wir unseren Plan verschieben, weil wir zur Bundeswehr eingezogen wurden. Danach waren wir fest entschlossen, auf große Reise zu gehen. Doch irgendwas kam immer dazwischen. Paul hatte plötzlich »die große Liebe« gefunden und wollte nicht fahren. Zwei Jahre später war er wieder Single, aber ich hatte meinen Traumjob gefunden und wollte nicht gleich schon wieder kündigen.

Ich weiß noch wie heute, dass wir beschlossen, mit 25 in unser Abenteuer zu starten. Wir saßen in unserer Dorfkneipe, tranken Bier und schmiedeten Pläne, als plötzlich Freunde von uns auftauchten, mit Elena und ihrer Schwester Sofia im Schlepptau. Ich kannte sie zu dem Zeitpunkt nicht, aber in dem Moment, in dem ich Elena sah, wusste ich: »Sie ist es.« Sie wohnte in Rumänien und war zu Besuch bei ihrem Onkel. Ihr Deutsch war miserabel und wir unterhielten uns den ganzen Abend mit Händen und Füßen, während Paul die Gruppe bespaßte, damit wir mehr Zeit für uns hatten.

Elena war zehn Jahre älter als ich, geschieden und hatte schon einen 12-jährigen Sohn. Ich war gerade mal 24 und gefühlt noch ein Kind. Doch bei Elena war ich mir sicher. Als sie ein paar Tage später abreiste, blieben wir in Kontakt. Wir schrieben uns SMS und E-Mails und telefonierten, wann immer es ging. Paul war derjenige, der mich nach zwei Monaten überzeugte, nach Rumänien zu fahren, um ihr zu beweisen, wie ernst es mir war.

Drei Monate und viele Hürden später hatten wir es geschafft. Wir zogen zusammen mit Adrian – ihrem Sohn – in eine kleine Zwei-Zimmer-Wohnung und konnten unser Glück nicht fassen. Wir hatten alle Bedenken unserer Familien und Freunde ignoriert. Paul war der Einzige, der von Anfang an zu uns stand. Ohne ihn hätte ich Elena bei unserem ersten Treffen nicht angesprochen und ohne ihn hätte ich mich auch nicht getraut, nach Rumänien zu fahren. Ich übertreibe also nicht, wenn ich sage, dass ich ihm alles zu verdanken habe.

Als ich 25 war, heirateten wir und ein Jahr später kam Markus zur Welt. Paul war natürlich Trauzeuge und Taufpate. Das Leben entwickelte sich und unser Antarktis Projekt war in Vergessenheit geraten. Paul beendete sein Studium als Meeresbiologe und bereiste die Welt. Nur die Antarktis nicht.

Vor zehn Jahren, an unserem 30. Geburtstag kam das Thema wieder hoch. Ich war nun Vater und konnte mir beim besten Willen nicht vorstellen, meine Familie für mehrere Monate allein zu lassen. Doch der große Traum, den wir schon so lange träumten, stand immer noch im Raum. Ich dachte immer, es sei noch genug Zeit. Ich schlug Paul vor, dass wir die Reise machen könnten, wenn Markus »aus dem Gröbsten raus« war. Was waren schon zehn Jahre, wenn man noch 50 zu leben hatte?

Paul sah das anders. Er kam mit einer Lungenkrankheit auf die Welt. Primäre Ciliäre Dyskinesie, kurz PCD. Als Kind wurde er von Arzt zu Arzt geschleppt, bis die Diagnose feststand. Es gibt keine richtige Behandlung bei dieser Erkrankung, aber Paul konnte gut damit leben. Er hatte eine eingeschränkte Lungenkapazität und litt häufig unter Infekten, Husten und Bronchitis. Ich glaube, deshalb sah er das Leben etwas anders als ich. Ihm war diese Reise so unglaublich wichtig. Also einigten wir uns darauf, mit 35 die Reise zu machen. Vielleicht keine sechs Monate, sondern nur drei. Ich hatte mit Elena zuvor gesprochen. Sie war natürlich nicht begeistert, willigte aber ein. Markus wäre dann 9 Jahre und in der 3. Klasse. Adrian wäre 23 und alt genug, um auf eigenen Beinen zu stehen.

Zwei Jahre später wurde Elena schwanger. Sie war 42. Wir hatten schon einige Jahre vorher aufgehört zu verhüten, da wir uns noch ein drittes Kind wünschten. Da dies aber nicht klappte, gaben wir auf. Ich weiß noch wie heute, wie geschockt ich war, als Elena mir den positiven Schwangerschaftstest zeigte. Ich dachte natürlich nicht sofort an die Reise, das kam erst später. Doch das Thema Familienplanung hatten wir mit Elenas 40. Geburtstag für beendet erklärt und zu den Akten gelegt. Elena war ebenso geschockt. Als dann auch noch die Nachricht kam, dass sie Zwillinge erwartete, mussten wir erstmal schlucken. Natürlich überwog irgendwann die Freude, vor allem da sich beide Mädchen im Mutterleib normal entwickelten. Paul freute sich mit uns. Doch gleichzeitig begann damit der schleichende Prozess der Entfremdung. Wir hatten mittlerweile unterschiedliche Freundeskreise. Meine Frau und ich waren meist mit Paaren und deren Kindern unterwegs, während Paul durch die Welt reiste, forschte und eher kurze Beziehungen führte. Er wollte nicht sesshaft werden, hatte kein Interesse an Kindern und auch nicht an langfristigen Beziehungen. Er war glücklich mit seinem Leben. Mit den Abenteuern, die er erlebte. Ich fühlte mich immer wie in einem Indiana-Jones-Film, wenn

Paul von seinen Reisen zurückkam, uns Fotos zeigte und Geschichten erzählte. Wir waren immer schon verschieden gewesen, doch mit dem Alter wurden diese Unterschiede immer deutlicher. Paul war mein bester Freund und ich wollte unsere Verbindung von damals zurück. Ich muss etwa 35 gewesen sein, als ich mit Elena wieder über die Reise sprach. Wir einigten uns auf 2021. Die Mädchen kämen in dem Jahr in die Schule und Markus wäre 12 und sicherlich schon sehr eigenständig. Paul freute sich riesig über meinen Vorschlag. Die alte Verbindung zwischen uns war wieder da und wir überlegten, welche Optionen es gab.

Tja, und dann kam Corona. Was soll ich euch sagen, ihr habt es schließlich selbst miterlebt. 2020 war eine Katastrophe. 2021 wurde es besser, aber für Paul waren es nach wie vor zu viele Einschränkungen. Er fühlte sich wie ein Tiger im Käfig. Er durfte kaum noch reisen und wenn, dann nur unter strengen Auflagen. Das machte ihm zu schaffen. Ende 2021 erkrankte er an Corona. Er war zwar geimpft, aber seine sowieso schon schwache Lunge hatte Schaden genommen. Trotzdem wolle er diese Reise unbedingt 2022 machen. Und was machte ich? Zwei Monate vorher bekam ich kalte Füße. Ich hatte Angst, meine Familie so lange allein zu lassen. Ich war kein Abenteurer wie Paul. Die Reise, die sich so faszinierend und aufregend angehört hatte, flößte mir auf einmal Angst ein. Dazu noch Corona. In meiner Firma herrschte Kurzarbeit und Elenas Teilzeitstelle war reduziert worden. Alles war teurer geworden. Lange Rede, kurzer Sinn: Ich bat ihn um einen Aufschub. Er lehnte ab. Also sagte ich die Reise ab. Paul war enttäuscht. Er reiste trotzdem. Allein. Drei Monate war er dort, als er sich einen Infekt einfing. Bis sie ihn zurück nach Argentinien gebracht hatten, war es schon zu spät. Er starb einen Tag später im Krankenhaus an Lungenversagen.«

Thomas stand von der Couch auf und lief ein paar Schritte durch den Raum.

»Inga und Edwin gaben mir die Schuld an Pauls Tod. Sie schrien mich an und sagten genau das, was mir auch mein Kopf sagte: »Wenn du mitgefahren wärst, hättest du ihn retten können.« Ich kannte Paul. Ich wusste immer, wie es ihm ging. Auch als wir Kinder waren, habe ich aufgepasst, dass er sich nicht übernahm und ihn rechtzeitig zu seinen Eltern zurückgebracht.

Vermutlich hatte er einfach zu lange nichts gesagt. Wäre ich dabei gewesen, hätte ich ihn auf das nächste Schiff gezwungen oder einen Hubschrauber angefordert.

Seit der Beerdigung habe ich Inga und Edwin nicht mehr gesehen. Ich habe oft darüber nachgedacht, sie zu kontaktieren, aber ich schäme mich dafür, Paul im Stich gelassen zu haben. Ich habe nicht nur meinen besten Freund verloren, sondern auch die Menschen, die für mich wie Eltern waren.«

Thomas drehte sich wieder zu den Frauen um und ließ sich auf das Sofa sinken.

»Irgendwelche aufmunternden Worte?«, fragte er in die Runde. »Melina?«

»Das war der längste Monolog, den ich je von dir gehört habe. Das muss ich erstmal verarbeiten.«

Thomas musste schmunzeln.

»Ein bisschen mehr Mitleid hätte ich schon erwartet«, sagte er.

»Mitleid ist nicht das, was du brauchst, glaub mir«, sagte Melina. »Ich bade schon seit Leos Tod darin und es hat mich kein Stück weitergebracht.«

»Melina hat recht«, sagte Jutta. »Du brauchst kein Mitleid, aber du hast unser Mitgefühl.«

»Es wird Zeit, nach vorne zu schauen«, sagte Hilde.

»Was uns wieder zu dem Punkt bringt, dass wir noch keinen Plan für Thomas, Inga und Edwin haben«, sagte Jutta.

»Guter Hinweis«, sagte Hilde.

»Thomas, ganz ehrlich«, begann Jutta. »Ich verstehe die beiden nicht. Paul ist jahrelang allein durch die Welt gereist. Da hätte zu jeder Zeit etwas passieren können. Ich weiß, die Antarktis war euer gemeinsamer Traum. Dennoch finde ich nicht, dass das ihr Verhalten rechtfertigt.«

»Vielleicht gibt es keine Rechtfertigung, wenn man sein Kind verliert«, sagte Hilde. »Man reagiert, wie man reagiert.«

»Wissen sie überhaupt, was sie dir damit antun?«, fragte Jutta.

Thomas zuckte mit den Schultern.

»Vermutlich sind sie zu sehr mit sich und ihrer Trauer beschäftigt, um an mich zu denken.«

»Das mag schon sein. Vielleicht sind sie aber auch genauso gehemmt wie du«, sagte Jutta.

»Es gibt nur eine Möglichkeit das herauszufinden«, sagte Hilde. »Lass den Plan Plan sein, geh zu ihnen und schau, was passiert.«

»Vielleicht mache ich das sogar«, sagte Thomas.

»Wirklich schön hast du es hier«, stellte Jutta fest.

Hilde hatte ihre Gäste zuvor durch ihre Wohnung geführt und ihnen ein paar ihrer Nachbarn vorgestellt.

»Wäre das nicht auch etwas für dich?«, fragte Hilde.

»Für mich?«, fragte Jutta erstaunt. »Nein, erstmal nicht. Ich möchte vorerst noch im Haus bleiben. Zu viele Erinnerungen.«

»Verstehe«, sagte Hilde. »Lass es mich wissen, falls du deine Meinung änderst.«

Ich denke gerade an dieses Gedicht von Ingeborg Bachmann (»Ich möchte dich umschlingen« oder so ähnlich), das wir mal in der Schule durchgenommen haben. Für mich war das die wahre Liebe. Doch ich glaube, dass ich erst jetzt richtig verstehe, was es bedeutet.

Leo, ich war bislang nur einmal am Grab. An deiner Beerdigung. Noch ein Punkt auf der Liste deiner Eltern mich zu hassen. Zuerst habe ich dich aus deinem Elternhaus in eine Mietwohnung gezerrt, dann auf deine Kosten gelebt, dich auf eine Party geschleift, dir Alkohol eingeflößt, dich allein nach Hause fahren lassen, dich allein sterben lassen und nun nicht mal dein Grab besuchen. Was für eine Bitch.

Das Thema hatte ich die letzte Zeit verdrängt, doch seit unserem heutigen Treffen bei Hilde ist es wieder da. Leos Eltern, die mich hassen. Ich kann nicht wie Thomas versuchen, mich mit ihnen auszusöhnen. Dafür geben sie mir zu sehr die Schuld. Kann ich verstehen. Ich gebe mir auch selbst die Schuld daran. Dass ich nicht auf den Friedhof gehe, ist ein weiterer Beweis für sie, dass mir Leo nicht wichtig genug war. Nicht wichtig genug, um sie an der Feier nach Hause zu begleiten. Nicht wichtig genug, um sie nach ihrem Tod zu besuchen und Kerzen, Blumen und Scheiß auf das Grab zu legen. Denn nur so kann man zeigen, dass man den Menschen vermisst, den man jahrelang geliebt hat.

Warum sollte ich auf den Friedhof gehen? Da liegt nur die Hülle, der Rest ist gegangen. An einen Ort, an dem ich jetzt gerne wäre, aber nicht den Mut habe, den Schritt zu gehen. Es wäre nur ein kleiner Schritt – vom Hochhaus, von einer Brücke, auf eine Bahnschiene. Nur ein Schritt trennt mich von Leo und dennoch kann ich es nicht. Tja, scheiß Biologie. Die Natur ist noch nicht bereit, mich gehen zu lassen.

Was würde auch aus der Menschheit werden, wenn sich jeder nach dem Tod eines geliebten Menschen umbringen würde? Das Ende der Menschheit. Kein schlechter Gedanke. Die Welt wäre ohne uns sowieso besser dran.

Sagt man nicht, dass man an seinem tiefsten Punkt am kreativsten ist? Ich glaube, dass es stimmt. Man braucht ein gebrochenes Herz, den Schmerz des Verlustes, um wahre Größe zu erschaffen. Wenn ich könnte, würde ich jetzt Gedichte schreiben. Über den Tod, Verlust, den Sinn des Lebens, die Liebe, Leid. Meine Kreativität endet beim Tagebuchschreiben. Zumindest was mein Schreibtalent angeht.

Doch meine Hände sind in letzter Zeit kreativ gewesen. Ich habe weitere Urnen erstellt und mich direkt nach Thomas' Geburtstagsfeier für einen Töpferkurs angemeldet. Ich muss neidlos anerkennen: Ich habe Talent.

Es ist schon komisch. Ich schwanke ständig zwischen – ich will sterben, lasst mich alle in Ruhe UND mein Kopf ist voller Ideen und meine Hände möchten endlich loslegen und etwas erschaffen. Ob das jetzt immer so weitergeht? Das Traurigsein und die Freude. Mal überwiegt das eine, mal das andere.

»You cut out a piece of me, and now I bleed internally«

Ich bin froh, dass ich die anderen habe. Sie verstehen mich. Thomas hat sich heute geöffnet und uns seine Geschichte erzählt. Für eine Zusammenfassung bin ich zu faul, nur so viel: Er trägt die gleichen Schuldgefühle mit sich herum wie ich. Er hat Paul im Stich gelassen und ich Leo. Wir können es nicht mehr ändern, aber wie können wir lernen damit zu leben? Die große Frage! Ich werde berichten, sobald ich eine Antwort darauf gefunden habe.

Jutta hat übrigens ihren und Günthers Ring zu einem Ring verbinden lassen. Ganz stolz hat sie uns das Ergebnis heute präsentiert. Eine schöne Idee!

In ein paar Tagen ziehe ich aus. Nach nur einem Monat bei meinen Eltern. Ich habe tatsächlich ein Zimmer gefunden. Ich korrigiere.

Meine Eltern haben es für mich gefunden. Ich glaube, wir haben alle gespürt, dass es mit uns dreien in einem Haus nicht gut geht.

Papas Arbeitskollege, Max, hat ein Zimmer in seiner Wohnung, das er untervermietet. Wie es der Zufall will, wird das Zimmer am 1. Februar frei. Zu einem Spottpreis (vermutlich der Die-Tochter-des-Kollegen-Effekt).

Ich gebe zu, mir ist es nicht recht, dass meine Eltern hierin involviert sind. Sie haben mir allerdings hundertmal versichert, dass es absoluter Zufall war und sie nicht aktiv für mich nach etwas gesucht haben. Ich versuche es zu glauben.

Ich hatte alles schon allein geregelt. Hatte eine Wohnung gefunden. Günstig, klein und … hässlich. Damit hätte ich leben können. Hauptsache bezahlbar und weg von meinen Eltern.

Es hat mich sehr viel Überwindung gekostet, mir das Zimmer anzuschauen. Aber ich habe meinen Stolz runtergeschluckt. Ich kann nicht ewig so unselbstständig bleiben. Mit Leo an meiner Seite wäre es vielleicht gegangen. Aber allein geht das nicht. Ich bin 22 und muss nun endlich anfangen, mein Leben in die Hand zu nehmen.

Das Zimmer ist schön. Ich habe einen eigenen, kleinen Balkon. Ich stelle mir schon vor, wie ich dort sitze und schreibe. Außerdem darf ich Max' Garage für meinen Kram nutzen. Das ist ein Riesen-Pluspunkt. Ab 1. Februar wird es also eine WG. Es scheint noch einen dritten Mitbewohner zu geben. Ich glaube, er heißt Sascha. Ich bin wirklich schlecht mit Namen. Er ist nur alle paar Wochen für ein paar Tage da. Daher zählt er nicht als richtiger Mitbewohner. Ich bin gespannt. Max macht einen netten Eindruck. Was mir nicht gefällt: die Art, wie er mich ansieht. So voller Mitleid. Zum Kotzen. Vermutlich konnte mein Vater seinen Mund nicht halten.

Ich hasse das.

Meli, abwarten.

Kapitel 8
Sa., 24. Februar 2024

»Erzähl«, forderte Hilde Thomas auf. Zusammen mit Melina hatten sie es sich auf der Couch bequem gemacht. Jutta war dabei, die Getränke zu verteilen, ehe sie sich ebenfalls setzte. Das Trauercafé besuchten sie seit diesem Jahr nicht mehr. Stattdessen trafen sie sich jeden letzten Samstag im Monat privat. Dieses Mal bei Jutta.

»Wie ist es gelaufen?«, hakte Hilde nach.

Thomas grinste in die Runde.

»Ich war an Ingas Geburtstag da und habe ihr Blumen mitgebracht.«

Dabei blickte er provokant in Melinas Richtung. Diese verdrehte die Augen und verschränkte die Arme vor der Brust, allerdings ohne etwas zu sagen.

»Extra für dich, Melina, habe ich keinen Blumenstrauß für Inga gekauft, sondern Blumen im Topf«, sagte er augenzwinkernd.

»Du Arsch.« Ein Schmunzeln konnte sie sich nicht verkneifen. »Spuck es schon aus. Wir sind alle gespannt.«

»Ok. Ok. Die gute Nachricht oder erst die schlechten Nachrichten?«

»Es gibt mehr als eine schlechte Nachricht?«, fragte Jutta.

»Die schlechten Nachrichten zuerst«, forderte Hilde.

»Ok. Elena ist stinksauer«, sagte er und schwieg.

»Nun red schon weiter«, sagte Melina.

»Das war die erste schlechte Nachricht. Die zweite ist: Wir müssen nochmal zum Friedhof und Pauls Urne ausgraben.«

»WAS???«, sagten alle gleichzeitig.

Thomas amüsierte sich prächtig. Er nahm einen Schluck aus seinem Glas und begann zu berichten.

Inga und Edwin hatten ihn mit offenen Armen empfangen. Sie fühlten sich schuldig, wie sie Thomas behandelt hatten. Doch der Verlust ihres einzigen Sohnes wog so schwer, dass sie anfangs Thomas als Schuldigen brauchten, um ein Ventil für ihre Trauer zu haben. Später relativierte sich das. Sie sprachen über alles was passiert war, über die Schuldgefühle, den Schmerz, aber auch über die schönen Momente mit Paul. Sie schauten sich Fotos an, lachten über die Erinnerungen und beweinten ihren Verlust. Nach Stunden des Redens erzählte Thomas ihnen vom Ascheklau und der Urne. Zuerst waren sie geschockt, dann gerührt.

»Irgendwie kam dann eins zum anderen und ich buchte spontan eine Antarktis-Kreuzfahrt für Inga, Edwin und mich zu Pauls 41. Geburtstag nächstes Jahr. Das ist übrigens die gute Nachricht«, schloss er.

Melina fand als Erste ihre Stimme wieder.

»Lass mich raten: Ihr wollt nochmal Asche klauen und sie in der Antarktis verstreuen?«

»Fast. Wir haben beschlossen, dass wir gleich die ganze Asche mitnehmen. Paul war überall auf der Welt daheim. Seine Asche sollte nicht nur in einem Land sein.«

»Wow«, sagte Melina. »Eine mega Idee.«

»Aus welchem Grund genau ist Elena nun sauer?«, wollte Jutta wissen.

»Ich musste unseren Bausparvertrag auflösen, um die Anzahlung für die Reise machen zu können. Das Geld war eigentlich für die Ausbildung der Kinder gedacht. Es war vielleicht keine schlaue Idee, ihr erst im Nachhinein davon zu erzählen.«

»Das hast du nicht gemacht! Oder doch?«, fragte Hilde.

»Du kannst doch nicht einfach so etwas beschließen und deiner Frau nichts davon erzählen«, sagte Jutta.

Melina wollte gerade zum Reden ansetzen, da hob Thomas bereits entschuldigend die Hände.

»Ich weiß, ich weiß. Ich war so euphorisch, dass ich nicht nachgedacht habe.«

»Euphorie hin oder her. Das ist keine schöne Art, Fritz«, sagte Hilde.

»Ich werde es bei Elena wiedergutmachen. Versprochen«, entgegnete er, ohne Hilde auf ihren Versprecher hinzuweisen. »Ich muss mir nur etwas einfallen lassen.«

»Dann viel Spaß beim Überlegen«, sagte Hilde. »Mit Blumen ist das nicht getan.«

»Vor allem, weil du sie ja nicht mal mit auf die Kreuzfahrt nimmst«, merkte Jutta an.

»Wenn ich jetzt sage: Irgendjemand muss ja auf die Kinder aufpassen, dann köpft ihr mich. Deshalb sage ich besser: Es ist eine Sache zwischen Inga, Edwin und mir.«

Thomas' Aussage stieß auf wenig Begeisterung. Es regnete Vorwürfe von allen Seiten.

»Ich versuche es gar nicht erst zu entschuldigen«, sagte er schließlich. »Irgendwie biege ich das schon wieder gerade.«

»Ach ja. Es gibt noch etwas«, fügte er an, nachdem er Rede und Antwort zur Kreuzfahrt und den Plänen für die weiteren Standorte, an denen Pauls Asche verstreut werden sollte, gestanden hatte.

»Was denn noch?«, fragte Hilde.

»Paul hat Postkarten an seine Eltern und mich geschrieben. Ich habe meine letztes Jahr erhalten. Die drei, die er seinen Eltern geschickt hat, sind erst vor Kurzem angekommen. Interessanterweise alle auf einmal. Er schreibt darin, wie wundervoll die Antarktis ist und dass er jeden Morgen mit einem Lächeln aufwacht. Das tröstet mich.«

Alle stimmten ihm zu.

»Daran sollten wir uns ein Beispiel nehmen«, sagte Melina.

»Jutta, pack den Champagner aus. Wir stoßen jetzt auf uns und das Leben an«, forderte Hilde.

»Äh! Ich glaube, ich habe nur Sekt da«, sagte Jutta, während sie aufstand und in Richtung Kellertreppe verschwand.

Melina erhob sich ebenfalls und ging in die Küche, um Gläser zu holen.

»Paul hatte ein tolles Leben«, sagte Hilde zu Thomas. »Es war sein großer Traum die Antarktis zu sehen und den hat er sich erfüllt.«

Thomas nickte.

»Ich hätte bei ihm sein sollen.«

»Manche Dinge lassen sich nicht mehr ändern. Wir können nur lernen, damit zu leben.«

»Leicht gesagt.«

»Und schwer umzusetzen, ich weiß. Mit der Zeit wird es leichter, glaub mir.«

»Dann glaube ich der alten weisen Frau einfach«, sagte er mit einem Lächeln.

»Lass das »alt« weg und ich bin zufrieden«, entgegnete Hilde.

»Wer ist hier alt?«, fragte Jutta als sie mit dem Sekt aus dem Keller kam.

»Wen interessiert schon das Alter?«, fragte Melina, während sie jedem ein Glas in die Hand drückte.

Jutta öffnete gekonnt die Sektflasche, schenkte jedem ein und hob ihr Glas in die Höhe.

»Auf das Leben!«, sagte sie.

Nachdem sie ihre Gläser abgestellt hatten, schaute Thomas Melina schelmisch an.

»Du hast noch gar nichts zur Kreuzfahrt gesagt. Ich hatte mich auf einen Vortrag zum Thema CO_2-Bilanz eingestellt.«

»Kommt noch, lieber Thomas, kommt noch.«

»Lasst uns etwas Verrücktes tun«, schlug Melina vor, nachdem sie das leere Sektglas etwas grob zurück auf den Tisch gestellt hatte.

»Was möchtest du denn machen?«, fragte Jutta mit halb geschlossenen Augen.

Sie hatte schon lange nicht mehr so viel Alkohol getrunken.

»Ich weiß nicht. Was Verrücktes eben.«

Nach einer kurzen Pause sprang Melina auf.

»Hah! Ich weiß! Was wolltet ihr immer schon mal in eurem Leben machen, habt es aber bislang nicht getan?«

Sie schaute fragend in die Runde.

»Am besten etwas, das sich heute Abend noch umsetzen lässt.«

»Dieser ganze »Wir springen aus einem Flugzeug, laufen über glühende Kohlen und tanzen nackt im Regen«-Quatsch bringt doch nichts«, sagte Thomas. »Wir sind zu müde, um überhaupt irgendetwas zu machen.«

»Ach kommt schon«, versuchte es Melina erneut. »Die Idee mit den glühenden Kohlen gefällt mir. Jutta, hast du Grillkohle da?«

»Meli, lass gut sein«, sagte Hilde. »Ich muss nach Hause ins Bett.«

»Es ist noch nicht mal acht Uhr.«

»Ein anderes Mal«, sagte Jutta.

»Langweiler«, sagte Melina und ließ sich zurück auf die Couch fallen.

»*I know it's a bad idea*«

Ich bin betrunken.

Nach unserem heutigen 4er-Treffen habe ich mich so gut gefühlt. Ich war optimistisch. So voller Elan. Ich weiß nicht, warum, aber plötzlich stand ich vor Leos Elternhaus. Ich habe geklingelt. Anja hat aufgemacht. Der Schock stand ihr ins Gesicht geschrieben, als sie mich sah.

»Verschwinde, du Miststück!«, hat sie mich angeschrien und mir die Tür vor der Nase zugeschlagen.

Meli, hast du ernsthaft geglaubt, sie würden dir verzeihen? Wie blöd bist du eigentlich?

Der Rest ist schnell erzählt. Ab in den nächsten Supermarkt. Gin und Tonic gekauft. Wer braucht schon Gurke? Oder Eiswürfel? Ungekühlt geht auch. In mein Zimmer gesetzt und erstmal zwei Gläser getrunken. Dazu: Heulen und meine Playlist. Ich schenke mir ein 3. Glas ein. Schreiben fällt mir schwer. Nicht verwunderlich.

»ex den allerletzten Schluck.«

Ich höre Leos Stimme: »Wie schaffst du es, immer den passenden Liedfetzen zu jeder Situation zu finden?«

Tja, Schätzchen. Das liegt daran, dass es zu jeder Situation den passenden Liedfetzen gibt.

.

.

.

.

Ich liege auf meinem Bett. Das Karussell hat vor einer Weile aufgehört, sich zu drehen. Ich lese den Eintrag von vorhin durch. Vielleicht sollte ich dich erstmal auf den neuesten Stand bringen. Nach dem 4. Glas bin ich aufs Klo gestürzt und hab mich übergeben. Max hat an die Badezimmertür geklopft und gefragt, ob alles ok ist. Was soll die Frage? Was denkt er denn?

Ich hab ihn angeschrien, er soll sich verpissen und um seinen Scheiß kümmern. Scheint er auch getan zu haben. Wenigstens kapiert er, wenn er nicht erwünscht ist.

Eine Weile lag ich noch auf dem Fliesenboden herum. Dann habe ich mich zurück in mein Zimmer geschleppt. Kurz überlegt, ob ich mich vom Balkon stürzen soll. Doch mich schließlich dagegen entschieden, um anschließend auf dem Bett einzuschlafen.

Nun ist es zwei Uhr nachts, ich habe Kopfschmerzen und fühle mich, als hätte mich ein LKW überrollt. Egal wie, ich muss jetzt ins Bad und mir das Chaos, das ich hinterlassen habe, anschauen. Ich wohne erst seit drei Wochen hier und es war sicherlich nicht sehr schlau von mir, meinen Vermieter so anzuschreien. Wenn er dann auch noch ins Bad geht und Kotze überall vorfindet, schmeißt er mich womöglich raus.

Meli, reiß dich zusammen. Du stehst jetzt auf und putzt das Bad. Sorry, Leo, aber hierzu fällt mir gerade kein passender Liedtext ein. Oder doch? Vielleicht:

»This lack of self control I fear is never ending.«

»Gib nichts auf das Geschwätz. Du kennst ihn doch.«

»Recht hast du. Trotzdem geht es mir nicht aus dem Kopf. Ich habe das Gefühl, mich die ganze Zeit rechtfertigen zu müssen. Warum ich nicht rausgehe, warum ich so viel rausgehe, warum ich gut drauf bin, warum ich traurig bin und eben auch, warum ich nach gerade einmal fünf Monaten kein Schwarz mehr trage.«

Jutta saß am Küchentisch, hatte das Telefon vor sich liegen und die Lautsprecherfunktion eingeschaltet. Ihre Hände wärmte sie sich an der Teetasse.

Seit ein paar Minuten telefonierte sie mit Margot. Sie hatte ihr berichtet, dass sie am Vortag zufällig Bertram getroffen hatte, einen ehemaligen Schulkameraden. Nachdem sie ihm von Günthers Tod erzählt hatte, hatte er erstaunt die Brauen gehoben und sie von oben bis unten gemustert.

»Also, als ich meine Luise vor vier Jahren verloren habe, habe ich ein ganzes Jahr Schwarz getragen.«

Die Aussage und sein vorwurfsvoller Ton hatten Jutta aufgewühlt. Sie hatte die vergangene Nacht mit Grübeln verbracht. Schließlich hatte sie Margot angerufen.

»Früher war das vielleicht noch üblich Schwarz zu tragen, aber heute doch nicht mehr«, sagte Margot. »Außerdem musst du dich für gar nichts rechtfertigen.«

»Im Grunde genommen weiß ich das. Trotzdem fühle ich mich schlecht.«

»Dann lass uns das Thema wechseln«, sagte Margot. »Hast du schon über meinen Vorschlag nachgedacht?«

Margot hatte sie letzte Woche gefragt, ob sie sich einen Urlaub mit ihr vorstellen könnte. Sie waren früher schon gemeinsam verreist, als sie noch ungebunden und jung waren.

»Nur ein paar Tage«, hatte Margot gesagt. »Muss ja nichts Großes sein. Einfach mal rauskommen.«

Jutta nahm einen Schluck von ihrem Tee, ehe sie antwortete.

»Gib mir noch ein bisschen Zeit. Vielleicht in ein paar Monaten oder nächstes Jahr.«

»Ok«, sagte sie nach einer Pause.

Ein unangenehmes Schweigen breitete sich aus. Schließlich ergriff Jutta das Wort und erzählte von dem bevorstehenden Termin beim Tätowierer.

»Obwohl ich selbst kein Tattoo bekomme, bin ich dennoch ein wenig nervös«, gestand sie.

Jutta hatte noch nie ein Tattoostudio von innen gesehen. Sie stellte es sich dunkel und unheimlich vor. Mit am ganzen Körper tätowierten Menschen, viel Haut und Muskeln und finster dreinblickenden Gestalten. Das typische Klischee.

Sehr zu ihrem Erstaunen war das Studio hell und freundlich eingerichtet. Parkettboden, helle Möbel, große Fenster und an den Wänden ästhetische Fotos von tätowierter Haut. Die Mitarbeiter waren tatsächlich stark tätowiert, doch weder sonderlich finster dreinblickend noch zeigten sie übermäßig viel Haut. Während sie und Thomas im Eingangsbereich warteten und den ihnen angebotenen Kaffee tranken, waren Melina und Hilde bereits in einem separaten Raum verschwunden. Thomas blätterte durch eines der auf dem Tisch liegenden Bücher mit Ideen für Tattoos. Jutta sah sich fasziniert um.

»Wie eine andere Welt«, sagte Jutta gedankenverloren.

»Mh«, stimmte ihr Thomas zu.

»Hast du auch ein Tattoo?«

»Ich? Nein, auf gar keinen Fall. Nadeln und Spritzen sind überhaupt nicht meins. Wobei mir einige Motive gefallen würden.«

Er reichte Jutta das Buch und zeigte ihr Tattoos von Tieren, Symbolen und Schriftzügen. Gemeinsam blätterten sie die Seiten durch und überlegten, welches Motiv sie wohl wählen würden.

Nach über drei Stunden hatte das Warten für Thomas und Jutta ein Ende. Sie hatten bis dahin drei Kaffee getrunken und sämtliche Motiv-Bücher durchgeblättert, die auf dem Tisch lagen. Außerdem hatten sie sich mit den Mitarbeitern unterhalten, die gerade nicht tätowierten und mit wartenden Kunden. Jutta war fasziniert. Sie hatte nicht vor, sich jemals tätowieren zu lassen. Doch die Art, Kunst auf der Haut zu verewigen, beeindruckte sie.

Melina und Hilde zeigten stolz ihre Tattoos. Bei Melina war es ein Löwe.

»Eine Löwin«, hatte sie Jutta korrigiert.

Der Kopf war umgeben von Lilien. Eine davon bedeckte das linke Auge der Löwin. Das rechte hingegen leuchtete in einem hellen Blau. Der Rest der Tätowierung war klassisch mit schwarzer Tinte gestochen worden.

Hilde hatte sich für eine stilisierte Form einer Mutter mit Kind entschieden. Ein kleiner Stern zierte zusätzlich die linke Seite des Tattoos.

Beide hatten sich den rechten Arm ausgesucht. Bei Melina war fast der komplette Unterarm bedeckt. Hildes Tattoo war kleiner und befand sich an der Innenseite des Handgelenks.

Thomas und Jutta betrachteten die Kunstwerke auf der Haut. Während sie das Studio verließen, wurden Hilde und Melina mit Fragen gelöchert. »Hat es wehgetan?« »Wie lange hat es

gedauert?« »Melina, welche anderen Tattoos hast du bereits?«
»Hilde, was bedeutet der Stern?«

Bei dieser Frage blieb Hilde stehen.

»Das ist mein Sternenkind.«

»Dein Sternenkind?«, fragte Melina.

»Hilde, das tut mir sehr leid«, sagte Jutta.

»Lasst uns essen gehen«, sagte Hilde. »Tätowieren macht hungrig.«

Als sie sich im Wintergarten eines kleinen Bistros niedergelassen hatten und jeder ein dampfendes Getränk vor sich stehen hatte, sagte Hilde:

»Nun schaut nicht alle so traurig drein. Es ist lange her.«

Sie nahm in aller Ruhe einen Schluck ihres Latte macchiato und blickte in die Runde.

»Lehnt euch zurück. Es dauert länger«, begann sie.

»Arthur und ich waren etwas über ein Jahr verheiratet und wie das in der damaligen Zeit so war, versuchten wir seit der Hochzeit schwanger zu werden. Ich hatte keine Eile, doch Arthur störte die ständige Fragerei der Leute, wann es denn endlich so weit sei. Mir war das egal. Sollten sie fragen. Sollten sie reden. Ich war 24 und gerade mit dem Studium fertig. Es waren die 70er. Aufbruchstimmung. Frauen forderten Gleichberechtigung. Ich war vorne mit dabei. Doch auch ich konnte mich nicht ganz den Konventionen entziehen. Wenn ich die Zeit zurückdrehen könnte, hätte ich Arthur schon vor unserer Hochzeit in den Wind geschossen und wäre allein geblieben. Wie auch immer. Irgendwann wurde ich schließlich schwanger. Arthur freute sich, unsere Eltern freuten sich und auch ich, nachdem ich den ersten Schock überwunden hatte. Ich hatte Gefühle, die ich nie zuvor erlebt hatte und als die Kleine sich in meinem Bauch bewegte, hätte ich jedes Mal vor Freude weinen können.

Mit dem Fortschreiten der Schwangerschaft begannen wir, über mögliche Namen zu sprechen, die Babyerstausstattung zu kaufen und das Kinderzimmer einzurichten. Was man halt so macht. Man richtet ein Nest ein. Als ich im 6. Monat war, bekam ich eines Nachts starke Schmerzen im Bauch und als wir das Licht einschalteten, waren ein paar Tropfen Blut im Bett zu sehen. »Bestimmt nichts Ernstes«, beruhigte mich Arthur. Trotzdem fuhren wir ins Krankenhaus. Nur zur Sicherheit. Ihr wisst schon, die Ärzte sollen einfach sagen: »Machen Sie sich keine Gedanken. Dem Baby geht es gut.« Leider sagte keiner diese Sätze. Zwei Tage kämpften die Ärzte um das Leben unseres Mädchens. Am dritten Tag musste ich sie tot zur Welt bringen.

Ich durfte sie nur kurz im Arm halten, dann wurde sie mir weggenommen. Sie wurde »entsorgt«, wie ein Arzt mir ohne Umschweife mitteilte.

Meine kleine Anna sei kein Mensch, erklärte er mir, da sie weniger als 500 Gramm wog. Vielleicht ist es heute anders, aber damals hat sich niemand dafür interessiert wie es mir als Mutter ging. Ich musste mein Kind auf die Welt bringen und ohne sie nach Hause gehen. In ein Zuhause, in dem ihr Zimmer schon eingerichtet war, in dem schon Spielsachen, Kleidung und Windeln für sie bereitlagen.

Arthur hatte bis zu einem gewissen Grad Verständnis. Er war sensibel genug, mir Zeit zu geben und mich vor Fragen zu schützen. Dafür bin ich ihm sehr dankbar. Auch, wenn ich es damals nicht wollte, überredete er mich nach knapp einem Jahr, es wieder zu versuchen. Ich wurde auf Anhieb schwanger und hatte jeden einzelnen Tag der Schwangerschaft Angst um mein Baby. Ich wachte nachts auf und schaltete das Licht ein, um zu schauen, ob ich blutete. Meine erste Schwangerschaft war so sorgenfrei und leicht gewesen. Die zweite war ein Alptraum. Erst vier Wochen vor der Geburt begann ich, mich zu entspannen. Dann erst erlaubte ich Arthur und mir, einen Namen auszuwählen, Babyausstattung zu kaufen und das Kinderzimmer einzurichten. Ich hatte darauf bestanden, dass Christina ein anderes Zimmer bekam. Ich wollte, dass Annas Zimmer so blieb wie es war. Arthur war damit nicht einverstanden. »Platzverschwendung« nannte er es. Doch ich brauchte dieses Zimmer als Ort der Trauer. Ich hatte kein Grab, das ich besuchen konnte. Ich hatte nur dieses Zimmer. Christina bekam eine komplett neue Ausstattung. Als ich sie in meinen Armen hielt, war ich überglücklich. Sie war mein Geschenk. Meine zweite Chance auf eine Familie.

Es vergeht kein Weihnachten, kein Ostern, kein Geburtstag, an dem ich nicht an Anna denke. Ich rechne nach, wie alt sie heute wäre und stelle mir vor, wo sie wohnen würde, wie viele Kinder sie hätte, ob sie überhaupt Kinder hätte, vielleicht sogar schon Enkelkinder, wer weiß. Nun habe ich sie auf meiner Haut.«

Melina fiel ihr um den Hals. »Das tut mir so leid!«

Die überschwängliche Umarmung brachte Hilde fast aus dem Gleichgewicht.

»Vorsicht! Sonst fallen wir beide noch vom Stuhl.«

Langsam löste sich Melina von Hilde, gab ihr einen Kuss auf die Wange und setzte sich wieder. Hilde nahm einen Schluck von ihrem Kaffee und erzählte weiter.

»Obwohl ich mit Arthur über 50 Jahre verheiratet war, habe ich nicht so um ihn getrauert wie um Anna. Wenn du einen Partner mit Mitte 70 verlierst, dann verlierst du die Vergangenheit. Bei einem Kind ist es die Zukunft. Ich habe nicht nur Anna verloren, sondern die vielen kleinen und großen Ereignisse. Die Freude, sie lächeln zu sehen, die schlaflosen Nächte, das

Gefühl, wenn du sie an deine Brust hältst, der erste Zahn, der erste Schritt, das erste Wort. Mit Arthur hatte ich alles schon erlebt. Es wäre nicht viel Neues mehr dazugekommen. Nur Wiederholung.

Außerdem haben Arthur und ich nie richtig zusammengepasst. Das haben wir allerdings erst gemerkt, als es zu spät war. Er war zu sehr damit beschäftigt, eine schöne Familienidylle vorzuspielen. Ich hingegen hatte mich an die finanzielle Sicherheit gewöhnt. Ich wollte keine alleinerziehende Mutter sein. Dafür genoss ich die Freiheit, die mir ein Leben mit ihm bot, viel zu sehr. Nicht die perfekte Basis für eine Beziehung, ich weiß, und erst recht nicht sonderlich feministisch. Dennoch hatten wir ein gutes Leben. Ich gab ihm, was er brauchte – eine nach außen hin liebende und sorgende Hausfrau und Mutter, die als »Hobby« freie Journalistin war und ihm den Rücken freihielt. Im Gegenzug gab er mir die finanziellen Mittel, um meiner Passion nachzugehen und dem Lebensstil des Mittelstands zu frönen.

Als ich endlich dazu bereit war, mich von ihm zu trennen, wurde er krank. Ironie des Schicksals. Auch wenn ich ihn schon lange nicht mehr liebte, schätzte ich ihn. Verlassen zu werden, wenn man nur noch wenige Monate zu leben hat, war nicht fair. Also quälte ich mich durch seine Pflege. Gesund war er zu ertragen, doch krank war er unausstehlich. Erfreulicherweise dauerte es von Diagnose bis Tod nur ein paar Monate. Länger hätte ich es auch nicht durchgehalten.«

Hilde wandte sich Jutta zu und sagte: »Wenn Arthur mich gebeten hätte, ihm die Tabletten zu geben, ich hätte nicht gezögert. Nicht eine Sekunde.«

Jutta hatte der Gruppe bei ihrem letzten Treffen von Günthers Liste und den Tabletten erzählt.

»Doch ich habe Arthur nicht so geliebt, wie du Günther.«
Jutta nickte nur.

»So, genug von mir«, sagte Hilde. »Wann kommt das Essen?«

Die Teller waren gerade abgeräumt worden und Thomas hatte begonnen, vom aktuellen Stand der Reiseplanungen zu berichten. Prompt gerieten er und Melina sich deswegen in die Haare.

»Ihr Klimakasper könnt nichts anderes als Unfug treiben und den Verkehr stören«, warf er ihr vor.

»Komisch, wenn es die Bauern machen, scheint es auch keinen zu stören«, konterte Melina.

»Es ist ja wohl ein Unterschied, ob Landwirte, die täglich für Deutschland schuften, auf die Straße gehen oder Taugenichtse, die uns auf der Tasche liegen.«

»Bin ich für dich etwa ein Taugenichts?«

Während Hilde amüsiert zuhörte, versuchte sich Jutta mal wieder als Streitschlichterin. Kein leichtes Unterfangen. Vor allem, da sich Melina und Thomas bereits in Rage geredet hatten.

Nachdem sie es geschafft hatte, das Gespräch wieder in ruhigere Fahrwasser zu bringen, besprachen sie ihre bevorstehenden Treffen und ihre Pläne. Außerdem wiederholte Melina bei der Verabschiedung die Empfehlungen der Tätowiererin für die nächsten Tage und zeigte stolz ihre fünf Tattoos.

»Das Sechste zeige ich euch, wenn wir uns besser kennen«, sagte sie augenzwinkernd und sprintete anschließend zur Bushaltestelle.

»Bis April!«, schrie sie im Rennen den anderen noch zu.

»*You're stuck on me like a tattoo-oo.*«

Ich habe ein neues Tattoo!!! Ich liege auf meinem Bett und muss es die ganze Zeit anschauen. Es ist unglaublich schön. Ich habe es selbst entworfen und immer wieder angepasst. Der Feinschliff kam von Ayla. Einfach perfekt. Leo, das ist nur für dich!

Ich muss schon wieder anfangen zu weinen.

»*Haltet die Welt an … Sie soll stehen…*«

Es ist immer noch unbegreiflich, doch es geht weiter. Der heutige Tag hat mir mal wieder zwei Dinge verdeutlicht:

1. Jeder trägt etwas mit sich herum, das ihn belastet.

2. Der Schmerz wird niemals verschwinden. Es wird nur leichter, mit ihm zu leben.

Hilde ist das beste und gleichzeitig auch traurigste Beispiel dafür. Ihre Geschichte hat mich sehr berührt. Ich habe bislang nicht großartig darüber nachgedacht, was eine Fehlgeburt bedeutet (was ist das für ein schrecklicher Name?) – ein Sternenkind (genauso scheiße, das hört sich an als wäre es etwas Schönes) – gibt es keinen passenderen Begriff? Stille Geburt? Auch nicht gut. Ich gebe auf. Hildes Geschichte hat mich dazu gebracht, ein wenig Recherchearbeit zu leisten. Etwa jede dritte Frau erlebt mindestens eine Fehlgeburt. WTF? Warum weiß ich das nicht? Bin ich die ganze Zeit ignorant durch das Leben gelaufen oder wird über dieses Thema einfach nicht gesprochen? Und was mache ich jetzt mit dem Wissen?

Ich sollte noch ein wenig schlafen. Heute ist Nachtschicht angesagt. Ausgerechnet jetzt kommt Max auf die Idee staubzusaugen. Na ja, es wird nicht ewig dauern.

Max geht mir seit dem Bad-Vorfall aus dem Weg. Wir haben uns davor schon kaum gesehen, aber die letzten Wochen ist es offensichtlich, dass er mich meidet. Ich habe ihn direkt am nächsten Tag um Entschuldigung gebeten. Er hat so etwas wie »Ist schon gut« gefaselt und das Weite gesucht. Ich glaube, er kann damit nicht umgehen. Was soll er auch sagen? Er kannte Leo nicht, er kennt mich nicht und auf seinen Trost kann ich verzichten. Wenn Sascha manchmal da ist, sitzen wir zu zweit in der Küche und quatschen. Sollte Max das mitbekommen, verlässt er die Wohnung oder verzieht sich in sein Zimmer. Soll mir recht sein. Je weniger ich ihn sehe, desto größer die Wahrscheinlichkeit, dass ich noch eine Weile hier wohnen bleiben kann. Durch meinen Vollzeit-Job an der Tankstelle kann ich einiges zur Seite legen. Außerdem habe ich wieder angefangen, Hoops und Deko-artikel in der Garage zu basteln. An der DIY-Urnen-Idee bin ich auch nach wie vor dran. Ich habe weitere Probeurnen gedrechselt, ausgehöhlt, getöpfert und verziert. Außerdem habe ich mich schlau gemacht bezüglich Vorgaben und Regularien. Ich muss gestehen, ich bin erstaunt, dass sich der deutsche DIN-Norm- und Bürokratiewahn in Grenzen hält. Deutschland, das hätte ich nicht von dir gedacht!

Was ich allerdings vor mir herschiebe: meine Zukunft! Ich will und kann mich damit nicht beschäftigen. Es fühlt sich zu früh an. Oder vielleicht ist Aufschieben einfach leichter, als endlich eine Entscheidung zu treffen.

»I miss the feeling on my 19th birthday, before the world became so goddamn heavy.«

Kapitel 10
Di., 25. Juni 2024

»Habe ich das gerade laut gesagt?«

Jutta nahm entsetzt die Hand vor den Mund, als könnte sie die Worte wieder zurückholen.

»Yeah!«, stieß Melina hervor. »Jutta sagt endlich was sie denkt.«

Daraufhin fingen alle vier an zu lachen. Hilde klopfte Jutta auf die Schulter und sagte:

»Das Alter hat auch seine Vorteile.«

Thomas, Jutta, Melina und Hilde standen mit Markus in der Aussegnungshalle des Waldfriedhofs und führten eine rege Diskussion darüber, wie die Party am heutigen Abend ablaufen sollte. Markus wollte mit seiner Band nur unplugged auftreten, da er Angst hatte, die Polizei könnte sein Equipment beschlagnahmen. Jutta hatte auf seine Bedenken mit einem »Stell dich nicht so an. Du bist schließlich in einer Rockband« reagiert.

Dass die anderen ihren Kommentar euphorisch bejubelten, konnte Markus nicht verstehen.

»Eigentlich sind wir eher eine Indie –«, setzte Markus an. Doch Melina unterbrach ihn mit einem »Whatever« und ergänzte: »Jutta hat recht. Stellt euch nicht so an.«

»Ist ja nicht deine Ausrüstung, Meli«, sagte er. »Wir sind dann diejenigen, die den nächsten Auftritt absagen müssen.«

Melina verdrehte die Augen.

»Markus hat recht«, mischte sich Hilde ein. »Wir brauchen einen Notfallplan, falls die Polizei kommt.«

»Die Polizei wird ganz sicher kommen«, sagte Markus. »Vor allem, wenn wir in voller Lautstärke spielen.«

Der Friedhof, auf dem Leo begraben lag, war umgeben von Wald. Die nächsten Häuser lagen in deutlicher Entfernung. Dennoch stimmte die Gruppe Markus zu, dass die Musik mit sehr großer Wahrscheinlichkeit auch außerhalb des Friedhofs zu hören sein würde. Vor allem, wenn der Wind ungünstig stand.

»Leute, ich hätte da vielleicht eine Lösung«, meldete sich Thomas zu Wort. »Gebt mir ein paar Minuten.«

Er zückte sein Handy und verschwand aus der Halle.

Während sie auf Thomas warteten, besprachen sie das weitere Vorgehen für den Abend. Die Gäste waren für 22 Uhr bestellt. Die Getränke standen in Juttas Keller und würden am Abend hinter der Aussegnungshalle deponiert werden.

»Es gibt zwei Zufahrtsstraßen zum Friedhof«, erklärte Jutta, die sich vorher über die Örtlichkeit informiert hatte. »Hilde, Thomas, Luca, Emma und ich wechseln uns ab beim Schmiere stehen. Sobald wir die Polizei kommen sehen, rennst du, Meli, zum Mikro und informierst alle. Wir halten die Polizei auf, bis die Band ihre Ausrüstung eingepackt hat und durch den zweiten Zufahrtsweg verschwunden ist.«

»Wenn wir wirklich alles mitbringen, brauchen wir zum Abbau mindestens 30 Minuten, eher länger«, wandte Markus ein. »Ich weiß nicht, wie ihr die Bullen so lange auf Trab halten wollt.«

»30 Minuten? Das ist lange«, sagte Hilde. »Mehr als fünf Minuten werden sie sich nicht aufhalten lassen.«

»Wow! Ich fühle mich gerade, als wäre ich mitten in einem Heist-Movie gelandet«, sagte Melina.

»Ich habe keine Ahnung, was das heißt, aber es trägt nicht zur Lösung des Problems bei«, sagte Jutta.

Weitere Möglichkeiten wurden in Betracht gezogen und wieder verworfen. Während ihrer Diskussionen wurden sie von den Friedhofsbesuchern kritisch beäugt.

»Wenn die wüssten, was wir heute Abend vorhaben«, sagte Jutta leise, als ein älterer Herr sehr nah an ihnen vorbeilief und sie mit grimmiger Miene betrachtete.

»Das wird der Hammer!«

Melina strahlte.

»Ich sag euch: Leo würde ausrasten.«

Melina war vor ein paar Wochen mit der Idee zu ihrem Treffen gekommen, eine Geburtstagsfeier für Leo auf dem Friedhof zu veranstalten.

»Du hast doch mit Friedhöfen gar nichts am Hut«, hatte Jutta eingeworfen.

»Vielleicht habe ich meine Meinung geändert«, entgegnete sie.

»Eine Party auf dem Friedhof«, grübelte Hilde. »Das fehlt noch auf meiner Liste.«

»Du hast eine Liste?«, fragte Jutta verwundert.

»Nicht handschriftlich, aber in meinem Kopf.«

Dabei tippte sie sich an die rechte Schläfe.

»Es gibt schon noch das ein oder andere, das ich machen möchte, bevor ich das Zeitliche segne.«

»Was steht denn da zum Beispiel drauf?«, fragte Thomas.

»Jetzt nicht vom Thema ablenken«, sagte Melina. »Wobei mich natürlich deine Liste auch brennend interessiert. Aber zurück zur Party. Wer ist am Start?«

Hilde lächelte Melina an.

»Das lass ich mir nicht entgehen.«

Thomas und Jutta waren schwerer zu überzeugen. Jutta fand es pietätlos und Thomas hatte Sorge vor Elenas Reaktion. Schlussendlich stimmten sie zu.

»Elena darf das niemals erfahren. Klar?«

Er blickte in die Runde.

»Sie hat mir das mit der Kreuzfahrt noch nicht verziehen. Wenn ich jetzt auch noch mit so etwas komme, ist es aus.«

»Keine Sorge«, beschwichtigte Hilde. »Wir schweigen wie ein Grab.«

Thomas und Jutta schüttelten den Kopf, während Melina Hilde mit einem »High Five« abklatschte.

In den folgenden Wochen erstellte Melina die Gästeliste, redete mit Markus und kaufte die Getränke, die sie mit ihrem Lastenfahrrad in mehreren Etappen zu Jutta fuhr. Diese hatte sich zwar angeboten zu helfen, doch Melina hatte dankend abgelehnt.

»Muss es denn unbedingt eine Band sein?«, fragte Thomas bei ihrem nächsten Treffen. »Können wir nicht einfach Musik vom Band abspielen?«

»Auf keinen Fall!«, sagte Melina. »An Leos letztem Geburtstag konnten die »Midnight Elephants« nicht auftreten. Dieses Mal passiert das nicht.«

Somit war es entschieden. Leos Lieblingsband sollte auf dem Friedhof auftreten.

Sie waren immer noch rege am Diskutieren als Thomas zurückkam.

»Geklärt«, sagte er knapp.

»What?«, schrie Melina.

»Echt? Wie?«, fragte Markus.

»Ich habe meine Kontakte spielen lassen.«

Thomas grinste und Melina fiel ihm um den Hals.

»Her mit den Details«, schrie sie ihm ins Ohr.

»Hallo zusammen!«, sagte Melina in das Mikrofon.

Sie stand auf der Ladefläche eines LKW, der direkt am Eingangstor des Friedhofs parkte. Hinter ihr standen »Markus and the Midnight Elephants« bereit.

Thomas hatte den LKW eines Freundes organisiert. Die Seitenplane war nach oben gerollt, sodass freie Sicht auf die Band war. Um möglichst wenig Aufmerksamkeit zu erregen, waren sie mit dem LKW erst um 21:30 Uhr am Friedhof angekommen. Durch das Tor passte er nicht. Doch direkt davor ließ er sich gut parken. Durch die erhöhte Position der Band konnte sie jeder auf dem Friedhof sehen.

Es waren etwa 40 Personen gekommen, überwiegend Freunde. Sie hatten Luftballons, Kerzen und Blumen mitgebracht.

»Ich werde mich kurzfassen«, sagte Melina, die das Mikrofon in der einen und eine Bierflasche in der anderen Hand hielt.

»Denn genauso kurz wie Leos Leben war, genauso schnell und plötzlich kann auch diese Feier vorbei sein. Wie pathetisch!«

Sie machte eine kurze Pause und blickte in die Menge.

»Ich muss nicht viel zu Leo sagen. Ihr kanntet sie. Ihr wisst, was wir verloren haben.«

Allgemeines Nicken.

»Wie vielleicht einige von euch wissen, drücke ich meine Gefühle gerne durch Liedtexte aus.«

Sie lächelte und die, die Melinas Eigenart kannten, lächelten ebenfalls.

»Das ist für dich, Leo«, sagte sie ins Mikrofon, hob die Flasche in die Luft und begann zu singen:

»Ich trinke auf«

Nach den ersten Worten wusste der Großteil der Menge, welches Lied Melina angestimmt hatte und setzte mit ein. Auch Markus gab seiner Band das Signal mitzumachen und kräftige Bässe und E-Gitarren-Klänge hallten über den Waldfriedhof.

»Auf Leo!«, schrie Melina und sprang von der Bühne, während die Menge jubelte und ihre Flaschen in die Luft streckte.

»Auf Leo und eine geile Party!«, setzte Markus nach.

Ingo folgte mit dem E-Gitarren-Solo, das die traurige Stimmung verfliegen ließ.

Melina schwebte durch die Menge und begrüßte alle mit einer Umarmung.

»Eine tolle Idee«, sagte Emma, die Melina fest an sich drückte. »Ich hoffe, Leo schaut zu und feiert mit.«

»Auf jeden. Das lässt sie sich garantiert nicht entgehen«, sagte Melina.

Emma nickte zustimmend.

»Du, ich schaue mal nach Luca. Wir haben die erste Schicht.«

Melina drückte Emma nochmals fest und lief zwischen den Gräbern zu den nächsten Gästen.

»Max, du bist ja doch gekommen!«, sagte sie verwundert, als plötzlich ihr Vermieter vor ihr stand. Er zuckte nur mit den Schultern und prostete ihr mit seiner Wasserflasche zu.

»Die Onkelz. Echt? Ich dachte, du bist eher links.«

Dieses Mal war es Melina, die mit den Schultern zuckte.

»Diese Textpassage hat perfekt gepasst - und natürlich der Beat.«

»Natürlich. Respekt, was ihr hier auf die Beine gestellt habt.«

»Danke. Auf Leo!«, prostete sie Max zu.

»Auf Leo«, wiederholte er.

Sie begannen, sich über Belangloses zu unterhalten, ehe sich Max mit einem »Wir seh'n uns« verabschiedete und Richtung Ausgang verschwand.

»Ich liebe es, wenn ein Plan funktioniert«, sagte Thomas, der an der Friedhofsmauer lehnte und dem Treiben zuschaute.

»Hey, das Zitat kenne ich!«, sagte Melina, die sich zu ihm gesellt hatte. »War das Knight Rider oder Miami Vice?«, überlegte sie und reichte ihm eine der zwei Flaschen, die sie in der Hand hielt.

»Du bist viel zu jung dafür«, sagte er kopfschüttelnd und nahm einen Schluck.

»Jetzt weiß ich es!«, stieß sie hervor. »Das A-Team.«

»Gar nicht mal so schlecht für eine Öko-Tussi.«

Melina verdrehte die Augen.

»Ich nehme das als Kompliment und nicht als Vorlage für eine Diskussion mit dir.«

»Hört, hört«, sagte Thomas grinsend. »Sag bloß, hier wird jemand erwachsen.«

Melinas Gesichtsausdruck wurde ernst, während sie ihren Blick über die feiernde Menge schweifen ließ.

»Vielleicht ein bisschen.«

Thomas beobachtete sie von der Seite.

»Ein bisschen ist gut, aber nicht zu viel.«

Ihre Blicke trafen sich und sie mussten grinsen.

»Eine Mega-Party«, wechselte Melina das Thema. »Danke!«

»Hey!«, Thomas hob abwehrend die Hände. »Das haben wir schon alle gemeinsam geschafft.«

Melina zuckte mit den Schultern.

»Na gut! Teamarbeit.«

Beide schauten eine Weile stumm zu der feiernden Gruppe hinüber.

»Wenn wir gerade vom Erwachsenwerden reden«, begann Thomas. »Hast du dir schon überlegt, wie es weitergehen soll? Nochmal studieren oder eine Ausbildung machen?«

»Nicht dein Ernst, oder? Du hörst dich an wie meine Mama.«

»Eher wie dein Vater.«

Wieder Augenrollen auf Melinas Seite.

»Wir müssen auch nicht jetzt darüber reden…«, versuchte er es erneut.

»Werden wir auch nicht.«

»Ich habe aber den ein oder anderen Vorschlag, der dich interessieren könnte.«

Eigentlich wollte sie ihm eine schnippische Antwort geben, doch sie hielt sich zurück.

»Lass uns das ein anderes Mal machen, ok?«, sagte sie stattdessen.

Melina hatte sich schon wieder in Bewegung gesetzt, um zurück zu den Feiernden zu gehen.

»Wow! Du wirst wirklich erwachsen«, rief er hinter ihr her.

Als Reaktion darauf drehte sie sich im Gehen zu ihm um, zeigte ihm den Mittelfinger und streckte ihm die Zunge raus. Thomas musste schallend lachen.

»Ok. Ich nehme es zurück!«

Doch sie hatte sich schon wieder umgedreht und war in der Menge verschwunden.

Bevor er sich ebenfalls wieder der Party zuwandte, fragte er sich, ob ihm ähnliche Gespräche in ein paar Jahren mit seinen Kindern bevorstanden.

»Hoffentlich nicht«, murmelte er und nahm einen Schluck von seinem Bier.

»POLIZEI!!!!!!«

Melina stand auf der Ladefläche des LKWs und hatte mitten im Lied Markus das Mikrofon aus der Hand gerissen. Jutta hatte sie wenige Sekunden zuvor informiert, dass ein Streifenwagen auf dem Weg zu ihnen war.

»Alle das Auto aufhalten und dann verschwinden«, schrie sie und zeigte Richtung Eingang, aus dem sie die Polizei erwartete.

Thomas war in die Aussegnungshalle gerannt, hatte den Stecker gezogen und war schon dabei, das Kabel auf die Trommel zu rollen. Die Band räumte den Teil der Ausrüstung, der nicht schon im LKW fixiert worden war, in Kisten und rollte die Plane nach unten, um diese in den Ösen zu befestigen. Währenddessen stürmte die Menge Richtung Friedhofstor und bildete eine Menschenkette, um die Straße zu sperren.

»In sowas habt ihr Klimakleber Erfahrung, wie ich sehe«, kommentierte Thomas, als er Melina die Kabeltrommel in den LKW reichte.

»Thomas, ernsthaft?«, stöhnte Melina. »Du willst jetzt eine Diskussion mit mir anfangen?«

»Ich dachte, du bist multitaskingfähig.«

Sie bedachte ihn mit einem grimmigen Blick und sprang vom LKW.

»Das klären wir noch«, sagte sie, bevor sie lossprintete.

Das Polizeiauto war mittlerweile zum Stillstand gekommen und die Beamten ausgestiegen.

»Was ist denn hier los?«, wollte der Ältere der beiden wissen. Keine Antwort.

»Macht Platz«, sagte der andere forsch und machte mehrere Schritte auf die Menschenkette zu.

Beim Versuch, sich an ihnen vorbeizudrängeln, wurden die Beamten eingekreist. Nun konnten sie weder der Situation entkommen noch sehen, was auf dem Friedhof vor sich ging.

Thomas hatte sich gerade hinter das Steuer vom LKW gesetzt und rief den Bandmitgliedern zu, die draußen standen.

»Auf geht's! Wir fahren!«

Mit diesen Worten startete er das Gefährt und fuhr los. Die Band folgte ihm in ihrem Auto und gemeinsam nahmen sie die zweite Straße, die vom Waldfriedhof wegführte. Am Ende der Straße stand Hilde bereit, um einzusteigen. Zuvor hatte sie dort Schmiere gestanden.

Als Melina sah, wie der LKW um die Ecke verschwand, schrie sie so laut sie konnte:

»Feierabend!«

Das war das Signal für alle, schnellstmöglich das Weite zu suchen. Da der Friedhof umsäumt von Wald war, flüchtete jeder in eine andere Richtung, um in der Dunkelheit zu verschwinden.

Damit hatten die Beamten nicht gerechnet. Bis sie sich entschieden hatten, wem sie folgen sollten, waren Straße und Friedhof bereits wie leergefegt. Bis auf ein paar Flaschen am Boden deutete nichts auf die nächtliche Feier hin, die dort noch vor wenigen Minuten stattgefunden hatte.

»*Und schon wieder, wieder feier ich*«

Leo, die Party wäre genau nach deinem Geschmack gewesen. Sie war kurz, wild und endete mit einem Knall! Besser hätte es nicht sein können.

Aber von vorne:

Thomas hat den Abend gerettet. Ich muss sagen, je besser ich Thomas kenne, desto mehr stelle ich fest, dass er gar nicht so ernst und ruhig ist, wie ich dachte. Er braucht nur lange, um aufzutauen. Sehr lange. Mittlerweile mag ich unsere Diskussionen. Ich glaube, er auch. Er hat Vorschläge für mich, was meine »Zukunft« angeht. Blabla. Ich würde es nie vor ihm zugeben, aber es interessiert mich schon, welche Ideen er hat.

Ich schweife ab. Zurück zur Party.

Über zwei Stunden ging es gut. Länger als gedacht. Die Band gab richtig Gas. Wir haben getanzt, gelacht und gefeiert. Wie in alten Zeiten. Nur ohne dich, Leo!

Dann kam die Polizei. Das war zu erwarten. Jutta hat sie zuerst bemerkt. Wer auch sonst? Sie hatte vorher das komplette »Sicherheitskonzept« erarbeitet, die »Wachposten« eingeteilt und auch sonst an alles gedacht. Sogar die Nummernschilder von LKW und Band-Auto hat sie abgeklebt. »Man weiß ja nie«, hat sie gesagt. So viel kriminelle Energie hätte ich ihr gar nicht zugetraut.

Leo, alle waren da… und noch mehr. Jutta hatte ihren Sohn Julian mit seiner Freundin Freya eingeladen. Ich weiß gar nicht, was Jutta gegen sie hat. Ich finde sie super. Thomas' Sohn war dabei, musste aber absolute Verschwiegenheit schwören, da Elena vermutlich die

Scheidung einreichen würde, wenn sie davon Wind bekäme. Sogar Hilde hatte ein paar ihrer Nachbarn mitgebracht. »Natürlich nur die Coolsten«, hatte sie mir vorher erklärt.

Max war auch da. Ich glaube, er fand die Idee nicht so prickelnd. Entsprechend schnell ist er wieder abgehauen.

Seit fast fünf Monaten leben wir nun unter einem Dach und es läuft erstaunlich gut. Ok, die ersten zwei Monate waren eine Katastrophe. Neben den üblichen Themen wie, wer geht wann ins Bad?, wer ist für dies und das zuständig? kamen auch Fragen auf wie:

Wie gehe ich als Vermieter damit um, wenn mich meine Mieterin anschreit und beleidigt? Oder: Wer redet mit den Nachbarn, wenn sie sich über die nächtlichen Drechselaktionen meiner Mieterin beschweren? Kleiner Spoiler: Max hat das übernommen und gesagt, ich wäre Schlafwandlerin. Dass sie ihm das abgekauft haben, spricht nicht für die Nachbarn. Die kreative Idee wiederum für Max. Natürlich hat er danach eine riesige Diskussion mit mir darüber geführt, was in einem Mietshaus ok ist und was nicht. Jaja, ich hab's verstanden. Was er aber nicht versteht: Wenn ich eine kreative Phase habe, spielt es keine Rolle, wie viel Uhr es ist. Ich MUSS die Idee sofort umsetzen, sonst ist sie weg.

»Dann setze sie das nächste Mal um, ohne das ganze Haus aufzuwecken.«

Als ob ich etwas dafür kann, wenn jemand einen leichten Schlaf hat. Ich habe jedenfalls Besserung gelobt und Max war erstmal zufrieden damit. Das löst natürlich nicht mein Kreativitätsproblem, aber da wird mir schon etwas einfallen.

Nochmal zurück zur Party – meine Gedanken sind zu schnell für meine Hand. Nachdem wir alle das Weite gesucht hatten (Wahnsinn, keiner wurde festgenommen), haben wir uns noch auf einen Absacker am alten Sportplatz getroffen. Ist jetzt eine Hundefreilaufwiese. Wir waren voller Adrenalin. Alle redeten wild durcheinander. Wir waren wie 16-Jährige, aufgedreht, wild, euphorisch.

Einfach episch!
»Eis, Pink Grapefruit und Gin«

Gerade hat Max an meine Tür geklopft. Nein, ich höre nicht zu laut Musik und das Kratzen meines Füllers störe ebenfalls nicht seine heilige Nachtruhe. Er kann nicht schlafen und möchte wissen, ob ich Lust auf einen Mitternachtssnack habe. Oder eher einen 2:43-Uhr-Snack.

Gar keine schlechte Idee. In der ganzen Aufregung ist das Essen irgendwie untergegangen.

Also nichts wie los in die Küche. Ich höre Max schon werkeln…

Kapitel 11
Mi., 21. August 2024

»Das scheint eine Gewohnheit zu werden«, merkte Jutta an, als sie sich zum dritten Mal in diesem Jahr auf einem Friedhof trafen.

Dieses Mal waren neben Hilde, Melina und Thomas auch Pauls Eltern mitgekommen. Sie hatten sich für 23 Uhr am Eingang verabredet, um Pauls Asche zu holen. Dieses Mal alles. Die Urne würden sie leer vergraben.

Während Inga und Edwin den vier Freunden zögerlich folgten, liefen Thomas und Melina voraus und diskutierten über die Sinnhaftigkeit, Gasheizungen abzuschaffen und durch ökologischere Alternativen zu ersetzen.

»Das kannst du nur sagen, weil du kein eigenes Haus hast und nicht die Kosten für den Umbau tragen musst«, blaffte Thomas Melina an.

»Und du bist nur dagegen, weil du schon längst tot sein wirst, wenn die Katastrophe über uns hereinbricht.«

»So viel älter als du bin ich nun auch nicht.«

»Hallo? Du könntest mein Vater sein.«

»Puh! Besser nicht.«

»Denk doch mal an deine Kinder! Die müssen die ganze Scheiße schließlich ausbaden.«

»Wenn ich meinen Kindern nichts mehr bieten kann, weil wir unser ganzes Geld in eine neue Heizung stecken müssen – deren ökologische Sinnhaftigkeit ich massiv anzweifle – ist auch keinem geholfen.«

»Sagt der, der gerade Tausende von Euro für eine Antarktiskreuzfahrt rausgepulvert hat.«

»Hey, ihr zwei. Reißt euch zusammen«, sagte Jutta, die die beiden eingeholt hatte. »Wir sind hier auf einem Friedhof.«

»Korrigiere: Friedwald.«

»Meli, du musst auch immer das letzte Wort haben.«

»Ja, mit dem größten Vergnügen.«

»So hätte es beim ersten Mal auch laufen können«, sagte Hilde, als sie die Urne zu Tage förderten.

Sie hatten direkt an der richtigen Stelle gegraben und anschließend die Urne mit einem Messer geöffnet. Inga und Edwin standen schweigend daneben.

Melina hatte eine zweite Urne gedrechselt, in die sie die Asche umfüllten. Mit einem »Dong« landete neben der Asche noch etwas anderes in der neuen Urne.

»Was war das für ein Geräusch?«, fragte Hilde.

Thomas nahm das Messer zur Hand und wühlte in der Asche herum, während Hilde ihm mit der Taschenlampe leuchtete.

»Ein größeres Stück Knochen vielleicht?«, mutmaßte Melina.

»Es hat sich eher wie ein Stein angehört«, sagte Jutta.

»Meli, google mal, was das sein könnte«, sagte Thomas.

Sofort zückte sie ihr Handy.

»Also«, las sie vor. »Es handelt sich hierbei um einen feuerfesten Schamottstein, auf den eine Identifizierungsnummer und die Bezeichnung des Krematoriums geprägt werden. Dieser Stein wird zusammen mit dem Sarg verbrannt und anschließend in die Aschekapsel gelegt, um im Zweifelsfall die Asche identifizieren zu können.«

Sie steckte das Handy zurück in ihre Tasche.

»Krass!«

»Interessant«, sagte Hilde.

»Was es alles gibt«, sagte Thomas.

Inga und Edwin standen weiterhin schweigend daneben. Es war zwar ihr Vorschlag gewesen, mitzukommen, doch wohl schienen sie sich nicht zu fühlen. Im Gegensatz zu den anderen, die keinerlei Probleme damit zu haben schienen, Pauls Urne auszugraben, zu leeren und wieder einzugraben.

Sie beschlossen, den Schamottstein in der neuen Urne zu belassen und die alte Urne mit einem kleinen Rest Asche wieder in der Erde zu vergraben. Zuerst hatten sie überlegt, die Urne mit fremder Asche aufzufüllen, sich aber schlussendlich dagegen entschieden. Wer sollte schon auf die Idee kommen, die Urne auszugraben, um nach der Asche zu schauen? Wo sollten sie überhaupt fremde Asche herbekommen?

Nachdem sie die Urne wieder in die Erde gesetzt hatten, zündeten sie mehrere Kerzen an, spielten leise die Musik ab und ließen sich auf ihren mitgebrachten Klappstühlen nieder. Jeder hatte sich für die heutige Nacht etwas einfallen lassen.

Hilde hatte Blütenblätter aus ihrem Garten mitgebracht (»Keine Sorge, Meli, nicht von Schnittblumen.«), die sie in das Loch streute, während Jutta die Geschichte vom Flötenspieler vorlas.

»Und so ging der Flötenspieler mit dem Tod auf die andere Seite und ließ seine Flöte zurück im Reich der Lebenden«, beendete Jutta ihren Vortrag.

Im Anschluss trat Melina ans Grab, die die Tage zuvor damit verbracht hatte, die Urne fertigzustellen und verschiedene Trauerrituale aus anderen Ländern zu recherchieren. Sie erklärte, dass in anderen Kulturen am Tag der Beerdigung das Leben gefeiert würde und auch, dass derjenige, der stürbe, nicht tot sei. Er hätte nur seinen Körper verlassen und sei nun überall anzutreffen – im Wind, im Wasser, in der Erde.

»Der Tod ist neben der Geburt der wichtigste Tag im Leben. Lasst ihn uns feiern«, schloss sie ihren Vortrag.

Passend dazu hatten Inga und Edwin Pauls Lieblingsgericht aus Kindheitstagen dabei - Pfannkuchen – von dem sie einen kleinen Teil in das Loch warfen und den Rest innerhalb der Gruppe verteilten. Während sie die Pfannkuchen mit Marmelade bestrichen, zusammenrollten und aßen und dazu das von Thomas mitgebrachte Bier – Pauls Lieblingssorte – tranken, erzählten Inga, Edwin und Thomas Geschichten aus Pauls Leben. Von seinen Reisen und seinen Streichen, die er sich zusammen mit Thomas ausgedacht hatte. Auch die Postkarten, die Paul aus der Antarktis geschickt hatte, lasen sie im Schein der Kerzen und Taschenlampe vor.

Als sie ein letztes Mal die Urne mit Erde bedeckten, hob Thomas seine Bierflasche in die Luft und sagte:

»Meli, mir fällt zwar jetzt kein passender Liedtext ein, aber dennoch möchte ich einen Toast aussprechen. Auf die Freundschaft, das Leben und den Tod.«

»Prost!«, riefen alle zusammen und hoben ihre Flaschen gen Himmel. »Auf Paul!«

»Auf Paul!«

»Auf uns!«

»Auf die leckersten Pfannkuchen, die ich je gegessen habe«, rief Hilde und alle lachten.

»Wie nah doch Freude und Trauer sein können«, flüsterte Jutta Thomas ins Ohr.

Dieser stimmte ihr nickend zu.

»Kennst du das Gefühl, wenn du weißt, dass gerade etwas Magisches passiert und du Teil davon bist? Ein Moment für die Ewigkeit?«, fragte Melina Jutta, während sie langsam zurück zu den Autos gingen.

»Ich glaube schon.«

»Das hier war so etwas«, sagte Melina. »Etwas, das in die Geschichte eingeht. An das wir uns unser ganzes Leben erinnern werden.«

»Recht hast du«, sagte Hilde, die die beiden gerade eingeholt und Melinas Worte gehört hatte. »Wir haben heute den Tod und das Leben gefeiert.«

»Und zu viel getrunken«, setzte Jutta nach, was zu allgemeinem Kichern führte.

»Wenigstens waren Pauls Eltern vernünftig und haben sich zurückgehalten«, sagte Hilde.

Sie drehten sich um und warteten auf Thomas, Edwin und Inga, die langsam zu ihnen aufschlossen.

»Es war auch gut für die beiden«, sagte Jutta leise und Melina und Hilde stimmten ihr nickend zu.

»Warum eigentlich »Hase« und »Maus«?«, fragte Jutta plötzlich.

Es war zwar dunkel, aber Jutta konnte dennoch den verwirrten Gesichtsausdruck von Thomas erkennen.

»Entschuldige. Ich war wohl mit meinen Gedanken wieder einmal ein Stück weiter. Ich habe gerade über die Postkarte nachgedacht, die dir Paul aus der Antarktis geschickt hat. Warum hat er dich mit »Hase« angesprochen und sich selbst »Maus« genannt?«

Thomas musste schmunzeln, als er die Geschichte hinter den Spitznamen erzählte. Paul und Thomas waren etwa fünf Jahre alt gewesen, als sie zusammen mit Pauls Eltern auf einen Faschingsumzug gingen. Da es kalt war, hatten die Eltern sich für wärmende Kostüme entschieden. Paul war als Maus und Thomas als Hase verkleidet gewesen.

Thomas holte sein Handy hervor und zeigte der Gruppe ein Foto der beiden Kinder in ihren Kostümen.

»Das Foto hängt bei uns an der Wand im Esszimmer«, sagte Edwin. »Ich erinnere mich gut an den Tag.«

»Ich mich auch«, stimmte Inga ihrem Mann zu. »Ihr zwei wart so niedlich.«

»Ich kann mich nicht erinnern, wie es dazu kam, aber irgendwie sind daraus unsere Spitznamen entstanden. Seit ich ein Handy besitze, ist Paul bei mir als »Maus« gespeichert und ich war bei ihm immer »Hase««, erklärte Thomas.

»Das hat schon zu dem ein oder anderen Missverständnis geführt«, sagte Inga schmunzelnd. »Erklär das mal deiner Freundin, wenn »Hase« auf dem Display erscheint.«

»Oh ja, das kenne ich«, sagte Thomas. »Das ist mir auch passiert.«

Tagebucheintrag
Mi., 21. August 2024

»So hart bereu' ich diesen einen Tag«

Am 19. August 2023 hat meine Welt aufgehört sich zu drehen. 367 Tage sind nun vergangen und du fehlst mir immer noch so sehr. Ein Jahr habe ich nun alles gemacht – ohne dich. Unseren Jahrestag, Weihnachten, unsere Geburtstage, alles. Anfangs fühlte es sich so falsch an. Es fühlt sich immer noch nicht gut an. Doch die Momente, in denen ich wieder unbeschwert lachen kann, werden mehr.

Weißt du, was ich mache, wenn ich mal wieder weinend am Boden liege und die Welt hasse, weil du nicht mehr da bist?

Ich sage mir immer und immer wieder, dass es dir gut geht. Dass alles in Ordnung ist. Dass es ok ist. Manchmal funktioniert es. Immer öfter funktioniert es. Doch hin und wieder hilft nur: Sachen zerstören, schreien, weinen. Bis mir die Augen vor Müdigkeit zufallen und ich Stunden später auf dem Boden aufwache und mich frage, was passiert ist.

Ich habe versucht, mich mit deinen Eltern auszusprechen. Erfolglos. Ich habe ihnen am 19. August einen Brief eingeworfen und um Verzeihung gebeten. Mit einer Antwort rechne ich nicht. Es könnte sein, dass deine Eltern Wind bekommen haben von der Friedhofsaktion an deinem Geburtstag…. Das macht die Sache nicht besser. Vor allem, weil sie sich sicher denken können, wer die Idee dazu hatte….

Irgendwann werden sie mir vielleicht verzeihen und irgendwann kann ich mir vielleicht auch selbst verzeihen. Bis dahin versuche ich das Beste aus dem Leben zu machen.

Heute Nacht waren wir wieder auf dem Friedhof. Wieder Asche von Paul klauen. Das letzte Mal. Es war warm, wir haben prompt die richtige Urne gehabt und hatten sogar noch Lust, Abschied zu feiern.

Apropos Feiern!

Es gibt Neuigkeiten. Hört! Hört! In zwei Wochen beginne ich eine Ausbildung zur Tischlerin. Wow! Ich habe lange überlegt und bin mir zu 51 % sicher, dass es das Richtige für mich ist. Nochmal abbrechen möchte ich nicht, aber kurz nachdem ich den Ausbildungsvertrag unterschrieben hatte, schrie mein Kopf ganz laut: WAS IST MIT DEN 1001 ANDEREN MÖGLICHKEITEN?

Sorry, Kopf! Aber ich habe mich für ein Gericht entschieden. Dabei bleibt es jetzt. Vorerst!

Locker bleiben! Ich habe noch meinen Online-Shop und mein DIY-Urnen-Imperium mit Hilde als Marketingchefin. Meinen Tankstellenjob hänge ich Ende August an den Nagel. Wobei ich wirklich Spaß daran hatte. Vor allem nachts. Da kommen einem die verrücktesten Gestalten unter. Entweder habe ich mir Geschichten über sie ausgedacht oder ich bin mit ihnen ins Gespräch gekommen und musste feststellen, dass die Realität irrer sein kann als meine Fantasie.

Dieser Lebensabschnitt ist nun vorbei. Dafür geht's in die Schreinerei. Mein Opa ist begeistert. Er hat mich schon durch seine Werkstatt geführt und mir alle wichtigen Utensilien gezeigt. Zum 4. Mal diesen Monat. Nach der 2. Runde habe ich angefangen, mir Earbuds in die Ohren zu stecken und Musik zu hören. Mit dem passenden Beat war das schon sehr witzig. Opa hat's auch gefallen. Vor allem, wenn ich im passenden Moment mit dem Kopf genickt habe.

Meine Eltern sind skeptisch, was die Ausbildung angeht. Ebenso Sina und Mia. Luca und Emma hingegen feiern es. Ich glaube, sie spekulieren darauf, dass ich ihnen irgendwann die passenden Möbel für ihr Traumhaus baue. Ha! Davon können sie lange träumen.

Max gefällt die Idee ebenfalls. Er hat vermutlich die Hoffnung, dass ich mich ab sofort nachts nicht mehr in die Garage schleiche, um *(absolut geräuschlos) meinem Hobby nachzugehen, da ich ja dann den ganzen Tag als Holzwurm unterwegs bin. Soll er das nur glauben.*

Leo, du würdest Max mögen. Da bin ich mir sicher. Die letzten Wochen führen wir immer wieder intensive Gespräche. Weißt du, warum er überhaupt zwei Zimmer in seiner Wohnung vermietet? Nun. Er hat anfangs mit seiner Freundin in der Wohnung gelebt. Diese wollte unbedingt ein Gästezimmer und ein Kinderzimmer (es kann ja schneller gehen als man denkt, hat sie gesagt). Die Räume wurden so gut wie nie genutzt. Seit der Trennung vermietet Max die Zimmer und hat dafür seine Vollzeitstelle auf 75 % runtergefahren. Genau der richtige Ansatz. Leo, du und ich, wir wissen beide, dass das Leben schneller vorbei sein kann als man denkt. Max hat es auch begriffen – ohne, dass er jemanden sterben sehen musste. Wer es aber immer noch nicht kapiert hat: meine Eltern. Sie strampeln weiter in ihrem Hamsterrad. Wenn ich sie darauf anspreche, muss ich mir anhören, »wie teuer alles geworden ist«, dass sie es sich »gar nicht leisten könnten«, ihre Stellen zu reduzieren.

»Dann verkauft eben das Haus und eines eurer Autos.«

»Spinnst du?« Nein, das Haus könnten sie auf keinen Fall verkaufen. Eine Wohnung käme nicht in Frage.

Sie wohnen doch nur noch zu zweit dort. Wofür brauchen sie den ganzen Platz? Ich übe mich darin, mich weniger einzumischen. Das gelingt mir in der Regel nicht. Aber ich bleibe dran.

Ich bin jedenfalls sehr zufrieden mit meinem Zimmer samt Balkon.

»Wir bleiben wach bis die Wolken wieder lila sind.«

Mh … Das könnte ich eigentlich machen. Müde bin ich nicht. Ich könnte eine Runde an der Urne für Hildes Nachbarin arbeiten und anschließend für Max und mich Brötchen holen.
Guter Plan!

Kapitel 12
Sa., 28. September 2024

»Ich hasse die Ausbildung.«

Melina hatte sich in einen der Terrassenstühle plumpsen lassen, während Jutta Eiskaffee mit Vanilleeis verteilte. Melina schnappte sich ihr Glas und begann, das Eis aus dem Getränk zu löffeln.

»Es ist zum Kotzen«, sagte sie mit Vanilleeis im Mund. »Seit Wochen lassen sie mich nur irgendwelche Deppentätigkeiten machen. Jeden Tag muss ich die Werkstatt kehren und mir noch dazu sexistische Witze von alten Säcken anhören.«

Sie löffelte weiter ihr Eis, während die anderen schwiegen.

»Weißt du«, Melina zeigte mit ihrem Löffel auf Thomas. »Ich hätte nicht auf dich hören sollen.«

Anschließend ließ sie den Löffel durch die Runde schweifen.

»Auf euch alle nicht.«

»Meli, jetzt stell dich mal nicht so an«, sagte Thomas. »Da musst du jetzt durch. Wir alle mussten da durch.«

Melina verdrehte die Augen.

»Nicht das Geschwätz schon wieder. Lehrjahre sind keine Herrenjahre, blabla. Das könnt ihr euch schenken.«

»Ganz ehrlich«, sagte Jutta. »Reiß dich zusammen. Was ist ein bisschen Werkstatt kehren gegen das, was du letztes Jahr durchgemacht hast?«

»Na toll. Das Totschlagargument. Was soll ich darauf antworten?«

»Dass Jutta recht hat«, sagte Hilde. »Und Thomas auch.«

Melina hatte mittlerweile das komplette Vanilleeis ausgelöffelt und rührte nun wild in ihrem Glas herum, um die Reste mit dem Kaffee zu vermischen.

»Vielleicht hätte ich doch bei dem coolen Typen anfangen sollen«, sagte Melina nachdenklich, während sie dem Wirbelsturm in ihrem Glas zuschaute.

»Meli, red' nicht so eine Scheiße«, sagte Thomas. »Das Thema hatten wir schon vor Wochen durch. Der Kerl lebt noch bei seinen Eltern und macht nur alle Schaltjahre ein Möbelstück. Was willst du bei so einem lernen?«

»Aber Kais Insta-Seite sieht richtig professionell aus und die Werkstatt ist super stylisch«, protestierte Melina.

»Die »Werkstatt« ist eine Lagerhalle, die Mami und Papi für ihn angemietet haben. Du glaubst doch wohl nicht, dass er davon leben kann.«

»Die Möbel waren super fancy, die er mir gezeigt hat.«

»Fancy kannst du später immer noch machen.«

»Ja, ja«, sagte Melina defensiv und schaute immer noch in ihr Glas.

»Wie ist denn die Berufsschule?«, fragte Jutta vorsichtig.

»Puh! Hör mir auf. Nur 17-jährige Kinder. Was soll ich mit denen?«

Jutta und Hilde wechselten einen kurzen Blick und mussten schmunzeln.

»Ja, genau«, sagte Hilde. »Fünf Jahre Altersunterschied sind eine Ewigkeit.«

»Ach, ihr wisst schon was ich meine.«

»Es muss doch irgendetwas Positives geben«, versuchte es Jutta noch einmal.

»Fein«, begann Melina und schaute in die Runde. »Elias scheint sehr nett zu sein. Er ist in meiner Klasse und immerhin schon 20. Die Pausen verbringen wir immer zusammen.«

»Sehr schön.«

»Ach ja! Ich kann die Ausbildung auf zwei Jahre verkürzen. Das ist ein Plus. Olli, der Werkstattleiter, hat gesagt, dass ich im zweiten Jahr auch schon richtig mit rausfahren darf. Natürlich nur, wenn ich mich anstrenge.«

»Das klingt doch vielversprechend.«

»Ja, ich weiß«, sagte Melina zögerlich. »Trotzdem ist alles so bürokratisch und langsam und unkreativ.«

»Du brauchst eine solide Basis und danach kannst du kreativ werden«, sagte Thomas.

»Außerdem tobst du dich doch schon an deinen Urnen aus«, sagte Hilde. »Übrigens hätte ich wieder einen Kunden für dich.«

»Echt?«

»Klar. Bin ich deine Marketing-Managerin oder bin ich es nicht?«

»Du bist die Beste«, grinste Melina und fügte schnell hinzu: »Und ihr natürlich auch. Wobei ihr auch etwas mehr die Werbetrommel für mich rühren könntet.«

»Tut mir leid, dass meine Freunde im Moment noch nicht über ihre eigene Beerdigung nachdenken«, gab Thomas zurück.

»Sollten sie aber. Ich habe schon die dritte Urne für mich gedrechselt.«

»Wirklich?«, fragte Thomas. »Was willst du denn mit drei Urnen?«

»Ich konnte mich nicht entscheiden«, sagte sie achselzuckend. »Außerdem überlege ich, demnächst meine Grabrede zu schreiben. Wer weiß, was sonst auf meiner Beerdigung über mich gesagt wird.«

»Du hast aber nicht vor, demnächst das Zeitliche zu segnen, oder?«, fragte Hilde.

»Quatsch, nein«, Melina winkte ab. »Ich will nur vorbereitet sein. Außerdem scheine ich gerade in einer morbiden Phase zu stecken.«

»Wohl zu viel Friedhofsluft geschnuppert«, sagte Thomas.

»Genug davon«, sagte Jutta gespielt streng. »Hilde, wenn du nicht gerade Kunden für Meli akquirierst, dann machst du hoffentlich Reisepläne. Schon Fortschritte?«

»Auf jeden Fall«, sagte Hilde. »Ich zeige euch meine Route.«

Sie kramte in ihrer Tasche nach ihrer Lesebrille und dem Handy, um der Gruppe ihre Ziele für das kommende Jahr zu präsentieren.

»Meli?«, fragte Jutta vorsichtig, während Melina sich auf dem Liegestuhl räkelte.

»Mh?«

»Mich beschäftigt etwas, ich weiß allerdings nicht, wie ich beginnen soll.«

»Spuck's einfach aus.«

Hilde und Thomas waren bereits vor einer halben Stunde gefahren.

»Bei unserem ersten Treffen letztes Jahr, hast du erwähnt, dass du dir das Leben nehmen wolltest.«

Melina richtete sich in ihrem Stuhl auf und schaute Jutta an.

»Wow! Damit habe ich jetzt nicht gerechnet.«

»Da du vorhin von deiner Urne und Grabrede angefangen hast… Muss ich mir Sorgen machen? Wenn du nicht darüber reden willst, ist das auch in Ordnung.«

»Nein, nein. Ist schon ok. Ich war überrascht. Das ist alles.«

Sie stand von ihrem Liegestuhl auf und setzte sich neben Jutta an den Tisch.

»Das Wichtigste zuerst. Du musst dir keine Sorgen machen.«

Sie lächelte Jutta an und nahm ihre Hand.

»Ich beschäftige mich einfach mit dem Tod, weil ich glaube, dass er dadurch seinen Schrecken verliert. Das ist alles.«

Jutta lächelte zaghaft und streichelte sanft Melinas Hand.

»Ich glaube, ich habe es nie wirklich ernst gemeint. Ich wollte nie sterben, ich wollte einfach nicht mehr mit dem Schmerz leben.«

»Das Gefühl kenne ich«, sagte Jutta.

»Der Tod schien der einzige Ausweg. Also habe ich Feuer im Ofen gemacht, eine Flasche Wein getrunken und wollte anschließend die Dunstabzugshaube einschalten.«

Jutta schaute sie verwirrt an.

»Kohlenmonoxid-Vergiftung«, erklärte Melina. »Hörte sich für mich nach einer schmerzfreien Art zu sterben an. Na ja, der Ofen lief, die Flasche war leer, aber die Dunstabzugshaube habe ich nie eingeschaltet. Zu feige.«

»Oder zu mutig, sich nicht einfach aus dem Leben zu schleichen.«

»Ja, vielleicht.«

»Aber was hatte es damit auf sich, dass sich Luca in deiner Wohnung einquartiert hat? Hattest du es ihm erzählt?«

»Was? Nein!«, sagte Melina. »Das war ein blöder Zufall. Ich hatte mal gelesen, dass es für Feuerwehrleute echt gefährlich sein kann, wenn sie in ein Haus kommen und zu spät bemerken, was die Person vorhatte. Also habe ich einen Zettel an die Haustür gehängt mit »Achtung! Kohlenmonoxid!«. Blöd nur, dass Luca ausgerechnet an dem Abend am Haus vorbeigelatscht ist, den Zettel gelesen hat und eins und eins zusammengezählt hat.«

»Und dann?«

»Er wusste, wo unser Ersatzschlüssel lag und ist ins Haus gestürmt. Ich lag bewusstlos vom Wein auf der Couch. Er hat mich erstmal geschnappt und nach draußen geschleift. Auf der

Straße hat er dann den Krankenwagen gerufen. Zum Glück bin ich wach geworden und konnte ihn noch aufhalten, bevor er meine Adresse ausgeplaudert hat. Das wäre richtig scheiße geworden.«

Melina nahm einen Schluck von ihrer Limonade, die vor ihr auf dem Tisch stand.

»Na ja! Er hat mir nicht geglaubt, dass ich es nicht wirklich ernst meinte und ist kurzerhand bei mir eingezogen.«

»Das nenn ich einen Freund.«

»Ja, stimmt.«

»Und Luca hat dich gezwungen, ins Trauercafé zu gehen?«

»Nicht direkt. Er hat gesagt, dass er nur aus meiner Wohnung auszieht, wenn ich mir Hilfe hole. Da ich keine Lust auf einen Psycho-Arzt hatte, bei dem ich Monate auf einen Termin warten muss, während mich Luca in der Zeit in den Wahnsinn treibt, habe ich auf der Homepage vom Hospizverein das Trauercafé entdeckt. Zum ersten Termin hat er mich hingefahren, um sicherzugehen, dass ich auch wirklich reingehe. Beim zweiten Termin hat er mir geglaubt und ist noch am selben Tag ausgezogen.«

»Also ist Luca derjenige, dem wir es zu verdanken haben, dass wir dich kennen.«

»So kann man es sehen«, sagte Melina. »Dann hatte meine Aktion ja doch etwas Gutes.«

»Was ich nicht verstehe: Wieso ist Luca überhaupt an dem Abend an deiner Wohnung gewesen?«

»Puh! Gute Frage. Das habe ich ihn auch gefragt. Seine Antwort war ein Schulterzucken und ein »Weiß nicht, Eingebung oder so.« Also, keine Ahnung.«

»Interessant.«

Beide schwiegen eine Weile und hingen ihren Gedanken nach.

»Ich glaube, ich brauche eine Zigarette.«

Jutta wollte sich gerade aus dem Stuhl hochdrücken, da hielt Melina sie am Arm fest.

»Ganz sicher nicht«, sagte Melina bestimmend. »Wenn ich die Ausbildung durchziehe, ziehst du das Nicht-Rauchen durch.«

Jutta setzte sich wieder.

»Deal?«, fragte Melina.

»Deal«, bestätigte Jutta. »Ich erinnere dich daran, wenn du uns beim nächsten Treffen wieder die Ohren vollheulst.«

»Mach das.«

Jutta wurde nachdenklich.

»Mir ging es wie dir. Nach Günthers Tod wollte ich sterben. Doch meine Feigheit hat mich bleiben lassen.«

»Oder dein Mut, sich nicht feige aus dem Leben zu schleichen«, sagte Melina.

»Oder das«, erwiderte sie.

ICH HASSE DIE AUSBILDUNG!!!

Alles ist furchtbar bürokratisch und langsam. Kein Raum für Kreativität. Außerdem sind alle gefühlt steinalt. Ich bin die einzige Auszubildende in dem Laden und um mich herum sind nur alte Säcke, die alles besser wissen. Ok, sie wissen tatsächlich alles besser. Das tut aber nichts zur Sache. Sie wissen, dass sie alles besser wissen und lassen sich keine Gelegenheit entgehen, mir das unter die Nase zu reiben. Noch dazu die ständigen Frauenwitze, die ich mir anhören muss. Zum Kotzen.

In der Werkstatt wollte ich natürlich sofort loslegen, doch von allen Seiten wurde ich ausgebremst. Ich sollte erstmal die Werkstatt fegen. WHAT? So lerne ich ganz sicher nichts. Klar, dass ich mir das nicht habe gefallen lassen und eine Begründung verlangt habe. Was kam? »So haben wir alle mal angefangen.« Typisch. Was soll ich damit bitte anfangen?

Nach drei Tagen wollte ich alles hinschmeißen.

Abends habe ich mich erstmal bei Thomas ausgekotzt. Ich wollte ursprünglich zu einem richtig coolen Möbeldesigner. Eine One-Man-Show plus ich. Kai wäre der perfekte Chef gewesen: locker, gechillt und superkreativ. Statt dort anzufangen habe ich auf Thomas gehört und mich für den »klassischen« Weg entschieden. Das habe ich nun davon. (Ich hasse es, wenn jemand das ausspricht, was ich tief im Inneren auch denke, aber nicht wahrhaben will.)

Leo, keine Sorge. Hingeschmissen habe ich nach drei Tagen jedenfalls nicht. Ich habe Thomas versprochen bis zum Ende des Jahres durchzuhalten (und Jutta indirekt bis 2026 – ups). Er wiederum hat mir versprochen, dass es besser wird.

»Die ersten Monate sind immer schwer. Halte durch.«

Fein. Was soll's? Morgen ist wieder Berufsschule. Die ersten zwei Stunden werden Elias und ich schwänzen. Ist sowieso nur Mathe. Was soll ich damit? Ich will etwas tun und nicht rumsitzen und zuhören. Ab der 3. Stunde wird es spannend. Da steht Fachpraxis an. Wir bauen einen Schemel. Juhu! Endlich die Hände schmutzig machen.

Max steht gerade in der Küche und kocht. Er kann das wirklich gut. Dank ihm bin ich die letzten Monate nicht verhungert. Besser noch: Ich bekomme sogar etwas Leckeres zu essen. Manchmal frage ich mich, ob er auch so oft kochen würde, wenn ich nicht hier wohnen würde....

Morgen werde ich nach der Schule einen Großeinkauf machen. Eigentlich kauft Max immer ein. Da er sich vehement weigert, Geld für Lebensmittel von mir anzunehmen, bin ich dazu übergegangen, ebenfalls einkaufen zu gehen. Die erste Zeit hat er sich beschwert. Angeblich hätte ich die falschen Champignons gekauft (Was gibt es bei Pilzen falsch zu machen? Ist doch egal, ob weiß oder braun) oder zu viel eingekauft (als ob sich Nudeln und Reis nicht ewig halten würden). Mittlerweile hat er akzeptiert, dass ich mich nicht davon abbringen lasse. Vor ein paar Tagen ist er sogar dazu übergegangen, eine Einkaufsliste zu schreiben. Vermutlich ist das der Tatsache geschuldet, dass wir letzte Woche ganze fünf Tage hintereinander Salat gegessen haben, weil sowohl er als auch ich Salat gekauft hatten (ich habe sogar zwei Köpfe gekauft, da sie so schön aussahen). Und Wegschmeißen ist absolut gegen die Regeln. Das hat Max mittlerweile auch kapiert - nachdem ich ihm einen Vortrag über Lebensmittelverschwendung gehalten habe.

Manchmal fühlt es sich so an, als wären wir ein altes Ehepaar, das in getrennten Räumen schläft. Wir machen uns morgens gegenseitig Kaffee. Je nachdem, wer zuerst aufsteht. Max kocht, also räume ich die Küche auf. Wenn er lange arbeiten muss, versuche ich zu kochen –

obwohl er mich schon mehrmals gebeten hat, es nicht zu tun. Er tut immer so, als würde es nicht schmecken (»da fehlt Salz«, »die Kartoffeln sind zu hart/zu weich«). Ich ignoriere seine Kommentare. Essen tut er es schließlich trotzdem. Außerdem kenne ich ihn mittlerweile ziemlich gut und weiß, wie er aussieht, wenn es ihm wirklich nicht schmeckt (ich sage nur: Lasagnenfiasko letzten Monat).

Es war eine gute Entscheidung, hier einzuziehen.

Max ruft nach mir: »Hör auf zu schreiben und setz dich endlich an den Tisch!«

Ich muss schmunzeln.

Leo, das hast du auch immer zu mir gesagt, wenn ich mal wieder Ewigkeiten mit meinem Tagebuch beschäftigt war, Sticker eingeklebt, Karikaturen von uns gezeichnet (Max findet meine Zeichnungen genauso hässlich wie du sie gefunden hast – und ich weiß, dass es bei euch beiden eine Lüge war/ist) und geschrieben habe.

»Hey, Erde an Meli!«

Er ist ganz schön penetrant.

Nur eines noch: Am Mittwoch habe ich Geburtstag. Mein 2. Geburtstag ohne dich, Leo. Wie soll ich das nur schaffen?

»MELI!!!!«

Jaja, ich komme ja schon! Nicht mal mehr Zeit für einen passenden Liedfetzen habe ich! Unglaublich!

Kapitel 13
Sa., 19. Oktober 2024

Es war 12 Uhr mittags und Jutta putzte, räumte und kochte seit vier Stunden ohne Pause. In wenigen Minuten würden Thorben mit Miriam und Julian mit Freya zum Mittagessen kommen. So sehr sie sich auf ihre Söhne freute, so schwer fiel ihr der heutige Tag. Günthers erster Todestag. Sie hatte sich den ganzen Vormittag keine Pause gegönnt, um nicht allzu viel darüber nachzudenken. Doch natürlich führten ihre Gedanken ein Eigenleben und ließen sich nicht einfach abstellen.

Ein Jahr war vergangen. So lang und kurz zugleich. Es fühlte sich wie eine Ewigkeit an und gleichzeitig kam es ihr wie gestern vor, dass sie Günther gepflegt hatte. Ihr Leben hatte sich von Grund auf verändert. Sie war frei und unabhängig. Keine Einschränkungen, keine Verpflichtungen, keine Rücksichtnahme mehr. Sie genoss es, allein zu sein und nur noch Entscheidungen für sich selbst treffen zu können. Dennoch fühlte sie eine Leere in sich. Meist abends, wenn sie nur für sich kochte und sich anschließend mit einem Buch auf die Couch setzte. Wenn sie ins Bett ging, allein. Sie vermisste Günther. Die Nähe, die Vertrautheit, das gemeinsame Leben.

Sie wollte nach vorne schauen. Musste nach vorne schauen. »Wer weiß, wie viele Jahre mir noch bleiben«, sagte sie sich.

Aus diesem Grund traf sie eine Entscheidung. Sie wollte ihre guten Jahre nicht in einem Haus verbringen, das zu groß für sie war und das ihr viele Stunden des Tages raubte, um es in Ordnung zu halten. Sie hatte es in den ersten Monaten nach Günthers Tod gebraucht, um Günther zu spüren. Doch mit den Monaten, die vergingen, bemerkte sie, dass sie Günther nicht nur in diesem Haus fand, sondern in vielem. Vor allem ihren Söhnen. Aber auch in zufälligen Bekanntschaften. Manchmal erinnerte sie ein Lächeln einer fremden Person an Günther, manchmal war es die Persönlichkeit, die sie in einem Gespräch zurück zu Günther führte. Sie brauchte das Haus nicht mehr.

Vor ein paar Tagen hatte sie damit begonnen auszumisten. Melina hatte ihr angeboten, aussortierte Gegenstände über Online-Portale zu verkaufen und mit ihr auf den Flohmarkt zu gehen. Jutta war skeptisch was den Flohmarkt anbelangte. Doch Melina war so voller Euphorie, dass sie sich darauf einlassen würde.

»Das wird so aufregend.«

Melina war vor ein paar Tagen aufgeregt durch Juttas Haus gesprungen.

»Dann verhandeln wir, was das Zeug hält.«

»Zuerst möchte ich Thorben und Julian anbieten, die Dinge auszusuchen, die sie gerne hätten«, hatte Jutta Melina ausgebremst.

»Jaja.«

Jutta war nervös, da sie nicht einschätzen konnte, wie ihre Söhne auf die Ankündigung reagieren würden. Bislang hatte sie ihren Plan mit keinem Wort erwähnt und Günthers erster Todestag schien ihr gänzlich unpassend, es anzusprechen. Andererseits würde sie Thorben vermutlich erst wieder an Weihnachten sehen und bis dahin wollte sie bereits das Haus so gut wie ausgeräumt und einen Makler engagiert haben.

»Für manche Sachen gibt es einfach keinen passenden Zeitpunkt«, sagte sie sich und strich das Spannbetttuch glatt, mit dem sie gerade die Matratze frisch überzogen hatte. Anschließend schüttelte sie Bettdecke und Kissen auf und drapierte beides auf dem Bett.

Just in dem Moment, in dem sie zufrieden auf das ordentlich gemachte Bett schaute, klingelte es an der Haustür. Ein kurzer Blick in den Spiegel versicherte ihr, dass alles dort saß, wo es sein sollte, und schon eilte sie zur Tür, um ihre Gäste in Empfang zu nehmen.

»Es gibt Neuigkeiten«, verkündete Thorben stolz, als sich jeder mit einem Glas an den Esstisch gesetzt hatte. Jutta hatte für alle Kir Royal gemacht. Ein Getränk, das sie immer an Weihnachten als Aperitif getrunken hatten. Günthers Todestag sollte nicht nur von Traurigkeit bestimmt sein.

»Jetzt bin ich aber gespannt«, sagte Jutta.

»Lass mich raten, du bist schwanger«, platzte Freya heraus und blickte Miriam dabei an.

»Mensch, Freya, musst du die Überraschung ruinieren?«, kam es von Thorben, da Miriam zu perplex war, um zu antworten.

»Sorry, not sorry«, Freya zuckte mit den Schultern. »Das war eine Steilvorlage.«

Thorben war anzusehen, dass er sich über Freya ärgerte. Doch er erwiderte nichts.

»Heißt das, ich werde Oma?«, fragte Jutta, nachdem sie begriffen hatte, was vor sich ging.

»Das heißt es«, sagte Miriam strahlend.

Jutta und Julian sprangen gleichzeitig auf und fielen den beiden in die Arme. Es regnete Glückwünsche und Küsse. Miriams Sektglas, das sie bis dahin nicht angerührt hatte, wurde gegen ein Wasserglas getauscht. Julian klopfte seinem Bruder auf die Schulter, nachdem er ihn fest umarmt hatte.

»Mein kleiner Bruder wird Papa. Du warst schon immer der Schnellere von uns beiden.«

»Einer muss ja anfangen«, lächelte Thorben.

»Wir haben uns überlegt, wieder hierherzuziehen«, erklärte Thorben, nachdem sich die erste Aufregung gelegt hatte. »Miriams Eltern wohnen hier. Du wohnst hier«, er blickte Jutta direkt an. »Und ihr natürlich auch«, mit Blick zu Julian und Freya.

»Das sind tolle Neuigkeiten«, Jutta strahlte. »Dann bekomme ich mein Enkelkind sicherlich sehr oft zu Gesicht.«

»Wir haben uns überlegt, noch vor der Geburt umzuziehen.«

»Ihr seid ja schnell«, sagte Freya. »Habt ihr denn schon etwas in Aussicht? Der Wohnungsmarkt ist im Moment die reinste Katastrophe.«

»Wann ist der das nicht?«, fragte Julian.

»Ehrlich gesagt, dachten wir uns, dass es geschickt wäre, wenn wir hier einziehen würden.«

Jutta blickte Thorben und Miriam an.

»Du meinst in dieses Haus?«, fragte sie.

»Mama, mal ganz realistisch. Du allein in dem großen Haus. Das ist doch auf Dauer nichts.«

Da Jutta schwieg, redete Thorben weiter.

»Miriam möchte nach einem Jahr wieder voll in den Job einsteigen. Dann könntest du dich um das Kind kümmern und hättest eine Aufgabe.«

Hatte sie sich das nicht immer gewünscht? Das Haus wieder voller Leben und Kinderlachen. Wieder gebraucht werden? Eine Aufgabe haben, wie es Thorben formulierte.

Wäre der Vorschlag vor einem Jahr gekommen, Jutta hätte nicht gezögert. Nach Günthers Tod hatte sie nicht gewusst, was sie mit sich anfangen sollte. Kinder großziehen, Günther pflegen, sich um andere kümmern, das konnte sie. Sie hatte es von klein auf gelernt. Was sie aber nie gelernt hatte: sich um sich selbst kümmern.

Thorbens Vorschlag traf einen wunden Punkt. Ihre natürliche Reaktion wäre gewesen, sofort zuzustimmen.

Jutta liebte ihre Söhne. Auch war sie überzeugt, dass sie ihr Enkelkind lieben würde. Sie würde es verwöhnen und alle wunderbaren Dinge tun, die Großmütter eben mit ihren Enkelkindern tun.

Jedoch hatte sie im vergangenen Jahr gelernt, dass es eine Person gab, die sie mehr lieben musste als ihre Familie, um glücklich zu sein: sich selbst. Sie schmunzelte bei dem Gedanken, dass sie 66 Jahre alt werden musste, um sich das einzugestehen. Melina mit ihren gerade mal 23 Jahren hingegen hatte das bereits verinnerlicht. Eine andere Generation, sagte sie sich.

»Was will ich?«, fragte sie sich.

Sie wollte nicht in diesem Haus wohnen bleiben.

Sie wollte nicht die Tagesmutter für ihr Enkelkind sein.

Sie wollte keine Mitbewohner – selbst, wenn die Mitbewohner ihr eigener Sohn und dessen Familie waren.

Sie wollte keine Kompromisse mehr eingehen.

Sie wollte egoistisch sein.

Sie hatte in ihrem Leben genug Windeln gewechselt, Hintern abgewischt, für andere gesaugt, geputzt und gekocht. Nun war sie an der Reihe.

»Mama, was sagst du dazu?«, hakte Thorben nach.

Vier Augenpaare waren auf Jutta gerichtet.

»Ich muss darüber nachdenken«, sagte sie schließlich.

Die Entscheidung zu treffen war das eine. Es laut auszusprechen und die Reaktion des Gegenübers zu ertragen eine andere. Nicht heute, sagte sie sich.

»Was gibt es darüber nachzudenken?«, fragte Thorben verwundert. »Wir dachten, du freust dich?«

»Lasst uns nochmal anstoßen!«, sagte Freya betont freudig und hob das Glas. »Auf einen Vorschlag, über den Jutta erst nachdenken möchte und auf die werdenden Eltern.«

Widerwillig hob Thorben sein Glas und hakte nicht weiter nach.

Jutta war erleichtert und dankbar. Freya hatte sie gerettet. Ina vermisste sie nach wie vor. Vermutlich, weil Ina ihr ähnlicher war als Freya. Ina hätte sich in diesem Fall nicht eingemischt. Freya war offener und direkter. Sie wartete nicht, bis jemand etwas anbot. Stattdessen forderte sie es ein. Für Jutta war dieses Verhalten bei einer Frau befremdlich. Freya erinnerte sie ein wenig an Melina.

Vielleicht war es an der Zeit, dass die Jungen nicht nur von den Alten lernten, sondern die Alten auch von den Jungen, dachte sie bei sich, während sie mit den Worten »Ich schau mal, was das Essen macht« in der Küche verschwand.

Nach dem Mittagessen besuchten sie gemeinsam den Friedhof. Jutta genoss die Zeit mit ihrer Familie und war dennoch froh, als sie das Haus am Abend wieder für sich hatte. So sehr sie manchmal die Leere belastete, so wenig konnte diese mit anderen Personen außer Günther gefüllt werden. Selbst ihre Söhne vermochten das nicht.

Während sie die Küche in Ordnung brachte, dachte sie über die vergangenen Stunden nach. Es hatte gutgetan, über Günther zu reden. An manche Geschichten, die ihre Söhne erzählt hatten, konnte sie sich nur vage erinnern. Wie schnell manches doch verblasste.

Sie trocknete sich die Hände am Geschirrtuch ab, nahm Handy und Lesebrille und setzte sich auf die Couch. Sie öffnete den

Chatverlauf mit Thomas und begann zu tippen. Mittlerweile hatte sie Übung darin, Nachrichten zu schreiben.

»Hallo Thomas. Hast du einen Moment?«

Sie legte das Handy beiseite, da sie nicht sofort mit einer Antwort rechnete und schaute hinaus in den Garten. Ob sie den Ausblick vermissen würde? Das Haus? Jahrzehnte hatte sie hier gelebt. Eine Wohnung würde eine Umstellung werden. Sie hätte wieder Nachbarn, müsste sich räumlich einschränken. Ihr Gefühl sagte ihr, dass sie das Richtige vorhatte.

Ihr Handy gab das Signal einer eingehenden Nachricht. Thomas hatte geantwortet.

»Klar. Was gibt's?«

»Ich werde Oma. Miriam ist schwanger.«

Thomas schickte ihr einige Emojis mit Herzchen und grinsenden Gesichtern.

»Thorben und Miriam möchten zu mir ins Haus ziehen«, schrieb sie weiter, nachdem sie sich für die Glückwünsche bedankt hatte.

»Wolltest du das Haus nicht verkaufen?«

»Schon. Das wissen Thorben und Julian aber noch nicht. Ich wollte es ihnen heute sagen.«

»Und jetzt?«

»Meine Entscheidung steht. Ich muss noch überlegen, wie ich es ihnen beibringe. Bin ich eine schlechte Mutter, wenn ich nicht mit meinem Sohn in einem Haus leben möchte?«

»Was? Nein, natürlich nicht. Mach das, was du für richtig hältst.«

»Was würdest du sagen, wenn deine Mutter so reagieren würde?«

Die drei aufleuchtenden Punkte signalisierten ihr, dass Thomas tippte. Immer wieder verschwanden die Punkte. Dann tauchten sie wieder auf. Jutta wurde ungeduldig.

»Es wäre gelogen, wenn ich schreiben würde, ich wäre nicht enttäuscht. Natürlich würde es mich treffen. Zum einen, zu hören, dass meine Mutter nicht mehr mit mir zusammenleben möchte. Zum anderen, dass mein Elternhaus verkauft werden soll. Aber ganz ehrlich: Das wäre mein Problem und nicht das meiner Mutter. Thorben hat dich sicherlich auch nicht gefragt, ob es ok für dich ist, wenn er auszieht. Schlussendlich ist es deine Entscheidung.«

Jutta hatte sich eine andere Antwort erhofft. Doch Thomas hatte es auf den Punkt gebracht.

»Danke.«

»Nicht dafür.«

»Ich werde berichten.«

»Lass dich zu nichts überreden, was du nicht möchtest. Ok?«

»Ok. Bis nächste Woche.«

Jutta legte das Handy neben sich und setzte ihre Brille ab.

Ihr stand ein unbequemes Gespräch bevor. Sie musste entscheiden, wann sie bereit war, es zu führen. Thorben und Miriam würden noch ein paar Tage in der Gegend sein. Jutta beschloss, ihm ein Treffen in zwei Tagen vorzuschlagen.

»Je schneller ich es hinter mich bringe, desto besser«, sagte sie laut.

Leo, ich muss dir etwas beichten. Ich weiß nicht, wie ich anfangen soll. Ich suche fieberhaft mein Gehirn nach einem Liedtext oder einem Gedicht ab, werde aber nicht fündig.

Deshalb fange ich einfach an. Weißt du noch, als wir uns das erste Mal geküsst haben? Es war mein 18. Geburtstag und Emma und Luca hatten dich einfach mitgeschleppt. Sie dachten, wir würden uns gut verstehen. Wie recht sie hatten. Wir haben uns den ganzen Abend unterhalten. Irgendwann ist es einfach passiert. Von dem Moment an hatte ich ständig das Lied »I kissed a girl« im Kopf. Ich konnte nicht genug davon kriegen. Nicht genug von dir. Der Rest ist Geschichte.

Gestern habe ich Max geküsst. An unserem Jahrestag! Kannst du das glauben? Ich nicht. Wie kann ich so etwas nur tun? Es ist, als würde ich dich betrügen. Als würde ich dich aufgeben. Ich schaue auf mein Tattoo und fühle mich wie eine Verräterin. Nicht, weil es passiert ist. Sondern weil es sich gut angefühlt hat.

Ich glaube, Max war sehr erstaunt, als es passierte. Es kam aus dem Nichts. Wir haben zusammen Abendessen gemacht und als wir beide etwas aus dem Kühlschrank holen wollten, habe ich ihn geküsst. Ich glaube, er fand das nicht so cool von mir. Ja, er hat mitgemacht, aber überrumpelt habe ich ihn vermutlich schon. Jedenfalls. Das Abendessen verlief super komisch. Wir wussten nicht, was wir sagen sollten und schwiegen uns an. Jeder ist danach so schnell es ging in seinem Zimmer verschwunden und seitdem haben wir uns nicht mehr gesehen. Vermutlich, weil wir versuchen, uns aus dem Weg zu gehen.

»Das ist so gar nicht deine Art«, würdest du jetzt sagen.

Stimmt! Ich bin MAXimal verwirrt.

Heute Morgen habe ich Hilde angerufen. Ich musste mit jemandem reden, der dich nicht persönlich kannte. Eine neutrale Person. Mit Lebenserfahrung. Hilde ist ziemlich pragmatisch an die Sache herangegangen.

»Hat es dir gefallen?«

»Ich denke schon.«

»Hat es Max gefallen?«

»Ich denke schon.«

»Magst du ihn?«

»Ich denke schon.«

»Mag er dich?«

»Ich denke schon.«

»Wo ist dann das Problem?«

Na ja, dass ich eigentlich Leo liebe und mir niemals vorstellen konnte, mit jemand anderem zusammen zu sein.

»Ich erzähle dir jetzt mal eine Geschichte.«

Oh ha, jetzt kommt's.

»Es ist schon ewig her, da hatte ich eine OP. An sich nichts Dramatisches, aber man macht sich vorher schon seine Gedanken. Also habe ich mit Arthur und Christina gesprochen. Ich wollte klare Verhältnisse. Für den Fall der Fälle. Weißt du, was ich zu Arthur gesagt habe?«

»Erzähl!«

»Ich habe ihm gesagt: »Solltest du die Liebe deines Lebens auf meiner Beerdigung treffen, dann zögere nicht eine Sekunde. Schnapp sie dir und mach dir ein schönes Leben.«

»Hast du das ernst gemeint?«

»Klar! Aber wie du weißt, hatten Arthur und ich nicht die glücklichste Ehe. Das spielt aber keine Rolle. Wichtig ist, dass man es dem anderen gönnt, wieder glücklich zu sein. Das würdest du für Leo wollen und Leo für dich. Ja, du wärst vermutlich noch mit Leo zusammen, wenn es den Unfall nicht gegeben hätte. Aber jetzt ist es so und was

soll es bringen, wenn du wartest? Rede mit Max und schaut, wohin
es führt. Vielleicht geht es schief und du musst ausziehen. Vielleicht
auch nicht. Wer weiß? Das Leben ist schließlich da, um Dinge auszu-
probieren.«

Hilde ist eine weise Frau.

Ich werde mit Max reden.

»I kissed a boy

.

.

.

and I liked it.«

Kapitel 14
So., 24. November 2024

»Ich hab dich lieb, mein Schatz.«

»Ich dich auch, Mama.«

Erschöpft ließ sich Jutta auf das Sofa sinken. Das Telefon warf sie achtlos neben sich, legte den Kopf in den Nacken und schloss die Augen.

Drei Tage nach Günthers Todestag hatte Jutta Thorben möglichst diplomatisch versucht zu erklären, dass sie sich gegen seinen Vorschlag entschieden hatte. Wie Thomas vorausgesagt hatte, hatte ihr Sohn mit Unverständnis reagiert. Wie sollte er es auch verstehen? Sie war immer da gewesen, hatte nie »nein« gesagt. Sie hatte Thorben und Julian sogar noch nach dem Studium die Wäsche gewaschen und gebügelt. Ihr neu gewonnener Egoismus war ihrem Sohn fremd.

»Miriam und ich finden schon eine Lösung«, hatte er schließlich gesagt. Begeistert hatte er nicht geklungen.

Sie hatte vorgeschlagen, dass sie das Haus kaufen konnten. Julian hatte bereits angekündigt, dass er nicht daran interessiert war. Thorben konnte sich nicht mit der Idee anfreunden, dass in ein paar Monaten Fremde in seinem Elternhaus leben würden. Doch was den Kauf betraf war er unsicher gewesen und hatte um Bedenkzeit gebeten.

Sie öffnete die Augen und blickte Richtung Decke. Thorben hatte sie heute Mittag angerufen, um ihr zu sagen, dass sie das Haus nicht kaufen, sondern sich nach etwas Eigenem umschauen würden. Die Preisvorstellung des Maklers war ihnen zu hoch und selbst bei einer Preisreduzierung könnten sie es sich finanziell nicht leisten. Somit konnte Jutta dem Makler das OK geben, das Haus zum Verkauf anzubieten.

Sie fühlte Erleichterung, dass sie das Thema mit ihren Söhnen geklärt hatte und Vorfreude. Sie hatte für die kommenden Wochen mehrere Besichtigungstermine vereinbart. Allein. Julian, Margot und auch Hilde, Melina und Thomas hatten ihre Unterstützung angeboten. Sogar Lieselotte, mit der sie sich einmal im Monat zum Scrabble-Spielen traf – und immer gegen sie verlor -, hatte vorgeschlagen, mitzukommen. Sie hatte dankend abgelehnt. Sie würde es allein schaffen.

Sie konnte sich nicht vorstellen, dass sie ihre Entscheidung bereuen würde. Doch noch war das Haus nicht verkauft, keine Kisten gepackt und sie war nicht ein letztes Mal durch die leeren Räume gegangen, um sich zu verabschieden. All diese Schritte standen ihr noch bevor. Irgendwann würde die Wehmut einsetzen. Das würde sie nicht daran hindern, mit einem neuen Lebensabschnitt zu beginnen.

Auch Miriam und Thorben stand ein neuer Abschnitt bevor. Sie würden bei Miriams Eltern einziehen, bis sie etwas Passendes gefunden hatten. Miriams alte Dachgeschosswohnung stand leer und war eine gute Zwischenlösung. Einerseits war Jutta erleichtert, dass die beiden schnell eine Alternative gefunden hatten. Andererseits hatte sie ein schlechtes Gewissen. Da sie nicht bereit gewesen war, Kompromisse einzugehen, mussten Miriams Eltern einspringen. Sie fragte sich, was diese nun von ihr dachten. »Lässt ihren Sohn samt schwangerer Schwiegertochter im Stich.« So oder so ähnlich malte sie es sich aus. Sie schüttelte vehement den Kopf.

»Nein, nein, nein«, sagte sie laut.

Solche Gedanken wollte sie gar nicht erst zulassen. Thorben würde seinen Anteil am Erbe ausbezahlt bekommen. Ebenso wie Julian. Beide hatten damit eine gute Basis, sich etwas Eigenes aufzubauen. Außerdem wäre sie selbstverständlich zur Stelle, wenn die beiden Unterstützung brauchten. Mehr war sie jedoch nicht bereit zu geben.

Sie stand von der Couch auf und ging in die Küche, um sich einen Kaffee zu kochen. Vor einem Jahr hatte sie gedacht, das Leben wäre zu Ende. Obwohl sie die Traurigkeit immer wieder übermannte und kein Tag verging, an dem sie sich Günther nicht wieder zurückwünschte, so hatte sie in dem Jahr gelernt, allein zurechtzukommen. Da es keinen Günther mehr gab, der ihr Aufgaben abnahm, hatte sie sich neue Fertigkeiten angeeignet. Sie kam mittlerweile sehr gut mit Computer, Handy und Internet zurecht. Sie wusste, wie die Heizung im Winter und im Sommer eingestellt werden musste. Sie war in der Lage, Strom- und Wasserzähler abzulesen und die Daten online zu übermitteln. Und sie wusste, an wen sie sich wenden konnte, wenn sie nicht weiterkam.

Sie nahm sich ihren Kaffee und ging damit ins Schlafzimmer. In zwei Stunden war sie mit Hilde, Melina und Thomas verabredet. Das erste Mal in Melinas Wohnung. Eigentlich hatte sie einen Kuchen backen wollen. Doch heute Morgen hatte sie spontan beschlossen, dass sie so gar keine Lust auf Backen hatte. Also tat sie es nicht. Stattdessen wollte sie auf dem Weg zu Melinas Wohnung bei der Konditorei vorbeifahren, in die sie und Günther früher regelmäßig gegangen waren und eine kleine Auswahl an Kuchen kaufen. Man kann sich das Leben auch einfach machen, sagte sie sich.

Sie legte sich ihre Kleidungsstücke zurecht und ging samt Kaffee ins Bad.

»Ihr kennt doch Max, meinen Vermieter?«, begann Melina.

Melina, Thomas, Hilde und Jutta saßen dick eingepackt und mit Decken über den Beinen auf Melinas Mini-Balkon und wärmten sich die Hände an ihren Heißgetränken. Da die Sonne schien, hatten sie es für eine gute Idee gehalten, draußen zu sitzen. Melina hatte noch drei Stühle aus der Wohnung auf ihren Balkon geschleppt und diese um den kleinen Tisch drapiert.

Als alle stumm nickten, fuhr sie fort.

»Es könnte sein, dass sich da etwas zwischen uns entwickelt.«

»Das ist ganz wunderbar, Melina«, sagte Hilde und zwinkerte ihr wissend zu.

»Ich glaube, ich kann nicht ganz folgen«, sagte Jutta. »Ich dachte, du stehst auf Frauen?«

»Wie kommst du darauf?«, entgegnete Melina verwundert.

»Danke, Jutta«, mischte sich Thomas ein. »Endlich bin ich mal nicht derjenige, der Melinas Augenrollen abkriegt.«

Was Thomas ein doppeltes Augenrollen von Melinas Seite einbrachte.

»Ich dachte, du bist – ähm – lesbisch«, sagte Jutta.

»Nein. Warum sollte ich?«

»Weil du mit einer Frau zusammen warst«, sagte Thomas.

»Ich verliebe mich doch nicht in das Geschlecht, sondern in den Menschen!«

Melina schaute Thomas an, als hätte er gerade behauptet, die Erde sei eine Scheibe.

»Ok. Ich gebe auf. Klär uns auf.«

Das war Melinas Zeichen.

»Also:«

In den folgenden Minuten erklärte sie ihnen den Unterschied zwischen Homo-, Bi- und Pansexualität und welche anderen Formen der sexuellen Orientierung es noch gab.

»Das ist irgendwie komplizierter als früher«, gab Jutta zu, als Melina ihren Vortrag beendet hatte.

»Früher war es auch schon kompliziert, nur hat sich niemand getraut, darüber zu reden«, sagte Hilde.

»Ganz ehrlich, du musst doch irgendwelche Präferenzen haben«, sagte Thomas.

»Du meinst sexueller Natur?«

»Ja.«

»Sex kann mit allen Geschlechtern Spaß machen. Das hängt vom Menschen ab. Aber ich gebe zu: Leo war die einzige Frau, mit der ich geschlafen habe.«

»Wie ist es eigentlich, mit einer Frau ins Bett zu gehen?«, fragte Hilde.

»Wow, du bist direkt«, sagte Melina.

»In meinem Alter gibt es keine Zeit zu verlieren. Ich könnte morgen tot sein.«

»Ok. Puh. Diese Frage ist nicht leicht zu beantworten. Schließlich kann ich nicht auf einen riesigen Erfahrungsschatz zurückgreifen. Mit Leo jedenfalls war es immer toll. Wir haben viel geredet, uns gesagt, was uns gefällt, verschiedenes Sexspielzeug ausprobiert und am Anfang unserer Beziehung sogar einen Tantrakurs besucht. Das war krass, vor allem als die Leiterin des Kurses…«

»Stopp!«, unterbrach Thomas sie und hielt sich die Ohren mit den Händen zu.

»Vielleicht solltet ihr das ein anderes Mal besprechen«, sagte Jutta.

»Sagt bloß, euch ist das Thema unangenehm?«

»Manche Dinge muss man von seinen Freunden nicht unbedingt wissen«, sagte Thomas.

»Doch! Nur wenn man darüber redet, kann man Tabus brechen«, sagte Melina.

»Bitte nicht heute!«, stöhnte Thomas. »Verschieben wir den Tabubruch auf nächstes Jahr. Ok?«

»Dann lasst uns zurück zum eigentlichen Thema gehen und Melina erzählt mir ein anderes Mal die Details«, schlug Hilde vor. »Also, Max.«

Melinas Augen begannen zu leuchten, als sie von ihm berichtete. Es hatte sich langsam zwischen ihnen entwickelt. Anfangs gingen sie sich nach ein paar unschönen Situationen eher aus dem Weg. Mit den Monaten, die sie zusammenlebten, entdeckten sie immer mehr Gemeinsamkeiten. Melina hatte sich nichts dabei gedacht, fand ihn lediglich sympathisch. Je mehr Zeit sie miteinander verbrachten, desto stärker wurden ihre Gefühle. Zuerst dachte sie, sie wären freundschaftlicher Natur. Bis zu dem Abend als sie Max geküsst hatte. Melina erzählte vom Telefonat mit Hilde und dem darauffolgenden Gespräch mit Max. Sie hatte ihm erklärt, dass sie sich noch nicht in einer neuen Beziehung sah. Auch Max hatte Bedenken. Er kannte ihre Vorgeschichte mit Leo und wusste nicht, wie er damit umgehen sollte.

»Gegen einen Toten kommt man niemals an«, hatte er gesagt.

Leo würde immer ein Teil von Melinas Leben sein und er war sich nicht sicher, ob das für ihn ok war.

Mittlerweile waren einige Wochen seit dem Kuss und ihrem Gespräch vergangen.

»Wir haben uns bislang nicht nochmal geküsst, aber ich denke, es wird nicht mehr lange dauern.«

Melina lächelte schüchtern.

»Wir machen es so, wie Hilde gesagt hat. Wir lassen es auf uns zukommen und schauen, was passiert.«

»Das klingt nach einem sehr guten Plan«, sagte Jutta.

»Könnte von mir sein«, sagte Hilde.

»Mich freut es auch für dich, Meli«, sagte Thomas. »Aber weiß Max überhaupt, auf was er sich da einlässt?«

Melina knuffte ihn in die Seite.

»War ja klar, dass du nicht einfach nur etwas Positives sagen kannst.«

»Ich meine ja nur. Du kannst manchmal echt anstrengend sein.«

»Hallo? Wann bin ich anstrengend, bitte schön?«

»Wenn es um deinen Öko-/Ich-rette-die-Welt-Wahn geht zum Beispiel.«

»Irgendwer muss ja schließlich damit anfangen«, sagte Melina. »Und da kannst du noch einiges von mir lernen. Ihr alle.«

»Ich bin so froh, dass wir uns begegnet sind«, sagte Thomas mit einer Spur Sarkasmus in der Stimme. »Was mir sonst alles entgangen wäre.«

»Die Flucht vor der Polizei zum Beispiel«, sagte Hilde.

»Oder der Streit mit Elena«, fügte Jutta hinzu.

»Korrigiere«, Thomas hob ermahnend den Finger. »Es war mehr als ein Streit.«

»Na ja, aber gelernt hast du auch einiges«, meldete sich Melina zu Wort. »Wie man eine Urne an einer Rad-Station öffnet, zum Beispiel. Oder, dass du ein CIS-Mann bist, der keine Schnittblumen mehr kauft.«

»Stimmt«, sagte Jutta. »Was würde Thomas nur ohne diese Erkenntnisse tun?«

Sie mussten lächeln.

»Kaffee?«, fragte Melina in die Runde, was mit einem Nicken quittiert wurde.

Also quetschte sich Melina aus ihrem Stuhl, um in der Küche die Kanne zu holen, die nicht mehr auf den Tisch gepasst hatte.

Während jeder genüsslich seinen Kuchen aß und sich am heißen Kaffee wärmte, erzählte Hilde von ihrer Reiseplanung für 2025. Sie hatte Melina versprechen müssen, mit den »Stans« bis 2026 zu warten.

»Wer oder was sind die Stans?«, hakte Jutta nach.

Das führte zu einem Exkurs über die Länder der ehemaligen Sowjetunion, ihren Sehenswürdigkeiten und der Reiseroute, die Hilde und Melina schon in Planung hatten. Sie wollten nach Melinas Ausbildung drei Monate gemeinsam verreisen.

»Denk dran, Mädel, die Uhr tickt«, sagte Hilde und tippte mit ihrem Finger auf die nicht vorhandene Uhr an ihrem Handgelenk. »Keine Verzögerungen bei der Ausbildung.«

»Jaja! Ich gebe mir Mühe.«

Melina hatte sich mittlerweile an ihren nun sehr vollen Alltag gewöhnt. Die Homepage für die Hoops hatte sie erstmal auf Eis gelegt. Dafür konzentrierte sie sich verstärkt auf die Erstellung von Urnen und die Planung von DIY-Urnen-Workshops. Alle zwei Wochen traf sie sich mit Hilde und half ihr bei Technik- und Reisefragen. Zusätzlich hatte sie das Containern für sich entdeckt, gab kein Geld mehr für Kleidung aus und hatte vor zwei Wochen aufgehört, sich die Haare mit Shampoo zu waschen. Sie erzählte ihnen etwas von der No-Poo-Bewegung, doch keiner konnte ihr folgen.

»Mir war klar, dass du alternativ bist, aber so krass hätte ich nicht gedacht«, kommentierte Thomas. »Hilde, mach dich auf etwas gefasst, wenn du mit ihr unterwegs bist.«

»Meli kann machen was sie will, aber in einem Zelt schlafe ich nicht mehr.«

»Dabei ist das so schön, morgens direkt in der Natur aufzuwachen.«

»Spar dir die Romantisierungen. Mein Rücken macht solche Sperenzien nicht mit. Wir treffen uns dann zum Frühstück.«

»Jaja, mal schauen.«

Mit der Zeit kam das Gespräch auf Leos Eltern. Melina hatte in den letzten Wochen nochmals einen Brief an sie geschickt. Ohne eine Reaktion zu erhalten.

»Manche Dinge brauchen einfach Zeit«, sagte Thomas.

»Und bei manchen Dingen muss man akzeptieren, dass sie so sind wie sie sind«, ergänzte Jutta. »Ein Kind zu verlieren ist vermutlich das Schlimmste, was Eltern passieren kann. Und wenn man einen Schuldigen gefunden hat, ist das vielleicht das Einzige, was einen am Leben hält.«

»Ja, vielleicht«, sagte Melina. »Ich werde es irgendwann nochmal versuchen.«

Hilde erzählte von ihrer Tochter und wie es sie schmerzte, dass sie sich nur selten sahen.

»Sie hat noch nicht verstanden, dass das Leben zu kurz ist, um nur an die Arbeit und die Abbezahlung von Krediten zu denken.«

»Wem sagst du das«, stimmte Melina ihr zu und berichtete von ihren Eltern.

Daraufhin entbrannte eine Diskussion zwischen Thomas und Melina über die Faulheit der Generation Z und über den bevorstehenden Untergang Deutschlands.

»Wenn jeder nur noch Teilzeit arbeiten will, dann ist doch klar, dass unser Land den Bach runtergeht«, sagte er.

Jutta und Hilde agierten mal wieder als Streitschlichter.

»Der typische Generationenkonflikt«, sagte Hilde. »Glaubt nicht, dass ihr den erfunden habt. Der ist schon so alt wie die Menschheit selbst.«

Jutta erzählte der Gruppe vom Telefonat mit Thorben und von Margots Idee, für ein paar Tage nach Südspanien zu reisen.

»Mach das«, sagte Hilde. »Das wird dir guttun.«

Jutta nickte.

Bislang hatte sie noch nicht die passende Wohnung für sich gefunden und überlegte, zum Übergang in eine kleine Mietwohnung zu ziehen.

»Es könnte sein, dass in meinem Haus bald etwas frei wird«, mutmaßte Hilde. »Bei so vielen alten Leuten ist immer Fluktuation.«

»Hilde!«, sagte Jutta.

»Was? Dem alten Heinz geht es schon seit Wochen nicht gut. Es ist nur noch eine Frage der Zeit, bis er das Zeitliche segnet. Ich halte die Augen offen.«

»Hey! Meinst du, er hätte Interesse an einer Urne?«, warf Melina ein. »Noch kann er sich seine zukünftige Bleibe selbst aussuchen. Später entscheiden seine Erben.«

»Keine Sorge, Meli. Ich hab ihn schon auf dem Schirm.«

»Ok. Schluss jetzt«, sagte Thomas. »Das wird mir hier eindeutig zu makaber.«

»Spielverderber«, sagte Melina. »Dann erzähl du etwas. Aber nichts, über das ich mich aufregen muss.«

Thomas besuchte mittlerweile regelmäßig Pauls Eltern und sie planten sowohl die Antarktis-Kreuzfahrt als auch die Orte, an denen die anderen Teile der Asche ausgestreut werden sollten.

»So ökologisch wie möglich, natürlich«, wandte er sich augenzwinkernd an Melina, die ihm prompt die Zunge rausstreckte.

Mit Elena herrschte nach wie vor dicke Luft.

»Ich plane gerade eine Überraschung für sie. Dabei könnte ich eure Hilfe gebrauchen.«

»Wieder etwas Illegales?«, fragte Hilde.

»Das Friedhofsthema ist nun ausgelutscht. Da musst du dir schon etwas Originelleres einfallen lassen«, sagte Melina.

»Ich kann euch beruhigen. Nichts Illegales und ohne Friedhof.«

»Schade«, sagte Jutta und stellte ihren leeren Teller auf den Tisch. »So langsam macht mir der Nervenkitzel Spaß.«

»Jutta, Jutta«, sagte Hilde. »Ich bin stolz auf dich.«

»Nun erzähl schon, was du geplant hast«, lenkte Melina die Aufmerksamkeit wieder auf Thomas.

»Geduld, Geduld. Alles zu seiner Zeit. Ihr werdet es schon noch erfahren.«

Mehr war Thomas nicht zu entlocken.

»Hilde, was ich dich die ganze Zeit schon fragen wollte: Wer ist eigentlich Fritz?«, fragte Jutta aus dem Nichts heraus an Hilde gerichtet.

»Wie kommst du denn darauf?«, fragte Hilde verwundert.

»Mir ist aufgefallen, dass du hin und wieder Thomas mit Fritz ansprichst.«

»Stimmt. Das habe ich auch bemerkt«, bestätigte Melina.

»Wirklich?« Hilde war verblüfft. »Das ist mir gar nicht aufgefallen.«

»Ich glaube, jetzt wird es spannend«, prophezeite Melina. »Wer ist dieser ominöse Fritz?«

»Fritz war meine Affäre.«

»Du hattest eine Affäre?«, fragte Jutta.

»Eine? Nein, mehrere. Fritz war meine erste Affäre und die bedeutendste. Vielleicht gerade, weil er der Erste war.«

»Wow!«, sagte Thomas.

»Hilde, Details!«, forderte Melina sie ungeduldig zum Weiterreden auf.

»Was soll ich berichten? Es ist schon eine Ewigkeit her. Ich habe als freie Journalistin bei einer Zeitung gearbeitet und Fritz hatte frisch als Redakteur begonnen. Er war Ende 20 und ich Anfang 40. Vermutlich steckte ich in einer Art Sinnkrise. Christine wurde immer selbstständiger und brauchte mich kaum noch. Arthur und ich waren nicht mehr als Mitbewohner. Dann kam Fritz mit seinem Charme, seiner Energie, seinen Visionen. Wir haben diskutiert und gestritten und sind irgendwann im Bett gelandet. Das ging ein paar Monate so. Ich fühlte mich wieder lebendig und frei und wollte aus allem ausbrechen. Fritz ging es auch so. Nur nicht mit mir. Er hat eine norwegische Mutter und hatte seine Kindheit in der Nähe von Oslo verbracht. Als er nach einigen Bewerbungen eine Stelle angeboten bekam, war er weg. Ich blieb hier. Ende der Geschichte.«

»Ach komm. Da steckt doch mehr dahinter«, sagte Melina.

»Wolltest du nicht mitgehen?«, fragte Jutta. »Arthur verlassen und neu anfangen?«

»Ich wäre mitgegangen, aber er hat nie gefragt.«

»Warum nicht?«, fragte Thomas.

»Gute Frage. Wir haben nie darüber gesprochen. Obwohl ich wirklich nicht auf den Mund gefallen bin. Vermutlich war die Angst vor der Antwort zu groß. Ich habe zwei Theorien. Entweder war ich für ihn tatsächlich nicht mehr als eine Affäre, ein Abenteuer, eine Eroberung. Ich wusste, dass er Kinder wollte. Familie. Das würde er mit mir nicht bekommen.«

»Und die zweite Theorie?«

»Obwohl er jünger war als ich, war er doch irgendwie reifer und erwachsener. Ich dachte damals, es wäre Liebe. Doch ich glaube, dass ich einfach das Gefühl liebte, das er in mir auslöste. Das Gefühl, das man hat, wenn man jung ist, einem alles offensteht. Die komplette Zukunft noch vor einem liegt. Fritz war nur der Auslöser, der dieses Gefühl in mir hervorbrachte.

Vielleicht war ihm von Anfang an klar, dass es mit uns nie etwas werden würde. Ich weiß nicht, ob wir eher wie Feuer und Wasser waren oder wie Feuer und Feuer. So leidenschaftlich wir sein konnten, so sehr konnten wir uns auch streiten. Wir saßen auf einem Pulverfass, das jeden Moment zu explodieren drohte. Für mich war es genau das, was ich all die Jahre mit Arthur vermisst hatte. Arthur und ich waren ein stehendes Gewässer. Langweilig und dröge.«

»Sehr gut in Bildern erklärt«, sagte Thomas.

»Es wäre niemals gutgegangen. Das weiß ich jetzt. Wahrscheinlich hätten wir es nicht einmal zwei Monate miteinander ausgehalten.«

»Und Arthur? Wusste er davon?«

»Ich habe es ihm gesagt. Direkt am Anfang.«

»Wie hat er reagiert?«

»Er sah unsere Beziehung genauso realistisch wie ich. Ihm reichte es, seine Frau nach außen hin präsentieren zu können, eine glückliche und harmonische Ehe eben. Solange das gewahrt wurde, war der Rest für ihn nebensächlich.«

»Hat es ihn denn gar nicht verletzt?«

»Schwer zu sagen. Ich dachte nicht, aber in den Wochen vor seinem Tod kam er auf Fritz zu sprechen, wollte es verstehen, wollte wissen, was mir bei ihm gefehlt hatte, was Fritz mir geben konnte. Vielleicht hat es ihn mehr verletzt, als er damals zugeben wollte.«

»Irgendwie traurig«, sagte Jutta.

»Ja, stimmt«, gab Hilde zu.

»Hatte er denn auch Affären?«

»Arthur? Wenn er welche hatte, hat er nicht darüber geredet.«

»Und du? Hast du mit ihm über die Männer nach Fritz gesprochen?«

»Er wusste, dass es noch andere gab. Wir hatten die Vereinbarung, dass ich mich diskret verhalten würde. Alles schön unter den Teppich gekehrt.«

»Bereust du es?«

»Was? Dass ich Arthur nicht verlassen habe? Ja und nein. Hätte ich ihn verlassen, wäre mein Leben sicherlich aufregender verlaufen, aber auch anstrengender. So war es bequem und gemütlich. Den Nervenkitzel und die Bestätigung holte ich mir bei anderen.«

»Also war es doch ein aufregendes Leben?«

»Ja, das stimmt. Außerdem habe ich vor 100 zu werden und kann mich bis dahin noch richtig austoben.«

»Guter Plan!«, sagte Melina.

»Was ist aus Fritz geworden?«, fragte Jutta.

»Er ist nach Norwegen gegangen und kam die ersten Jahre noch sporadisch nach Deutschland. Wir haben uns hin und wieder getroffen. Doch als er Anita, seine zukünftige Frau, kennenlernte, wurde der Kontakt weniger. Wir haben uns Briefe geschrieben. Viele Jahre. Das verlief aber auch irgendwann im Sand. Vor zwei Jahren habe ich nochmals begonnen, ihm zu schreiben. Ohne Reaktion von ihm.«

»Wir könnten ihn ausfindig machen«, schlug Thomas vor.

»Das ist lieb, aber ich glaube, es wird Zeit, dieses Kapitel zu schließen.«

»Sicher?«, fragte Jutta. »Es scheint, als hätte er noch einen Anteil an deinem Leben.«

»Das mag sein«, gab Hilde zu. »Doch es ist mittlerweile über 30 Jahre her.«

»Warum hast du angefangen, ihm wieder zu schreiben?«

»Gute Frage. Ich glaube, ich habe gespürt, dass mein Leben sich dem Ende zuneigt. Auch wenn ich vorhabe 100 zu werden: Der größte Teil ist rum. Ich vermisste das Gefühl von damals.

Vielleicht auch ihn. Ich hatte in den letzten Jahren einige Anläufe genommen, Arthur zu verlassen und es dann doch nicht getan. Vielleicht wollte ich einfach von ihm hören, dass er mich vermisste, mich nie vergessen konnte und mich bat, Arthur zu verlassen. Das wäre leichter gewesen, als den Schritt selbst zu gehen.«

»Du hast Arthur nie verlassen.«

»Nein. Kurz darauf wurde er krank. Den Rest kennt ihr.«

Hilde und Thomas waren die Ersten, die sich verabschiedeten. Thomas musste die Zwillinge von einem Turnier abholen. Da er Hilde mitgenommen hatte, ließen sie Jutta und Melina auf dem Balkon zurück.

»Wir sehen uns nächste Woche«, rief Melina ihnen noch hinterher.

Während Jutta und Melina auf die Couch umzogen, um sich dort ein drittes Stück Kuchen zu teilen, fragte Melina:

»Bereust du, dass du Günther die Tabletten nicht gegeben hast, als die Liste es anzeigte?«

Jutta überlegte eine Weile.

»Ich denke hin und wieder darüber nach. Aber nein, ich bereue es nicht. Ich war zu dem Zeitpunkt noch nicht bereit, ihn loszulassen und er war vielleicht auch noch nicht bereit zu gehen.«

»Also war die Liste sinnlos?«

»Sie hat Günther anfangs die Sicherheit gegeben, die er gebraucht hat, um weiterzuleben. Später wurde sie zu einem Mahnmal seines Verfalls, das er nicht mehr ertragen konnte anzuschauen.«

Sie schwiegen eine Weile.

»Weißt du, Melina, wenn man gesund ist, hört es sich so leicht an. Zu sagen:»Gib mir die Tabletten, wenn mein Leben nicht mehr lebenswert ist«. Doch so leicht ist es nicht. Es gab immer Zweifel. Bis zum Schluss.«

Melina nickte.

»Wie sehr vermisst du ihn?«

»Sehr.«

Sie aßen schweigend ihren Kuchen. Nach einer Weile ergriff Jutta wieder das Wort.

»Aber weißt du was? Ja, ich hätte gerne den gesunden Günther zurück. Da das nicht geht, bin ich froh, dass ich die Verantwortung für den kranken Günther nicht mehr tragen muss.«

Melina nickte.

»Weise Worte, Jutta. Ich glaube, wir sind beide erwachsen geworden.«

»Ja, da hast du recht. Wir mussten beide erwachsen werden.«

»*When you get older, plainer, saner.*«

Ich könnte jetzt davon schreiben, wie scheiße die Ausbildung nach wie vor ist, wie genervt ich an manchen Tagen von Kollegen, Lehrern und Mitschülern bin. Wie ich manchmal sehnsüchtig an meinen Job an der Tanke zurückdenke und ich mich frage, wieso ich mir das hier überhaupt antue. Auch noch für weniger Geld.

Ich könnte auch darüber schreiben, wie sehr ich Leo vermisse. Wie schlimm es für mich ist, dass Leos Eltern alle Sachen mitgenommen haben und ich kaum mehr etwas habe.

Oder über meine Schuldgefühle, dass ich sie im Stich gelassen habe und mich aber gleichzeitig darüber freuen kann, wenn ich Max sehe.

Aber nein. Darüber werde ich nicht schreiben. Stattdessen schreibe ich über die schönen Seiten. Jawohl. Die gibt es nämlich auch. Da ich tief in meinem Herzen ein kleiner Sonnenschein bin (oder wieder sein möchte), werde ich nur über das Positive berichten. Lasst uns beginnen.

Die Ausbildung:

Die Jungs in der Werkstatt sind gar nicht so übel wie gedacht. Nachdem ich die ersten Wochen kehrend und aufräumend überlebt hatte, wurde mir immer mehr erklärt. Spätestens als ich ihnen gezeigt hatte, wie man einen Dildo drechselt, war das Eis gebrochen. Seitdem gibt es diese Tage, an denen ich gut gelaunt bin und sogar den Dreck der anderen wegräume. Ja, ich weiß. Ich bin auch erstaunt über mich selbst. Ich lerne jeden Tag sehr viel Neues und hänge öfter bei meinem Opa in der Werkstatt rum, um Dinge auszuprobieren. Im Großen und Ganzen habe ich mich also ganz gut eingelebt in mein neues Leben.

Ich scrolle durch mein Handy und schaue mir Fotos von uns an, Leo. »You never know how good you have it.« *Wie wahr!*

Leo, du musst wissen, dass du immer meine erste richtig, richtig große Liebe sein wirst…. Alles was danach kommt, wird nichts daran ändern können. Niemals.

»I didn't know that loving you was the happiest I've ever been.«

Ich glaube schon, dass ich es wusste. Es war mir nur nicht richtig bewusst. Wer denkt schon mit 21 an den Tod???

Ich rede viel mit Max darüber. Über dich, unsere Zeit zusammen, die Zeit danach, meine Gefühle. Alles. Damit überfordere ich ihn sicherlich. Er weiß selbst noch nicht, wo er steht und wie er zu mir steht. Er kann mir auch nicht aus meiner Trauer helfen. Das soll er gar nicht. Ich will weiter um dich trauern, Leo. Doch ich will auch leben.

Darin ist Max gut.

Zu leben.

Brief
So., 24. November 2024

Lieber Fritz,

vor über zwei Jahren habe ich angefangen, dir zu schreiben und vor einem Jahr habe ich wieder damit aufgehört.

Das Jahr 2024 neigt sich dem Ende. Ohne ein Lebenszeichen von dir.

Ich habe verschiedene Theorien, warum du mir nicht zurückgeschrieben hast:

1. Du bist tot oder zumindest so krank, dass du keine Briefe mehr lesen kannst.

Keine schöne Vorstellung. Es wäre eine plausible Erklärung, doch meine am wenigsten präferierte.

2. Du bist umgezogen und die Briefe haben dich nie erreicht.

3. Deine Frau hat sie vor dir gelesen und vernichtet.

Theorien zwei und drei gefallen mir gut. Sie würden bedeuten, dass du dich nicht bewusst gegen eine Kontaktaufnahme entschieden hast UND du noch am Leben bist. Ein guter Kompromiss.

Kommen wir zu der weniger schönen Theorie:

4. Du hast die Briefe erhalten, gelesen und die Entscheidung getroffen, nicht zu antworten.

Das trifft mich, Fritz. Auch nach dieser langen Zeit.

Ich habe beschlossen, dass – solange ich keinen Gegenbeweis erhalte – Theorie zwei zutrifft. Theorie drei würde Anita nicht gerecht. Ich glaube nicht, dass du eine Frau geheiratet hättest, die zu so etwas fähig wäre. Ich wäre dazu fähig. Vermutlich bin ich deshalb auch nicht mit dir zusammen, sondern Anita ist es.

Im Januar beginnt meine große Reise. Norwegen steht nicht auf meiner Liste, keine Sorge. Es wird Zeit, die Vergangenheit ruhen zu lassen.

Wir hatten eine schöne Zeit. Nicht mehr und auch nicht weniger. Das habe ich nun verstanden. Ich habe im vergangenen Jahr sehr besondere Menschen kennengelernt und ich glaube, begriffen zu haben, was Liebe wirklich ausmacht. Bei uns war es das nicht. Leidenschaft, Feuer, der Reiz des Verbotenen, ein Abenteuer, ja. Liebe? Nein. Auch, wenn ich es lange dafür gehalten habe und ich dich auf ein Podest gestellt habe.

Dies wird mein letzter Brief an dich sein.

Solltest du nach all dieser Zeit doch den Drang verspüren zu antworten: Tu es nicht.

Lass mich in dem Glauben, dass du die Briefe nie erhalten hast und die norwegische Post genauso unzuverlässig ist wie die deutsche.

Ich wünsche dir ein schönes Leben.

In Liebe

Hilde

Kapitel 15
Sa., 30. November 2024

»Herzlich willkommen zum ersten offiziellen Urnen-Workshop!«

Melina hob strahlend ihr Glas und prostete der Menge zu. Sie standen in der Garage, die zu Max' Wohnung gehörte und die Melina zu ihrer Urnenwerkstatt umfunktioniert hatte. Die Woche zuvor hatte sie damit verbracht, die Garage aufzuräumen und von Staub und Schmutz zu befreien. Sie hatte sich Stehtische mit Hussen ausgeliehen und im Raum verteilt. An den Wänden hingen Regale mit ihren fertiggestellten Urnen und darunter standen Tische mit Holzmustern, verschiedenen Trockenblumen, Moos, Töpferutensilien und Farben zum Bemalen der Urnen. Sie hatte einige Rohlinge vorab erstellt, damit Interessenten diese während des Workshops fertigstellen konnten. Außerdem hatte sie auf einem Tisch Getränke und Häppchen für die Gäste bereitgestellt. Sie hatte zwei Heizlüfter organisiert, um die Garage auf eine einigermaßen angenehme Temperatur zu bringen.

Melina ließ ihren Blick über die Gruppe schweifen. Alle waren da, die sie durch das vergangene Jahr begleitet hatten. Jutta, Hilde und Thomas, ihre Eltern, ihre Clique – Emma, Luca, Sina, Eric, Mia und Matteo – und Max. Außerdem hatte Thomas seine Zwillingsmädchen mitgebracht, Jutta ihre Freundin Margot und Hilde ein paar ihrer Nachbarn. Pauls Eltern waren gekommen. Ebenso zwei von Melinas Arbeitskollegen sowie Elias aus ihrer Berufsschulklasse.

Die Gruppe hörte interessiert zu, während Melina den Ablauf erklärte und zeigte, wo genau sich welche Utensilien befanden. Zum Schluss erhob sie erneut ihr Glas.

»Auf einen schönen ersten Workshop!«

Die Gruppe prostete ihr zu und verteilte sich anschließend in der Garage. Während einige sich interessiert die Urnen anschauten, machten sich andere zuerst über das Buffet her.

Jutta, Hilde, Margot, Inga und Edwin standen zusammen an einem der Stehtische. Während Margot damit beschäftigt war, Pauls Eltern von der geplanten Reise nach Südspanien zu berichten, stupste Jutta Hilde leicht von der Seite an.

»Schau mal.«

Max hatte den Arm um Melinas Hüfte gelegt, während sie sich mit Eric und Matteo unterhielten.

»Ich mag ihn«, sagte Jutta.

»Ich auch«, pflichtete Hilde bei.

»Es scheint, dass Melis Freunde ihn schon aufgenommen haben«, mutmaßte Jutta.

»Ja, bis auf Luca und Emma«, sagte Hilde.

Da Jutta sie verwundert anschaute, fuhr sie fort.

»Luca und Emma kannten Leo schon bevor die beiden ein Paar wurden. Für sie ist es schwer, Meli nun mit jemand anderem zu sehen.«

Jutta nickte. »Das ist nicht leicht.«

»Sie werden sich daran gewöhnen«, sagte Hilde.

»Hey, habt ihr schon den Lachs probiert?«, unterbrach Thomas die beiden Frauen.

»Das ist kein Lachs«, sagte Hilde.

Thomas schaute verblüfft auf das Häppchen in seiner Hand.

»Echt?«

»Das ganze Buffet ist vegan«, sagte Jutta.

»Gibt es bei dieser Frau überhaupt irgendetwas, das normal ist?«, fragte Thomas, während er sich den letzten Happen in den Mund schob.

»Was ist schon normal?«, fragte Hilde.

Thomas zuckte mit den Schultern.

»Meli jedenfalls nicht.«

»Hast du schon deine Urne fertig?«, fragte Jutta.

»Die Kinder bemalen sie gerade. Ich darf nicht dabei zusehen. Es soll eine Überraschung werden. Und bei euch?«

»Meli und ich haben meine bereits vor zwei Wochen gedrechselt. Es ist das Ausstellungsstück da hinten«, sagte Hilde und zeigte auf eine Urne in einem der Regale. »Ich werde mir heute noch ein paar Anregungen für Trockenblumen holen, um die Urne aufzuhübschen.«

»Meine ist als Nächstes dran«, sagte Jutta. »Ich habe mir schon ein Stück Holz rausgesucht.«

»Wird es auch eine gedrechselte Urne?«, fragte Hilde.

»Nein. Wir werden das Stück Holz aushöhlen, um die Aschekapsel dort einsetzen zu können. Außen wird die Urne naturbelassen sein. Es ist ein Stück Korkeiche mit Rinde und Moos.«

»Das hört sich gut an. Wenn mir deine gefällt, soll mir Meli auch noch eine zweite machen. Ein bisschen Auswahl schadet nie, oder?«, sagte Hilde.

»Irgendwie makaber, oder?«, fragte Thomas.

»Stimmt. Wenn der Tod nicht so traurig wäre, könnte man das Ganze noch mehr genießen«, sagte Jutta.

»Gerade weil der Tod so traurig ist, ist das hier genau das Richtige. Schließlich erwischt es uns alle. Bislang ist noch keiner lebend davongekommen.«

»Wie wahr, wie wahr«, stimmte Thomas zu und Jutta nickte.

»Ich freue mich jedenfalls, dass ich meine eigene Urne auswählen darf«, sagte sie.

»Lisa und Marie finden es auch klasse«, pflichtete Thomas ihr bei. »Ich weiß noch nicht, was ich davon halten soll. Meine Kinder bemalen meine Urne.«

»Wie läuft's mit Elena?«, fragte Jutta.

»Schwierig, nach wie vor. Ihr könnt euch denken, was sie von der heutigen Veranstaltung hält. Dass ich die Mädels mitnehmen durfte, grenzt an ein Wunder.«

»Und die Überraschung?«, hakte Hilde nach.

»In Planung. Nächste Woche wisst ihr mehr.«

»Gib uns wenigstens einen Hinweis«, sagte Jutta.

»Nur so viel: Elena hat in drei Wochen Geburtstag und ich könnte Hilfe gebrauchen.«

Bevor Jutta und Hilde etwas sagen konnten, wurden sie von Melina unterbrochen.

»Jutta, wie schaut's aus?«

Sie kam auf die Dreiergruppe zugelaufen, während sich Max noch mit Eric und Matteo unterhielt.

»Bereit für dein Einraum-Apartment?«

»Wenn du mich so fragst, nein.«

»Ach komm. Du sollst ja noch nicht einziehen.«

»Gut, ok. Vorher brauche ich noch ein Glas Sekt.«

Zwei Stunden nach der Eröffnung begann sich die Garage langsam zu leeren. Thomas zeigte Jutta und Hilde stolz seine bemalte Urne, während Lisa und Marie erklärten, welche Bedeutung die Motive hatten.

»Und hier schaut Papa von seiner Wolke im Himmel auf uns runter, während wir im Garten sitzen«, erklärte Lisa.

»Das hier ist Mama, die mit einem Auge weint, weil Papa im Himmel ist und mit dem anderen Auge lacht, weil sie ihn immer sehen kann, wenn die Sonne scheint«, sagte Marie und zeigte auf die Stelle an der Urne, die ihre Mutter darstellte.

»Wenn eure Mama sieht, dass ihr ihr graue Haare gemalt habt, wird sie nicht begeistert sein«, sagte Thomas.

»Aber Papa, wenn du stirbst, dann ist Mama schon ganz alt. Da hat sie bestimmt graue Haare«, sagte Lisa.

»Guck mal, du hast eine Glatze«, setzte Hilde nach und zeigte auf die Wolke, hinter der ein Kopf ohne Haare hervorlugte.

»Ich bin doch dann ein Engel«, protestierte Thomas. »Und Engel haben immer Haare.«

»Sagt wer?«, fragte Marie.

»Woher weißt du, dass du dann ein Engel bist? Vielleicht bist du auch ein Geist«, sagte Lisa.

»Ich finde jedenfalls, dass die Urne sehr schön geworden ist«, sagte Jutta.

»Ich auch«, pflichtete ihr Hilde bei. »Wer braucht schon Haare im Himmel?«

»Stimmt auch wieder.«

»Papa, können wir jetzt heim?«, fragte Lisa.

»Jetzt schon?«, fragte Thomas.

»Uns ist langweilig.«

Nach einer kurzen Auseinandersetzung, die die Zwillinge für sich entschieden, wandte sich Thomas an Hilde und Jutta.

»Ich bin gleich wieder da. Lasst mir noch etwas vom Buffet übrig.«

»Keine Sorge«, sagte Jutta.

Kurz nachdem Thomas mit seinen Kindern verschwunden war, kam Melina zu Jutta und Hilde.

»Na, wie gefällt's euch?«, fragte sie.

»Sehr gut«, sagte Jutta. »Ich habe eine Urne.«

»Und eine sehr schöne noch dazu«, ergänzte Melina.

»Wie ist es heute gelaufen?«, wollte Hilde wissen. »Hast du neue Kunden gewinnen können?«

»Also einer deiner Nachbarn, Karl?, hat sich alles sehr genau erklären lassen. Er will mit seiner Frau reden und sich bei mir melden. Das könnte etwas werden.«

»Das ist toll.«

»Meine Eltern möchten auch Urnen haben und sogar Mia hat Interesse angemeldet.«

»Dann war der Workshop ein Erfolg«, sagte Jutta.

»Ja, ich denke schon. Eric hat einige Fotos und Videos gemacht, die ich morgen auf meiner Insta-Page posten kann. In zwei bis drei Monaten werde ich den nächsten Workshop anbieten.«

Sie unterhielten sich noch eine Weile über Urnen, schweiften aber schließlich zu anderen Themen ab.

»Sag mal, Meli«, begann Jutta. »Du hast uns doch erzählt, dass du sechs Tattoos hast, uns aber nur fünf gezeigt.«

»Stimmt«, sagte Hilde. »Was ist dein sechstes Tattoo?«

»Leute, so spektakulär ist das nicht.«

»Also, wenn es ein Intimtattoo ist, will ich es nicht sehen«, sagte Thomas. »Sonst kann ich heute Nacht nicht schlafen.«

»Haha. Nicht witzig.«

Neben Max, Emma und Luca waren sie die letzten in der Garage. Max war mit Telefonieren beschäftigt. Emma und Luca machten Fotos von den Urnen und diskutierten über den richtigen Winkel, während sie auf die Displays ihrer Handys starrten. Melina stand mit Hilde, Thomas und Jutta an einem der Stehtische und zog kurzerhand ihren Pullover hoch, um ein kleines Tattoo direkt unter ihrer linken Brust zu entblößen. Es war eine liegende Acht, sehr undeutlich gestochen.

»Ein Unendlichkeitszeichen«, erklärte sie. »Mia und ich haben uns gegenseitig Tattoos gestochen als wir 16 waren. Sie am Fuß und ich hier.«

»Ganz schön hässlich«, sagte Hilde direkt.

»Danke, Hilde. Einen solchen Kommentar hätte ich eher von Thomas erwartet.«

»Der wäre auch gekommen, wenn Hilde mir nicht zuvorgekommen wäre.«

»Jutta, möchtest du vielleicht auch noch etwas dazu sagen?«

»Ich hoffe, ihr habt wenigstens vorher die Nadeln desinfiziert.«

»Typisch Jutta«, Melina zog ihren Pullover wieder nach unten. »Übrigens habe ich ein weiteres Tattoo in Planung.«

»Was hast du im Sinn?«, fragte Hilde.

»Im vergangenen Jahr hatte ich das Gefühl, als hätte jemand bei mir auf Pause gedrückt. Mein Leben stand still und ich wollte, dass die Welt es auch tat. Wie kann sie sich auch weiterdrehen so ganz ohne Leo?« Sie wischte sich eine imaginäre Träne aus dem Auge und fuhr fort. »Dieses Gefühl habe ich jetzt nicht mehr. Es kann weitergehen. Was läge da näher, als die Play-Taste auf meiner Haut zu verewigen?«

So naheliegend es für Melina war, so wenig verstanden die anderen den konkreten Sinn.

»Was willst du mit einem Play-Zeichen auf deiner Haut?«, fragte Thomas.

»Jetzt tu nicht so begriffsstutzig«, sagte Melina. »Was gibt es daran nicht zu verstehen?«

Melina unternahm einige Anläufe, bis alle ihrem Gedankengang folgen konnten und Jutta schließlich sagte: »Lasst uns nochmal auf dich anstoßen. Auf einen gelungenen Tag.«

»Ja, sehe ich auch so«, sagte Thomas.

»Hey, Max«, rief Hilde. »Hör auf zu telefonieren und komm zu uns. Wir stoßen an. Luca, Emma, ihr auch.«

Max drehte sich weg, sagte noch etwas in sein Handy und steckte es schließlich in die Tasche, ehe er sich seine Cola-Flasche schnappte und zum Stehtisch kam.

»Auf was stoßen wir an?«, fragte er, während Emma und Luca ebenfalls zum Tisch kamen.

»Nicht schon wieder auf Meli. Das wird langsam langweilig«, sagte Emma.

»Ich weiß!«, sagte Melina und schnappte sich ihr Handy.

»Sag nicht, du hast ein passendes Lied für die Situation?«, fragte Thomas stöhnend. »Ich dachte, ich käme heute davon. Max, wie hältst du es eigentlich mit ihr aus?«

»Es gibt Ohropax.«

»Hey«, protestierte Melina, während der Rest anfing zu lachen.

»Ich muss schon sagen, jetzt bist du mir sympathisch«, sagte Thomas.

»Ich mag euch trotzdem«, sagte Melina mit Blick auf ihr Handy. »Und das hier ist nur für euch.«

Die Musik begann zu spielen. Zuerst leise, dann lauter. Emma, Luca, Max und Thomas nickten sofort, als sie das Lied erkannten. Jutta und Hilde schauten sich fragend an.

»Soll das ein Lied sein?«, fragte Jutta.

»Der Sänger könnte Gesangsunterricht gebrauchen«, sagte Hilde.

»Bislang redet er ja nur«, setzte Jutta nach.

»Pssst«, brachte Melina die beiden zum Schweigen. »Hört auf den Text.«

Daraufhin schwiegen alle und blickten auf das Handy in Melinas Hand. Die Melodie setzte ein und jeder konzentrierte sich auf den Text.

Liebe Leo,

dieser Eintrag ist nur für dich. Ich sitze mit meiner dicksten Winterjacke auf dem Balkon. Es ist stockdunkel und die kleine Lampe auf dem Tisch spendet gerade genug Licht, damit ich dir schreiben kann. Seit 468 Tagen bist du nicht mehr hier, nicht mehr bei mir. Ich schaue mir Fotos und Videos an, um dein Gesicht, deine Mimik, dein Lachen und deine Stimme nicht zu vergessen. Ich rieche an deinem Pullover und an deinem Parfum (das ich mir gleich im 3er-Pack gekauft habe, für den Fall, dass jemals die Produktion eingestellt werden sollte), um nicht zu vergessen, wie du riechst. Ich will mir alles in mein Gehirn brennen, genauso wie das Tattoo auf meiner Haut. Es soll für immer da bleiben.

Doch ich merke, wie ganz langsam die Erinnerung schwindet. Es gibt Tage, da denke ich nicht an dich. Das fällt mir dann plötzlich abends im Bett ein und ich muss weinen, weil ich nicht begreife, warum ich dich so schnell vergessen konnte. Warum mein Gehirn so etwas macht. Dann gibt es Tage, da hängt die Traurigkeit um mich herum wie ein dunkler Vorhang. Ich höre ein Lied und muss weinen. Ich sehe einen Kollegen von dir und sehe dich vor mir, wie du in deiner weißen Bluse und deinem Rucksack das Haus verlässt, um zur Arbeit zu gehen. Ich hole mein Rad aus der Garage und schaue den leeren Platz daneben an.

Irgendwie muss ich jeden Tag weinen. Entweder weil ich nicht an dich denke oder weil ich an dich denke.

So viele Menschen haben schon jemanden verloren. Es ist das Schlimmste und gleichzeitig Normalste der Welt. Leben und Sterben.

»Doch die Welt dreht sich weiter....« und das darf sie auch.

*So scheiße es auch klingt, dein Tod hatte auch positive Seiten. Nein,
so kann ich das nicht stehen lassen. Das hat sich in meinem Kopf schon
schlimm angehört, aber geschrieben ist es unerträglich. Ich korrigiere.
Dein Tod ist das Schlimmste, was mir im Leben passiert ist. Punkt.
Kein Aber. Dennoch.... Ich weiß das Leben mehr zu schätzen. Ich habe
Menschen kennengelernt, die ich sonst nie getroffen hätte. Ich weiß,
was ich mit meinem Leben anfangen will – zumindest denke ich das.
Ich bin nicht mehr so planlos. Was ich noch gelernt habe: Man kann
in jedem Alter lost sein. Dass man sich immer weiterentwickelt. Ich
dachte eigentlich ok, wenn man mal Schule und Studium hinter sich
gebracht hat und im Arbeitsalltag angekommen ist, dann war's das.
Entwicklung abgeschlossen. So ist es nicht. In jedem Alter kann man
struggeln, aber noch wichtiger: In jedem Alter kann man sich neu erfinden und sich entwickeln. Das ist ein Trost. Irgendwann in 50 Jahren möchte ich so cool und neugierig auf die Welt sein wie Hilde, so
ruhig und vernünftig wie Thomas, so liebevoll und fürsorglich wie
Jutta, so wild, frei und gleichzeitig diplomatisch wie du Leo und weiterhin ganz viel Ich bleiben.*

*Ich friere. Zeit reinzugehen. Max wartet drinnen auf mich. Er hat
eine Idee für seine Urne, weiß aber nicht, ob ich sie umsetzen kann.
Wenn eine es kann, dann ich!*

*Liebe Leo,
ich habe beschlossen, das Leben wie ein Spiel zu sehen. Ein wenig
spiele ich noch ohne dich weiter.*

*Bis es heißt: Game Over,
deine Meli*

Epilog
So., 22. Dezember 2024

»Wann kommen sie endlich?«, fragte Melina genervt, während sie von einem Bein auf das andere hüpfte. »Es ist so kalt wie auf dem Friedhof damals!«

»Sie müssten jeden Moment da sein«, sagte Hilde.

Jutta zog den Reißverschluss des Mantels noch ein Stück höher und begann ebenfalls, auf und abzulaufen. Vor einem der Fenster blieb sie stehen.

»Elena wird Augen machen«, sagte sie und schaute sich das Treiben im Inneren an. Die Halle war mit Luftballons geschmückt. Auf den Tischen standen Blumen und Kerzen. Ein Buffet war an der Seite aufgebaut. Der Raum war gefüllt mit Menschen. Redend, lachend, trinkend.

»Erst recht, wenn sie Sofia sieht«, sagte Hilde, die sich zu Jutta gesellt hatte und nun mit ihr durch das Fenster blickte. Eine Frau, die wie eine jüngere Version von Elena aussah, unterhielt sich an einem der Stehtische mit zwei Männern.

»Und die Reise erst«, sagte Melina grinsend, immer noch von einem Bein auf das andere hüpfend.

Vom Inneren drangen gedämpft Musik und Stimmen nach draußen. Jutta beobachtete die Zwillinge, wie sie mit zwei anderen Mädchen um die Stehtische rannten und die am Boden liegenden Luftballons aufwirbelten.

»Waren die Kinder überhaupt schon einmal in Rumänien?«, fragte sie.

»Markus schon mehrmals, aber Lisa und Marie nur einmal und da waren sie noch sehr klein«, sagte Hilde.

Die Kinder schienen die Lust am Rennen verloren zu haben und schlichen stattdessen um das Buffet. Sobald sie sich unbeobachtet fühlten, bedienten sie sich an den zahlreichen Platten und Schüsseln.

»Da hat sich Thomas mächtig ins Zeug gelegt«, sagte Jutta.

»Musste er auch«, sagte Melina.

Die Scheinwerfer eines Autos erhellten die Dunkelheit.

»Da sind sie! Endlich!«, rief Melina und verschwand durch die Eingangstür.

Sekunden später verstummte die Musik und es wurde still in der Halle. Auch das Licht ging aus. Thomas stieg aus dem Auto und öffnete Elena die Beifahrertür. Ihre Augen waren verbunden.

»Wir sind da, Schatz«, sagte er und half ihr vorsichtig aus dem Wagen.

»Du machst es aber spannend«, sagte Elena, die sich von Thomas Richtung Eingangstür führen ließ. Sie war unsicher auf den Beinen und klammerte sich an Thomas' Arm fest.

»Nur noch ein paar Schritte«, sagte er, als Melina aus der Halle gestürmt kam und ihm strahlend ihre nach oben gestreckten Daumen vor das Gesicht hielt.

Bevor sie Elena anrempeln konnte, schob Jutta sie sanft zur Seite. Hilde hielt unterdessen die Tür auf. Ehe Thomas mit seiner Frau in der Halle verschwand, formten seine Lippen ein lautloses »Danke«. Hilde nickte und schloss sachte die Tür hinter den beiden. Zusammen mit Jutta und Melina stellte sie sich ans Fenster. Ein wenig würden sie noch draußen bleiben. Das war Elenas Moment.

Im nächsten Augenblick ertönte von drinnen bereits laut »Überraschung! Surpriză!«

Melis Playlist

Wer sich während des Lesens gefragt hat, welche Lieder in Melis Kopf herumspukten, der findet hier die Auflösung:

Lukas Graham - Drunk in the morning
Rosenstolz - Ich bin ich
Ed Sheeran - Shivers
Pat - Wenn du da bist
The Bangles - Manic Monday
Ed Sheeran - Afterglow
Taio Cruz - Hangover
Tream & treamiboii - Lebenslang
DJ Robin und Schürze - Layla
Silbermond - Das Beste
Laing - Morgens immer müde
Nina Chuba - Wildberry Lillet
Pink - Get the party started
Taylor Swift - Anti-Hero
Sportfreunde Stiller - Ein Kompliment
Falco - Out of the dark
HIM - Join me in death
Metallica - Fade to black
Die fantastischen Vier - Sie ist weg
Polarkreis 18 - Allein allein
Imagine Dragons - Wrecked
Herbert Grönemeyer - Mensch
Glashaus - Haltet die Welt an
Pink - When I get there
Herbert Grönemeyer - Der Weg
The Strumbellas - Spirits

Mark Forster, LEA - Drei Uhr nachts
Rosa Linn - Snap
The Kid Laroi, Miley Cyrus - Without you
Ed Sheeran - Eyes Closed
Udo Lindenberg x Apache 207 - Komet
Linkin Park - Crawling
Loreen - Tattoo
Bow Anderson - 20s
Böhse Onkelz - Auf gute Freunde
HBz x 2 Engel & Charlie - Erinner mich
Peter Fox feat. Inéz - Zukunft Pink
Glasperlenspiel - Nie vergessen
Marteria, Yasha, Miss Platnum - Lila Wolken
Katy Perry - I kissed a girl
LP - Lost on you
Shawn Mendes - When you're gone
Sportfreunde Stiller - Das Geschenk

Danksagung

Lange Zeit saß ich allein an meinem Schreibtisch und hackte Buchstaben in den PC. Doch irgendwann kam der Punkt, mein Werk in die Welt zu entlassen.
Ein Buch ist wie ein Teil von einem selbst. Es verlangte mir viel ab, diesen Teil anderen zur Begutachtung vorzulegen.

Danke Mama, dass du meine erste Leserin warst. Falls es dir nicht aufgefallen sein sollte: Das ein oder andere Zitat stammt von dir.

Immer noch nervös, aber schon ein wenig selbstbewusster, bekamen es nun auch meine lesebegeisterten, kreativen, fehlerfindenden Freundinnen zu Gesicht.
Danke Susi, Sabine, Ines, Anna, Andrea, Vanessa, Marina und Gloria für eure Zeit, euer kritisches Auge und die unzähligen intensiven Gespräche. Eure Rückmeldungen haben mir den Mut gegeben, den Schritt der Veröffentlichung zu wagen.

Zum Schluss möchte ich noch den zwei wichtigsten Männern in meinem Leben danken. Meinem Vater, der mit mir in den Sommerferien Schreiben übte und mir beibrachte, immer beide Seiten zu sehen. Danke Papa. Ich wünschte, du wärst noch da.

Danke Steffen, dass du so bist, wie du bist und mich sein lässt, wie ich bin. 9124. Und dafür, dass du mir zu allen Friedhofs-, Urnen- und Schreinerfragen Rede und Antwort gestanden hast.

Über die Autorin

Jacqueline Stahl, geboren 1983, arbeitete über 10 Jahre im Projekt Management, ehe sie 2018 mit ihrem Mann und 2 Rucksäcken aufbrach, die Welt zu bereisen. Nach ihrer Rückkehr hielt sie es nicht mehr auf dem Bürostuhl aus, verließ die Komfortzone der sicheren Anstellung und machte sich mit ihrer Hundeschule selbstständig.

2022 zog es sie wieder zurück an den Schreibtisch. Dieses Mal nicht, um Kalkulationen zu erstellen, sondern um sich ihren Traum vom eigenen Buch zu erfüllen.

Jacqueline lebt mit Mann, Hunden und Wasserschildkröte in einem beschaulichen Dorf in Unterfranken und lässt während der vielen Spaziergänge Geschichten in ihrem Kopf entstehen.